Euforia

Lily King

EUFORIA

Tradução: Adriana Lisboa

GLOBOLIVROS

Copyright © 2016 Editora Globo S.A. para a presente edição
Copyright © 2014 Lily King

Publicado originalmente nos Estados Unidos da América sob o título de *Euphoria* em 2014
pela Atlantic Monthly Press, um selo da Grove Atlantic, Inc.

Todos os direitos reservados. Nenhuma parte desta edição pode ser utilizada ou reproduzida
— em qualquer meio ou forma, seja mecânico ou eletrônico, fotocópia, gravação etc. — nem
apropriada ou estocada em sistema de banco de dados sem a expressa autorização da editora.

Texto fixado conforme as regras do Acordo Ortográfico da Língua Portuguesa
(Decreto Legislativo nº 54, de 1995).

Título original: *Euphoria*

Editora responsável: Amanda Orlando
Editora assistente: Elisa Martins
Preparação de texto: Vanessa Carneiro Rodrigues
Revisão: Laila Guilherme, Jane Pessoa e Carmen T. S. Costa
Diagramação: Gisele Baptista de Oliveira
Capa: Renata Zucchini
Foto de capa: salimoctober/Thinkstock

1ª edição, 2016

CIP-BRASIL. CATALOGAÇÃO NA FONTE
SINDICATO NACIONAL DOS EDITORES DE LIVROS, RJ

K64e
King, Lily
Euforia / Lily King ; tradução Adriana Lisboa. – 1. ed. – São Paulo :
Globo, 2015.

Tradução de: Euphoria
ISBN 978-85-250-6039-6

1. Ficção americana. I. Lisboa, Adriana. II. Título.

15-21130
CDD: 813
CDU: 821.111(73)-3

Direitos de edição em língua portuguesa para o Brasil
adquiridos por Editora Globo S.A.
Av. Nove de Julho, 5229 — 01407-907 — São Paulo — SP
www.globolivros.com.br

Para minha mãe, Wendy,
com todo o meu amor

*Disputas por mulheres são a tônica do
mundo primitivo da Nova Guiné.*

MARGARET MEAD

*A experiência, ao contrário da crença
comum, é fundamentalmente imaginação.*

RUTH BENEDICT

I

ENQUANTO DEIXAVAM OS MUMBANYO, alguém jogou alguma coisa neles. Oscilou a poucos metros da popa da canoa. Uma coisa marrom-clara.

— Outro bebê morto — disse Fen.

Ele tinha quebrado os óculos dela a essa altura, então ela não sabia se ele estava brincando. À frente ficava a entrada mais clara da curva de terra verde-escura por onde o barco passaria. Ela se concentrou nisso. Não se virou mais. Os poucos mumbanyo na praia cantavam e batiam o gongo da morte, mas ela não olhou na direção deles pela última vez. De tempos em tempos, quando os quatro remadores — todos de pé, gritando de volta ao seu povo ou a outras canoas — puxavam os remos simultaneamente, uma pequena rajada de vento atingia sua pele úmida. Suas feridas formigavam e se contraíam, como se apressassem a cura no breve ar seco. O vento parava de soprar e recomeçava, parava e recomeçava. Ela conseguia perceber o hiato entre a sensação e o reconhecimento, e sabia que a febre estava vindo novamente. Os remadores pararam de remar para apunhalar uma tartaruga-pescoço-de-cobra e trazê-la para dentro do barco, ainda se contorcendo. Atrás dela, Fen cantarolava uma canção triste para a tartaruga, tão baixinho que ninguém além dela conseguia ouvir.

Uma lancha esperava por eles no encontro do Yuat com o Sepik. Havia dois casais brancos a bordo além do motorista, um homem chamado Minton, que Fen conhecia de Cairns. As mulheres usavam vestidos armados e meias de seda; os homens, smoking. Não se queixavam do calor, o que significava que viviam ali, os homens supervisionando suas plantações ou minas ou fazendo cumprir as leis que as protegiam. Pelo menos não eram missionários. Ela não aguentaria um missionário naquele dia. Uma mulher tinha o cabelo cor de ouro brilhante, a outra tinha cílios como samambaias negras. Ambas seguravam bolsas decoradas com contas. O branco suave de seus braços parecia falso. Ela queria tocar a que estava mais perto, afastar a manga e ver até onde o branco chegava, assim como todas as suas tribos, aonde quer que fosse, precisavam tocá-la quando ela chegava. Viu pena no olhar das mulheres quando ela e Fen embarcaram com as mochilas sujas e os olhos de malária.

O motor fez um barulho tão alto e tão assustador quando ligado que ela levou as mãos aos ouvidos, feito uma criança. Viu Fen recuar para fazer o mesmo e sorriu involuntariamente, mas ele não gostou de ver que ela tinha percebido e se afastou para ir falar com Minton. Ela se sentou no banco na popa com as mulheres.

— O que estamos comemorando? — ela perguntou a Tillie, a de cabelos de ouro. Se tivesse um cabelo como aquele, os nativos nunca parariam de tocá-la. Jamais seria possível fazer um trabalho de campo com um cabelo como aquele.

As duas conseguiram ouvi-la, apesar do barulho do motor, e riram.

— É véspera de Natal, sua boba.

Já tinham começado a beber, embora não tivesse passado muito do meio-dia, e teria sido mais fácil ser chamada de boba se ela não usasse uma camisa imunda de algodão sobre o pijama de Fen. Fora as feridas, tinha um novo corte na mão causado por um espinho de palmeira-sagu, uma fraqueza no tornozelo direito, a velha neurite das Ilhas Salomão nos braços e uma picada que coçava entre os dedos dos pés que ela esperava não ser outra porrigem. Normalmente conseguia manter o desconforto sob controle enquanto trabalhava, mas foi sobrepujada ao ver aquelas mulheres usando seda e pérolas.

— Você acha que o tenente Boswell vai estar lá? — Tillie perguntou à outra mulher.

— Ela o acha divino.

Essa outra mulher, Eva, era mais alta, imponente, tinha os dedos nus.

— Não acho, não. É você quem acha! — retrucou Tillie.

— Mas *você* é uma mulher casada, minha querida.

— Não espere que a gente deixe de reparar nas pessoas no instante em que põe a aliança no dedo — disse Tillie.

— Eu não espero. Mas seu marido certamente sim.

Mentalmente Nell escrevia:

– ornamentação do pescoço, dos pulsos, dedos

– pintura somente no rosto

– ênfase nos lábios (vermelho-escuro) e olhos (preto)

– quadril enfatizado pela cintura apertada

– conversa competitiva

– o objeto valorizado é o homem, não necessariamente ter um homem, mas ser capaz de atrair um

Ela não conseguia evitar.

— Você estava estudando os nativos? — Tillie lhe indagou.

— Não, ela veio do Baile do Crepúsculo no Palácio Flutuante. — Eva tinha um sotaque australiano carregado, mais parecido com o de Fen.

— Estava — disse ela. — Desde julho. Quer dizer, julho antes de julho passado.

— *Um ano e meio* lá naquele lugar nenhum de afluentezinho? — perguntou Tillie.

— Meu Deus! — exclamou Eva.

— Primeiro um ano nas montanhas ao norte daqui, com os anapa — continuou Nell. — E depois mais cinco meses e meio com os mumbanyo mais acima, no Yuat. Voltamos mais cedo. Não gostei deles.

— Não *gostou* deles? — disse Eva. — Para mim, conservar a cabeça presa ao pescoço seria um objetivo mais razoável.

— Eram canibais?

Não era seguro dar-lhes uma resposta honesta. Não sabia quem eram os homens delas.

— Não. Eles compreendem perfeitamente e respeitam as novas leis.

— Não são *novas* — corrigiu Eva. — Foram instituídas há quatro anos.

— Acho que para uma tribo antiga tudo parece novo. Mas eles obedecem. E atribuem todo o seu azar à falta de homicídios.

— Eles falam disso? — quis saber Tillie.

Perguntava-se por que todo branco indagava sobre o canibalismo. Pensou em Fen, ao voltar da caçada de dez dias, sua malograda tentativa de esconder dela os detalhes. "Eu provei", ele finalmente deixou escapar. "E eles têm razão, tem gosto de porco velho." Era uma piada que os mumbanyo faziam, que os missionários tinham gosto de porco velho.

— Eles falam disso com grande nostalgia.

As duas mulheres, até mesmo a longilínea e ousada Eva, se encolheram um pouco. E então Tillie perguntou:

— Você leu o livro sobre as Ilhas Salomão?

— Onde todas as crianças fornicavam no mato?

— Eva!

— Li, sim. — E então Nell não se conteve: — Você gostou?

— Ah, não sei — respondeu Tillie. — Não entendo por que toda essa comoção.

— Está havendo uma comoção? — perguntou Nell, que não tinha ouvido nada sobre a recepção do livro na Austrália.

— Eu diria que sim.

Ela queria saber por parte de quem e sobre o quê, mas um dos homens se aproximava com uma enorme garrafa de gim, enchendo os copos.

— Seu marido disse que você não ia querer — ele lhe disse em tom de desculpa, pois não tinha um copo para ela. Fen estava de costas, mas ela podia ver a expressão em seu rosto apenas pelo modo como ele estava de pé, as costas arqueadas e os calcanhares ligeiramente levantados. Ele compensava a roupa amarrotada e a profissão estranha com um olhar masculino e intenso. Permitia-se um breve sorriso apenas quando ele mesmo fazia a piada.

Fortalecida após vários goles, Tillie continuou seu inquérito.

— E o que você vai escrever sobre essas tribos?

— Está tudo uma confusão na minha cabeça, ainda. Nunca sei de nada até estar de volta à minha mesa de trabalho em Nova York. — Estava consciente de seu próprio impulso para competir, para estabelecer um domínio sobre aquelas mulheres bonitas e limpas evocando uma mesa em Nova York.

— É para lá que você vai agora, voltar para a sua mesa?

Sua mesa. Seu escritório. A janela diagonal que dava para a Amsterdam com a 118. Às vezes, sentia a distância como uma terrível claustrofobia.

— Não, vamos para Victoria agora, estudar os aborígines.

Tillie fez um beicinho.

— Pobrezinha. Você já parece abatida o suficiente.

— Podemos lhe dizer agora mesmo tudo o que você precisa saber sobre os *abos* — disse Eva.

— Foram só estes últimos cinco meses, esta última tribo.

Ela não conseguia pensar em como descrevê-los. Ela e Fen não tinham concordado em nada sobre os mumbanyo. Ele a despira de suas opiniões. Ela agora se admirava com o vazio. Tillie a observava com a preocupação rasa de um bêbado.

— Às vezes você simplesmente encontra uma cultura que a decepciona — declarou ela por fim.

— Nellie — Fen a chamou. — Minton disse que Bankson ainda está aqui. — Ele fez um gesto com a mão rio acima.

Claro que está, pensou, mas disse:

— Aquele que roubou sua rede de apanhar borboleta? — ela tentava brincar.

— Ele não roubou nada.

O que exatamente ele disse? Tinha sido no navio, enquanto voltavam das Ilhas Salomão para casa, numa de suas primeiras conversas. Estavam fofocando sobre seus antigos professores. Haddon gostava de mim, dissera Fen, mas deu sua rede de caçar borboleta para o Bankson.

Bankson arruinara seus planos. Eles tinham vindo em 1931 estudar duas tribos da Nova Guiné. Mas, como Bankson estava no rio Sepik, foram para o norte, subindo as montanhas onde viviam os anapa, esperando que depois de um ano, quando descessem de novo, ele já tivesse ido embora, e então eles poderiam escolher entre as tribos do rio, cujas culturas menos isoladas eram ricas em tradições artísticas, econômicas e espirituais. Mas ele continuava lá, então seguiram na direção oposta à dele e dos kiona que estudava, rumando mais para o sul num afluente do Sepik chamado Yuat, onde encontraram os mumbanyo. Ela soube que a tribo tinha sido um erro logo depois da primeira semana, mas levou cinco meses para convencer Fen a ir embora.

Fen estava de pé ao lado dela.

— Devíamos ir falar com ele.

— Sério? — ele nunca tinha sugerido isso antes. Por que agora, quando já tomaram as providências para ir para a Austrália? Ele estivera com Haddon, Bankson e a rede de borboleta em Sydney, quatro anos antes, e, para ela, não tinham gostado muito um do outro.

Os kiona de Bankson eram guerreiros, eram quem mandava no Sepik antes da repressão do governo australiano, que separara aldeias, atribuíra a eles lotes de terra que não queriam e jogara os opositores na cadeia. Os mumbanyo, eles próprios ferozes guerreiros, contavam histórias sobre a valentia dos kiona. Era por isso que ele queria visitar Bankson. A tribo é sempre mais verde do outro lado do rio — é o que ela sempre tentava lhe dizer. Mas era impossível não ter inveja das outras pessoas. Até estar tudo organizado no papel, a tribo com que se trabalhava parecia uma confusão.

— Acha que vamos vê-lo em Angoram? — ela perguntou. Eles não podiam sair perambulando a esmo atrás de Bankson. Tinham decidido ir para a Austrália. O dinheiro deles não duraria muito mais do que meio ano, e eles levariam várias semanas para se instalar entre os aborígines.

— Duvido. Tenho certeza de que ele está longe da estação de governo.

A velocidade do barco a desorientava.

— Precisamos pegar aquela lancha para Port Moresby amanhã, Fen. Os gunai são uma boa escolha para nós.

— Você também achou que os mumbanyo eram uma boa escolha quando estávamos indo para lá. — Ele sacudiu o gelo de seu copo vazio. Parecia ter mais a dizer, mas voltou para junto de Minton e dos outros homens.

— Faz muito tempo que são casados? — perguntou Tillie.

— Dois anos em maio — disse Nell. — A cerimônia aconteceu um dia antes de virmos para cá.

— Lua de mel chique.

Elas riram. A garrafa de gim retornou.

Ao longo das quatro horas e meia seguintes, Nell observou os casais bem-vestidos bebendo, implicando, flertando, magoando-se, rindo, pedindo desculpas, separando-se, reunindo-se. Observou seus rostos jovens e apreensivos, viu quão fina era a camada de autoconfiança, quão facilmente ela escorregava quando pensavam que ninguém estava olhando. Ocasionalmente, o marido de Tillie levantava o braço para apontar algo na margem: dois meninos com uma rede, um marsupial pendurado como um saco largado numa árvore, uma águia-pescadora voando junto à margem na direção de seu ninho, um papagaio vermelho imitando o motor deles. Ela tentou não pensar nas aldeias escondidas pelas quais iam passando, as casas elevadas, as fogueiras e as crianças que empunhavam lanças à procura de cobras na palha. Todas as pessoas que não conheceria, as tribos que nunca visitaria e as palavras que nunca ouviria, a apreensão de que eles poderiam nesse momento estar passando pelo povo que ela deveria estudar, um povo cujo gênio desvelaria e que, por sua vez, ia desvelar o seu, um povo que tivesse um modo de vida que fizesse sentido para ela. Em vez disso, observava aqueles ocidentais e observava Fen, falando duro com os homens, pressionando-os agressivamente acerca do seu trabalho, respondendo na defensiva quando questionado sobre o seu, vindo procurá-la e em seguida punindo-a com umas poucas palavras afiadas antes de se afastar de modo abrupto. Fez isso quatro ou cinco vezes, despejando sua frustração sobre ela, inconsciente de seu próprio comportamento. Ele não tinha acabado de castigá-la por querer deixar os mumbanyo?

— Ele é bonito, o seu marido, não é? — comentou Eva, quando ninguém mais podia ouvir. — Aposto que não deixa de se lavar.

O barco desacelerou, a água brilhava num tom de salmão ao pôr do sol, e eles chegaram. Três meninos que trabalhavam no cais, vestidos com calça branca, camisa azul e boné vermelho, saíram correndo do Clube Angoram para amarrar o barco.

— *Lukaut long* — Minton latiu para eles em pidgin. — *Isi isi.*

Entre si, eles falavam sua língua tribal, taway, provavelmente. Para os passageiros que desembarcavam, davam "boa-noite" com um sotaque britânico carregado. Ela se perguntou até onde ia o conhecimento de inglês deles.

— Como estão passando? — perguntou ao garoto mais velho.

— Bem, obrigado, senhora. — Ele lembrava o menino que caçava para eles na aldeia dos anapa, com sua confiança fácil e disposição para sorrir.

— Ouvi dizer que é véspera de Natal.

— Sim, senhora.

— Vocês celebram?

— Ah, sim, senhora.

Os missionários os tinham alcançado.

— E o que você gostaria de ganhar? — ela perguntou ao segundo maior.

— Uma rede de pesca, senhora. — Ele tentou fazer com que a frase fosse breve e desapaixonada, como as do outro menino, mas acabou dizendo, num ímpeto: — Como a que o meu irmão ganhou no ano passado.

— E a primeira coisa que ele pescou fui eu! — o menor dos três exclamou.

Todos os três meninos riram, os dentes de um branco brilhante. Na idade deles, a maioria dos meninos mumbanyo já não tinha muitos dentes, porque haviam ou apodrecido ou sido perdidos em brigas, e os que restavam eram manchados de escarlate pela noz-de-areca que mastigavam. No instante em que o garoto mais velho começou a explicar a história, Fen chamou-a da rampa. Os casais brancos, já em terra firme, pareciam rir deles, da mulher de pijama masculino imundo tentando falar com os nativos, do australiano magro e barbudo, que talvez se lavasse, talvez não, cambaleando com suas malas e chamando a esposa.

Ela desejou aos meninos um feliz Natal, algo que fez com que achassem graça, e eles lhe desejaram a mesma coisa. Ela poderia ficar acocorada ali no cais com aqueles garotos a noite toda.

Fen, ela viu, não estava zangado. Passou as duas sacolas para o ombro esquerdo e lhe ofereceu o braço direito, como se ela também usasse um vestido elegante. Ela passou o braço esquerdo sobre o braço dele, e ele o apertou. Nell sentiu uma pontada em seu machucado por causa da pressão.

— É véspera de Natal, pelo amor de Deus! Será que você precisa trabalhar o tempo todo? — Mas sua voz estava brincalhona agora, quase apologética. Estamos aqui, dizia o braço apertado ao redor do seu. Acabou a história com os mumbanyo. Ele a beijou, e isso também fez a dor aumentar, mas ela não reclamou. Ele não gostava que ela fosse forte, mas também não gostava que fosse fraca. Havia muitos meses ele se cansara de doenças e feridas. Quando a febre subia, fazia caminhadas de sessenta quilômetros. Quando um verme branco e gordo crescia sob a pele de sua perna, ele mesmo o arrancava com um canivete.

Deram-lhes um quarto no segundo andar. A música que vinha da sala de jantar do clube abaixo vibrava nas tábuas.

Ela tocou uma das camas de solteiro. Estava arrumada com lençóis brancos engomados e um travesseiro gordo. Puxou o lençol, firmemente preso na cama, e entrou ali. Era apenas uma velha e estreita cama de campanha, mas parecia uma nuvem, uma nuvem engomada, lisa e limpa. Ela sentiu o sono, aquele velho sono pesado, o mesmo de sua infância, acercar-se dela.

— Boa ideia. — Fen tirou os sapatos. Havia uma cama toda para ele também, mas ele abriu caminho ao lado dela, e ela teve que se virar de lado para não cair.

— Hora de procriar — ele cantarolou.

As mãos dele deslizaram para a parte de trás de sua calça de algodão, agarraram a carne de suas nádegas e apertaram sua virilha contra a dele. Isso a fez lembrar de como costumava pressionar suas bonecas de papel umas nas outras quando já não tinha idade para brincar, mas ainda não havia se desfeito delas. Como aquilo não funcionou, então ele pegou a mão dela e a conduziu para baixo e, quando ela o segurou totalmente, Fen lhe cobriu a mão com a sua e começou a mexê-la para cima e para baixo num ritmo que ela conhecia bem, porém ele nunca a deixava tentar sozinha. A respiração dele logo se tornou rápida e rascante, mas levou muito tempo para que o pênis mostrasse o menor sinal de rigidez. Deixava-se mover entre suas duas mãos como uma água-viva. Não era o momento certo, de todo modo. Ela estava prestes a ficar menstruada.

— Merda — Fen murmurou. — Droga.

A raiva pareceu ter enviado uma onda de alguma coisa lá para baixo, e de repente ele cresceu em suas mãos, enorme, duro e arroxeado.

— Meta logo — disse Fen. — Meta agora mesmo!

Não havia argumentação com ele, não adiantava falar de secura ou de ser o momento certo ou não, ou de febres se instalando ou feridas que se abririam quando esfregadas contra os lençóis de linho. Deixariam manchas de sangue, e as empregadas taway pensariam que era sangue menstrual e teriam de queimá-los por motivos supersticiosos, aqueles lençóis limpos, frescos e bonitos.

Ela meteu. As pequenas partes de sua pele que não doíam estavam dormentes, se é que não estavam mortas. Fen se mexia ritmicamente contra ela. Quando acabou, ele disse:

— Aí está o seu bebê.

— Pelo menos uma perna ou duas — disse ela, assim que pôde confiar em sua voz.

Ele riu. Os mumbanyo acreditavam que eram necessárias muitas vezes para fazer um bebê todo.

— Cuidamos dos braços hoje à noite, mais tarde. — Ele virou o rosto para ela e a beijou. — Agora vamos nos preparar para essa tal festa.

Havia uma enorme árvore de Natal do outro lado da sala. Parecia real, como se a tivessem enviado de New Hampshire. A sala estava cheia, na maioria homens, proprietários e supervisores, motoristas que trabalhavam nos rios e *kiaps* do governo, caçadores de crocodilo com seus taxidermistas fedorentos, comerciantes, contrabandistas e alguns ministros que bebiam muito. As mulheres bonitas do barco pareciam brilhar, cada uma no centro de seu próprio círculo de homens. Criados taway usavam aventais brancos e carregavam bandejas de champanhe. Tinham braços e pernas longos e narizes compridos e estreitos, sem marcas de brincos ou cicatrizes. Não eram, ela adivinhou, um povo guerreiro, como os anapa. O que aconteceria se instalassem um posto de governador mais adiante no rio Yuat? Não seria possível amarrar um avental branco num mumbanyo. Você sairia com o pescoço cortado se tentasse.

Ela pegou uma taça de uma bandeja que lhe estendiam. Do outro lado da sala, atrás da bandeja e do braço do taway que a segurava, viu um homem ao lado da árvore, um homem talvez mais alto que a própria árvore, tocando um ramo com os dedos.

Sem os óculos, meu rosto seria pouco mais do que uma mancha rosada entre muitas, mas ela pareceu me reconhecer assim que levantei a cabeça.

2

TRÊS DIAS ANTES, EU TINHA IDO ao rio para me afogar.

Você está falando sério, Andy? A pergunta reverberava no meu corpo em intervalos regulares, às vezes na minha própria voz, às vezes na de um de meus irmãos: a de Martin cheia de ironia diante da situação, a de John mais preocupada, mas ainda assim com uma sobrancelha meio alteada. O ar estava rarefeito enquanto eu avançava pela mata que ficava depois da minha aldeia, a noroeste, em direção a um local vazio na água. Uns poucos passos mais perto de Londres, somente uns poucos. Oi, mãe; adeus, mãe. Eu amava você, de verdade, antes de você ter me feito sair do maldito hemisfério ocidental.

Eu não tinha certeza de que estava absorvendo oxigênio. Não conseguia sentir minha língua. Ele não consegue sentir a língua, que história é essa? Eu podia ouvir Martin gritar para John na voz de nossa velha cozinheira Mary. John estava rindo demais para responder. As pedras eram ridículas e se entrechocavam ruidosamente contra as minhas coxas. Agora, meus irmãos estavam rindo do paletó de linho, o do nosso pai, aquele que tinha a mancha de ovo de que Martin se lembrava. Ele caía bem, não caía, Andy?, quando eu gentilmente chamei sua atenção para a mancha. Avancei através da vegetação densa, meus irmãos me imitando, exagerando os meus gestos às minhas costas, John dizendo a Martin para parar de fazê-lo rir, ou ele ia mijar nas calças. Vim para o lugar onde o menino de Teket tinha sido mordido por uma víbora. Ele morreu depressa — o sistema respiratório parou de funcionar completamente. Algumas pessoas têm sorte, não?, Martin disse. Engraçado que, quando você tem um propósito, a infelicidade se esconde.

A sensação que grudara em mim feito cera por tanto tempo tinha desaparecido, e eu me sentia estranhamente flutuante, meu bom humor tinha voltado, havia anos meus irmãos não estavam tão próximos de mim. Quase como se estivessem prestes a realmente falar de novo. Talvez todos os suicidas fiquem felizes no fim. Talvez seja nesse momento que a pessoa compreende o verdadeiro sentido de tudo, que é, depois de ter dado um jeito de nascer, morrer. É a única coisa para a qual cada um de nós está programado, direcionado, e da qual não pode se desviar de jeito nenhum. Até meu pai, também morto, teria de concordar com isso. Foi assim que Martin se sentiu enquanto marchava em direção a Piccadilly? Foi assim que sempre o imaginei, ele não andava nem corria, mas marchava, marchava como John marchou para a guerra que o engoliu.

E então a arma, do bolso ao ouvido. Não a têmpora, mas o ouvido. Deixaram isso claro, por algum motivo. Como se ele tivesse apenas a intenção de parar de ouvir, não parar de viver. Teria o metal tocado a pele? Teria ele feito uma pausa para sentir o frio do metal ou tudo foi feito num momento só, num gesto suave? Será que ele riu? Eu só conseguia imaginar Martin rindo naquele momento. Nada jamais tinha sido particularmente grave para Martin. Decerto não um jovem em Piccadilly com uma arma apontada para o próprio ouvido. Foi isso que me incomodou tanto quando recebi a notícia, quando o diretor foi me buscar na aula de francês. Por que Martin foi tão sério nesse detalhe em específico? Ele não poderia ter sido sério em alguma outra coisa?

Senti o lamaçal voltando agora, uma espécie de asfixia mental. O velho Prall em meu escritório receberia a notícia e ia se sentir como eu me sentira naquele dia na sala do diretor, olhando para uma samambaia no parapeito da janela e duvidando que Martin tivesse feito aquilo para valer. Não seria fácil para Prall saber se ia rir ou chorar. O desgraçado do Bankson se afogou naquele rio, ele diria atabalhoadamente para Maxley ou Henin no corredor. E então alguém riria. Como não rir? Mas eu não podia voltar e me sentar dentro daquele mosquiteiro sozinho novamente. Se não me virasse na direção do rio (ele agora brilhava através das folhas verdes e enceradas, grandes como pratos), só precisaria continuar andando. Em algum momento chegaria aos pabei. Nunca encontrara nenhum. Metade deles tinha sido presa por não acatar as novas leis.

Dirigi-me à água. Mordi com força o músculo da língua. Com mais força. Não conseguia senti-lo, embora o sangue tivesse vindo, metal, desumano. Fui direto para o rio. Sim, provavelmente tudo tinha acontecido num gesto só, para fora do bolso e para junto do ouvido e bangue. A água estava quente, e o paletó de linho não flutuou. Ficou preso ao meu corpo, pesado e apertado. Ouvi um movimento atrás de mim. Um crocodilo, talvez. Pela primeira vez não tive medo deles. Devorado por um crocodilo. É pior que estourar a cabeça no Piccadilly Circus. Os crocodilos eram sagrados para os kiona. Talvez eu faça parte de sua mitologia, o homem branco infeliz que se tornou um crocodilo. Mergulhei. Minha mente não estava calma, mas eu não estava infeliz. Lamentavelmente, sempre fui capaz de prender a respiração. Costumávamos competir, Martin, John e eu. Eles achavam engraçado que o mais novo tivesse os maiores pulmões, que eu desmaiasse antes de desistir. Parte de você é feito essas cabras que desmaiam diante do perigo, Andy, meu pai dizia com frequência.

Eles me agarraram tão forte e tão rápido que engoli água e, mesmo de volta à superfície, não conseguia respirar. Cada um dos homens tinha enganchado um braço em volta do meu ombro. Eles me arrastaram para a margem, me viraram, bateram em mim como a uma panqueca de sagu e me colocaram de pé outra vez, o tempo todo passando um sermão na língua deles. Encontraram as pedras no bolso. Agarraram-nas, os dois homens, seus corpos quase secos já que eles não usavam nada além de uma corda em torno da cintura, enquanto eu me recurvava com o peso de todas as minhas roupas. Eles fizeram uma pilha com as pedras dos meus bolsos na praia e mudaram de língua, passando a um kiona pior do que o meu e explicando que eles sabiam que eu era o homem de Teket, de Nengai. As pedras são bonitas, eles disseram, mas perigosas. Você pode coletá-las, mas tem de deixá-las na terra antes de ir nadar. E não nade de roupa. Isso também é perigoso. E não nade sozinho. Sozinho você só vai arranjar problema. Eles me perguntaram se eu sabia o caminho de volta. Falavam de modo severo e brusco. Adultos que não têm paciência com uma criança grande demais.

— Sim — eu disse a eles —, estou bem.

— Nós não podemos ir mais longe.

— Não faz mal.

Comecei a voltar. Ouvi-os atrás de mim, subindo o rio. Falavam rapidamente, em voz alta, em pabei. Ouvi uma palavra que conhecia, *taiku*, a palavra kiona para pedras. Um deles a pronunciou, e em seguida o outro repetiu mais alto. Então vieram gargalhadas fortes, de sacudir a barriga. Riram como as pessoas na Inglaterra costumavam rir antes da guerra, quando eu era menino.

Eu estaria vivo para o Natal, no fim das contas, então arrumei as malas e fui passá-lo com os bêbados no Posto de Governo em Angoram.

3

— Bankson. Jesus. Que bom te ver, rapaz.

Eu me lembrava de Schuyler Fenwick como um idiota seco e nervoso que não gostava muito de mim. Mas, quando estendi a mão, ele a afastou e passou os braços ao meu redor. Abracei-o também, e essa demonstração arrancou uma boa risada dos *kiaps* bêbados perto de nós. Minha garganta queimou com a emoção inesperada, e não tive tempo de me recuperar antes de ele me apresentar a sua esposa.

— É o Bankson — informou, como se eles só falassem de mim noite e dia.

— Nell Stone — apresentou-se ela.

Nell Stone? Fen se casou com Nell Stone? Ele nem sempre falava sério, mas aquilo parecia para valer. Ninguém nunca tinha mencionado, sobre tudo o que se falava de Nell Stone, que ela era tão pequena ou que tinha aquela aparência enfermiça. Ela me estendeu a mão com um corte mal curado na palma. Apertá-la significaria lhe causar desconforto. Seu sorriso floresceu naturalmente, mas o resto de seu rosto estava pálido e seus olhos pareciam cobertos pela dor. Nell tinha um rosto pequeno e grandes olhos cor de fumaça como um cuscus, aquele pequeno marsupial que as crianças kiona mantinham como animais de estimação.

— Você está ferida.

Eu quase disse *doente*. Toquei sua mão de forma vaga e breve.

— Ferida, mas não morta. — Ela conseguiu dar algo próximo a uma risada. Lábios encantadores num rosto devastadoramente cansado.

Vou me deitar para sangrar um pouco, a balada me passou pela cabeça. *Então vou me levantar e lutar com você novamente.*

— É fantástico que você ainda esteja aqui — comentou Fen. — Pensamos que a essa altura talvez já tivesse ido embora.

— Eu deveria ter ido. Acho que os meus kiona comemorariam por uma semana inteira se eu me mandasse. Mas sempre há aquele último pedaço para encaixar, mesmo que seu formato seja completamente incompatível.

Eles riram muito, uma espécie de acordo profundamente simpático que era como um bálsamo aos meus nervos despedaçados.

— É sempre essa a sensação no trabalho de campo, não é? — disse Nell. — Então você volta, e tudo se encaixa.

— Será que se encaixa mesmo? — perguntei.

— Se você fez o trabalho direito, sim.

— Será? — Eu precisava tirar aquele tom meio tolo da voz. — Vamos pegar mais bebidas. E comida. Vocês querem comer? Devem querer, é claro. Vamos nos sentar? — Meu coração batia com força na garganta, e tudo em que conseguia pensar era como mantê-los ali, como mantê-los ali. Sentia minha solidão se avolumar como um bócio, e não sabia ao certo como escondê-la deles.

Havia algumas mesas vazias no fundo da sala. Atravessando uma nuvem de fumaça de tabaco, fomos para uma no canto, espremida entre um grupo de oficiais brancos de patrulha e mineradores que bebiam depressa e gritavam uns aos outros. A banda começou a tocar "Lady of Spain", mas ninguém dançava. Parei um garçom, apontei para a mesa e pedi que nos trouxesse o jantar. Eles foram na minha frente, Fen primeiro, bem adiante, pois Nell se demorava por causa do tornozelo esquerdo manco. Eu ia atrás dela, bem perto. A parte de trás de seu vestido azul de algodão estava amarrotada.

Eu imaginava Nell Stone uma mulher mais velha, com ares de matrona. Não tinha lido o livro que recentemente a fizera famosa, o livro que fazia a menção ao nome dela evocar visões de comportamento lascivo em praias tropicais, mas eu a imaginara uma dona de casa americana em meio às escapadas sexuais nas Ilhas Salomão. Essa Nell Stone, contudo, era quase uma menina, com braços finos e uma grossa trança caindo-lhe pelas costas.

Acomodamo-nos na pequena mesa. Um retrato desolado do rei assomava acima de nós.

— De onde vocês estão vindo? — perguntei.

— Começamos nas montanhas — informou Nell.

— O planalto?

— Não, as Torricelli.

— Um ano com uma tribo que não tinha um nome para designar a si mesmos.

— Demos a eles o nome de sua pequena montanha — disse Nell. — Anapa.

— Se eles estivessem *mortos* teria sido menos desinteressante — completou Fen.

— Eles eram muito amáveis e bondosos, mas desnutridos e fracos.

— Asfixiantemente maçantes, você quer dizer — corrigiu Fen.

— Fen basicamente ficou fora caçando por um ano.

— Era a única maneira de ficar acordado.

— Passei meus dias com as mulheres e as crianças nas hortas, cultivando apenas o que mal era suficiente para a aldeia.

— E acabam de chegar de lá? — Eu estava tentando entender onde e como ela havia conseguido ficar em tão mau estado.

— Não, não. Nós os deixamos em...? — Fen virou-se para ela.

— Julho.

— Descemos e nos esgueiramos um pouco mais para perto de você. Encontramos uma tribo mais abaixo no Yuat.

— Qual?

— Os mumbanyo.

Eu não tinha ouvido falar deles.

— Guerreiros temíveis — explicou Fen. — Aposto que colocariam os seus kiona para correr. Aterrorizaram todas as outras tribos pelo Yuat. E uns aos outros.

— E a nós — disse Nell.

— Só a você, Nellie — retrucou Fen.

O garçom trouxe a nossa comida: carne, purê e uma grossa vagem amarela inglesa, do tipo que eu esperava nunca mais ver outra vez na vida. Nós nos fartamos de carne e de conversa ao mesmo tempo, sem nos preocupar em cobrir a boca ou esperar a nossa vez. Interrompíamo-nos e fazíamos intervenções abruptas. Atacávamos uns aos outros, embora eles, sendo dois, talvez batessem mais. Observando a natureza de suas perguntas — as de Fen sobre religião e totens religiosos, cerimônias, guerra e genealogia; as de Nell sobre economia, alimentação, governo, estrutura social e criação dos filhos —, dava para saber que eles dividiam suas áreas ordenadamente, e senti uma pontada de inveja. Em todas as cartas que escrevi ao meu departamento na Universidade de Cambridge, eu tinha pedido um parceiro, algum jovem que estivesse começando e precisasse de um pouco de orientação. Mas todo mundo queria demarcar seu próprio território. Ou talvez, embora eu tivesse feito um grande esforço para escondê-lo, eles perceberam em minhas cartas o lodaçal dos meus pensamentos, a estagnação do meu trabalho, e mantiveram distância.

— O que houve com o seu pé? — perguntei a ela.

— Torci subindo a Anapa.

— O quê, dezessete meses atrás?

— Eles precisaram levá-la num poste. — Fen parecia se divertir com a lembrança.

— Eles me envolveram em folhas de bananeira, e eu parecia um porco amarrado que eles planejavam preparar para o jantar.

Ela e Fen riram muito e de forma abrupta, como se nunca tivessem rido disso antes.

— Uma boa parte do tempo, passei de cabeça para baixo — disse ela. — Fen seguiu na frente, chegou lá um dia antes de mim e não me mandou nem mesmo um bilhete. Precisamos de mais de duzentos carregadores para levar todo o nosso equipamento lá para cima.

— Eu era o único que tinha uma arma — prosseguiu Fen. — Eles nos alertaram que emboscadas não eram raras. Essas tribos passam fome lá em cima, e nós estávamos levando toda a nossa comida.

— Deve estar quebrado — cogitei.

— O quê?

— Seu tornozelo.

— Sim. — Ela olhou para Fen de uma maneira que me pareceu cautelosa. — Acho que sim.

Percebi então que ela não tinha comido como eu e Fen. A comida só tinha sido empurrada ao redor do prato.

Uma cadeira caiu atrás de mim. Dois *kiaps* agarravam um ao outro por seus uniformes do governo, o rosto vermelho, cambaleando como parceiros bêbados de dança, até que um deles estendeu o braço para trás e, balançando-o, golpeou ligeiro e com vontade a boca do outro homem. No momento em que foram separados, seus rostos pareciam ter sido escavados com um ancinho e suas mãos estavam cobertas do sangue um do outro. Vozes se elevaram, e o líder da banda encorajou todo mundo a dançar, dando início a uma melodia alta e rápida. Mas ninguém prestou atenção. Outra briga irrompeu do outro lado da sala.

— Vamos — eu disse.

— Para onde? — perguntou Fen.

— Posso levar vocês rio acima. Tem bastante espaço na minha casa.

— Temos um quarto no andar de cima — informou Nell.

— Vocês não vão dormir. E se eles tocarem fogo nisto aqui, vocês não terão uma cama. Já faz cinco dias que essas pessoas estão bebendo sem parar. — Apontei para a mão dela e para as lesões que acabava de notar em seu braço esquerdo. — E eu tenho remédio para esses cortes. Eles não parecem ter sido tratados de jeito nenhum.

Eu estava de pé agora, inquieto, esperando que eles concordassem. Preciso de vocês. Eu preciso de vocês. Mudei de tática e disse a Fen:

— Você disse que gostaria de ver os kiona.

— Gostaria muito. Mas estamos de partida para Melbourne pela manhã.

— Como assim?

Eles não tinham mencionado, nas várias horas que passamos juntos, que deixariam a Nova Guiné.

— Vamos tentar roubar uma tribo de Elkin.

— Não! — Eu não tive a intenção de falar isso, não num tom tão petulante. — Por quê? — Os aborígines? Eles não podiam ir para perto dos aborígines. — E os mumbanyo? Vocês só passaram cinco meses lá.

Fen olhou para Nell, para que ela explicasse.

— Não podíamos ficar mais. Pelo menos *eu* não podia. E pensamos que talvez na Austrália pudéssemos encontrar uma região que não tivesse sido reivindicada.

A palavra *reivindicada* me ajudou a entender. Suspeito que ela sabia que ajudaria.

— Não deixem o Sepik por minha causa, sob nenhuma circunstância. Não sou dono do rio, nem quero ser. Há oitenta antropólogos para cada maldito navajo, mas ainda assim eles me dão um rio de mais de mil quilômetros. Ninguém se atreve a chegar perto. Acham que é "meu". Mas eu não quero isso! — Eu estava ciente do tom de lamúria na minha voz. Não me importava. Ficaria de joelhos se fosse preciso. — Por favor, fiquem. Encontro amanhã mesmo uma tribo para vocês, há centenas delas, longe, muito longe de mim, se quiserem.

Eles concordaram tão rapidamente, e sem nem mesmo olhar um para o outro, que depois me perguntei se desde o início estavam me enrolando com aquela conversa. Não importava. Eles talvez precisassem de mim. Mas eu precisava deles muito mais.

Enquanto esperava que fossem buscar suas coisas no quarto no andar de cima, tentei me lembrar de cada tribo de que tinha ouvido falar rio acima e rio abaixo. A primeira que me veio à mente foram os tam. Meu informante, Teket, tinha uma prima que se casara com um tam, e ele sempre usava a palavra *pacífico* quando descrevia o tempo que passara lá. Eu vira algumas mulheres tam negociando peixe no mercado e notara seu tino comercial lacônico, a forma como batiam o pé diante dos kiona — que sempre barganhavam muito — quando outras tribos cediam. Mas o lago Tam ficava longe demais. Precisava pensar num povo bem mais próximo.

Eles desceram com as malas.

— Isso não pode ser tudo o que vocês têm.

Fen sorriu.

— Não, não é bem assim.

— Mandamos o resto para Port Moresby — disse Nell. Ela mudara de roupa e agora usava uma camisa masculina branca e calça marrom, como se esperasse voltar ao trabalho já pela manhã.

— Posso mandar um recado para que as tragam de volta. Quer dizer, isso se vocês ficarem. — Peguei duas mochilas e saí antes que eles pudessem mudar de ideia.

Meus ouvidos zumbiram no silêncio repentino. Com a luz elétrica vindo da casa do governo, a música ficando para trás e a grama podada sob os pés, poderíamos estar saindo de um baile na Universidade de Cambridge numa noite quente. Virei-me para trás, e Fen segurava a mão dela.

Fui na frente, atravessando a rua, passando pelas docas, pela picada de um matagal, até a prainha onde escondera minha canoa. Mesmo no escuro, pude ver suas expressões de desapontamento. Acho que eles imaginaram que seria um barco de verdade, com assentos e almofadas.

— Eu ganhei isto aqui. É uma canoa de guerra. Ganhei por ter acertado um javali. — Tentei compensar a decepção deles energicamente, jogando suas mochilas e em seguida correndo de volta até a praia para pegar o motor, que escondera atrás de uma figueira gorda.

Eles se animaram consideravelmente quando o viram. Acharam que eu ia remar até a minha aldeia, o que teria levado a noite toda e a maior parte da manhã seguinte.

— Ora, isso é algo que nunca vi — disse Fen, enquanto eu aparafusava o motor no lugar.

Ajeitei as mochilas na frente, improvisando uma cama para que Nell pudesse dormir. Levei-a até lá, coloquei Fen no meio e empurrei a canoa para fora uns poucos metros. Depois que pulei para dentro, puxei o cordão e acelerei com firmeza. Se eles ainda tinham qualquer dúvida, não pude ouvir por cima do lamento do motor, que nos levou rapidamente pela água escura e crispada em direção a Nengai.

4

Fui criado na ciência como as outras pessoas são criadas em Deus, ou deuses, ou no crocodilo.

Se você atirasse uma flecha da Nova Guiné através do globo, ela talvez saísse do outro lado, na aldeia de Grantchester, nos arredores de Cambridge, Inglaterra. A casa em que cresci, Hemsley House, foi propriedade de cientistas da família Bankson por três gerações, e cada mesa, gaveta e armário estava recheado com os entulhos da ciência: lunetas, tubos de ensaio, balanças, lupas, bússolas e um telescópio de bronze; caixas com lâminas de vidro e alfinetes de entomologia, geodos, fósseis, ossos, dentes, madeira petrificada, borboletas e besouros emoldurados e milhares de carcaças soltas de insetos que se transformavam em pó quando tocadas.

Meu pai estudou zoologia no St. John's College em Cambridge e se tornou pesquisador sênior e chefe de departamento, como esperado. Ele e minha mãe se conheceram em 1897, casaram-se naquele mês de junho e tiveram três filhos com três anos de diferença um do outro: John, Martin, depois eu.

Meu pai tinha um bigode farto, que muitas vezes escondia um sorrisinho. Eu não entendia o seu humor até crescer e ele o perder, e o levava sempre ao pé da letra, o que também o divertia. Ele esteve interessado, durante toda a minha infância, em ovos. Incubava-os primeiro no quarto da babá e depois, quando ela reclamou, num galpão. Quando estavam prontos, ele pegava cada ovo, anotava o número do galinheiro, da galinha e a data da postura, em seguida tirava a casca e estudava cada detalhe do embrião. Criava camundongos, pombos, porquinhos-da-índia, cabras e coelhos; plantava e estudava boca-de-dragão e ervilhas. Nunca perdeu sua paixão por Mendel. Acreditava que faltava uma peça nas teorias de Darwin, assim como o próprio Darwin, pois era preciso explicar como os fenótipos eram transferidos de uma geração para a seguinte. Seu conceito de genética começava com uma imagem de uma onda ou vibração. Sua carreira — heterogênea como era, por vezes pária, por vezes herói — foi o resultado de sua curiosidade, de sua natureza interrogativa. Ele foi um apóstolo da ciência, da busca de perguntas e respostas, e esperava que os filhos também o fossem.

Quando cheguei à Nova Guiné em 1931, aos 27 anos, minha mãe e eu éramos os únicos membros remanescentes de nossa família, e ela para mim tinha se tornado um grande fardo psicológico, ao mesmo tempo carente e despótica, uma tirana que parecia não saber o que queria para ou de seu último súdito. Mas ela não foi sempre assim. Lembro-me dela em minha mocidade como alguém suave, doce e, embora eu fosse o último da fornada, jovem. Lembro-me dela se submetendo ao meu pai em todos os casos, à espera de sua palavra sobre um assunto ou outro, incapaz de dar a nós, meninos, respostas à mais benigna das perguntas: Será que podemos trazer as aranhas para casa se estiverem em frascos? Podemos espalhar geleia na pedra para observar as formigas escravocratas tentando transportá-la? Tínhamos um vínculo especial, porque ela não queria que eu crescesse, e eu também não queria crescer. A julgar pelos meus irmãos, não devia ser fácil. John concordava com tudo o que meu pai dizia, e Martin não concordava com quase nada. Nenhuma das duas estradas parecia lá muito ensolarada para mim, então eu estava feliz por me esparramar no colo da minha mãe ainda por um bom tempo.

Nossa visita no verão de 1910 à irmã do meu pai, tia Dottie, é a primeira memória que guardo. Ela era uma de nossas muitas tias solteironas e, para mim, a mais interessante. Tinha uma coleção magnífica de besouros, todos presos, emoldurados e rotulados com sua caligrafia elegante, vários quadrados dispostos em veludo. Outras mulheres tinham joias; tia Dottie possuía besouros de todas as cores e formas, todos encontrados na New Forest, que ficava a cerca de quinze quilômetros de sua casa.

Era para New Forest que íamos todos os dias com ela, com nossas botas de borracha, com nossos baldes se entrechocando. Havia um lago de que ela gostava, a cerca de uma hora de caminhada, e ela era a primeira a marchar direto para dentro dele, a lama por vezes mais funda que suas galochas, e mais de uma vez precisamos tirá-la de lá, nós três em fila — eu no final, na terra seca — e rindo muito para ser capaz de ajudar no que quer que fosse, mas a tia Dottie encenava o drama, fingindo estar presa e afundando, e em seguida nos permitia trazê-la lentamente para cima e para fora da água. Sempre tinha as criaturas mais impressionantes em sua rede — um sapo-corredor, um tritão-de-crista, uma borboleta rabo-de-andorinha —, e só era rivalizada ocasionalmente por John, que tinha mais paciência que Martin ou eu com os nossos recipientes cheios de girinos. É por aí que a minha mente vai quando penso em John, doze anos de idade, caminhando num lago fervilhante da New Forest num dia quente de julho, balde em uma mão, rede na outra, os olhos vasculhando a superfície velada. Depois que ele morreu, recebemos uma carta de um colega oficial que disse que John tratava a guerra como uma boa e longa excursão de trabalho de campo. "Não quero dizer com isso que ele não ficasse atento quando precisava ser; ele era, como tenho certeza de que vocês ouviram dos seus superiores, um soldado excepcionalmente corajoso e cheio de consideração. Mas enquanto seus companheiros estavam inclinados a reclamar sobre a vida numa vala de dez metros, John gritava de alegria ao encontrar o fóssil de um molusco do Plioceno ou divisar uma espécie rara de falcão voando no céu. Ele tinha uma grande paixão por esta terra, e, ainda que tenha cedo demais deixado a ela e a nós, tenho certeza de que está em casa." Minha mãe não gostava dessa carta ou de sua sugestão de que John estava "em casa" quando seu corpo explodira numa fazenda belga, mas a mim a carta reconfortava. Não havia muito consolo para a morte de John, e eu optei por aceitá-lo onde quer que o encontrasse.

John era quem tinha o maior potencial para cumprir por nós os desejos do meu pai. Era um naturalista apaixonado. Sua identificação de uma lagarta extremamente rara quando tinha quinze anos foi para o *The entomologist's record*. Ele levou o prêmio de biologia em seu último ano na Charterhouse School. Se a guerra não tivesse interrompido sua trajetória, ele provavelmente seria o quarto Bankson a se tornar tutor em Cambridge. Pelo menos é o que todos pensamos. John teria acalmado nosso pai, e Martin teria tido a liberdade de seguir suas fantasias. Mas John não queria matar as coisas que estudava. Também não estava interessado em ovos, ervilhas, células ou no que estavam chamando de germoplasma. Estava interessado nas pernas triplamente articuladas dos besouros e na plumagem de patos selvagens durante a fase de procriação. Queria ficar lá fora, em meio à lama. Mas não há necessidade de falar sobre John. Ele se foi, assim como todo o seu potencial e seu gritinho feliz nas trincheiras de Rosières quando escavou o fóssil na parede de terra dura.

Estudando biologia, zoologia e química orgânica, Martin tentou apaziguar meu pai e sua terrível tristeza depois da morte de John. Só como atividade paralela, às escondidas, escrevia poemas e peças de teatro. No entanto suas notas eram fracas e ele estava infeliz, e finalmente teve de dizer a verdade ao meu pai. Estava mais interessado em literatura. Meu pai era um grande leitor e amante das artes; ele nos levava ao Museu Britânico e à Tate, e lia Blake e Tennyson para nós à noite, quando éramos crianças. Mas não acreditava que cidadãos comuns criavam arte. A verdadeira arte era anômala; era uma rara mutação. Ela não acontecia simplesmente porque alguém assim desejava. Ele a considerava um total e exasperante desperdício do tempo de um homem comum. A ciência, por outro lado, precisava de um exército de homens estudados. A ciência era um lugar onde os homens de inteligência e educação acima da média poderiam encontrar um ponto de apoio e alargar os muros do conhecimento. A ciência precisava de seus gênios raros, mas também de seus soldados de infantaria. Meu pai tinha produzido três desses soldados. Era difícil convencê-lo de qualquer outra coisa. Não sei de tudo o que aconteceu entre meu pai e Martin após a morte de John. Eu estava longe de casa, na escola, em Warden House e depois em Charterhouse, porém acho que houve um grande número de cartas entre eles. "Seu pai recebeu outra carta de Martin", dizia com frequência a correspondência que minha mãe me mandava. Ela não dizia mais nada, mas isso significava que meu pai estava muito agitado e que minha mãe estava me escrevendo para parecer ocupada, para dar a impressão de que nada poderia interrompê-la. Ela se cansou da discussão, embora nunca tivesse ficado ao lado de ninguém além do meu pai, jamais. Mesmo depois que ele morreu.

Os meus longos anos de internato foram arrematados nas duas pontas pela morte. Quando eu tinha doze anos, recebi durante uma aula de latim a notícia de que John tinha morrido. Havia tantos irmãos de tantos meninos morrendo que já nem tiravam mais você da classe. Você recebia um bilhete, escrito no papel amarelo do vice-diretor, e lhe diziam que poderia sair da sala, caso sentisse necessidade. Nem mesmo o mais emocionalmente frágil entre nós sonharia em admitir tal fraqueza, então fiquei na sala de aula enquanto o professor continuava e os meus colegas não faziam outra coisa senão olhar para mim. Não eram lágrimas brotando o que você sentia, não no primeiro momento. Era mais como ser banhado no álcool etílico que usávamos em casa para anestesiar os nossos insetos. À noite, você chorava porque todo mundo ao seu redor estava chorando, corredores e mais corredores de meninos chorando no escuro por seus irmãos. "As lágrimas não são infinitas, e as nossas acabaram." Esse é o verso de que mais gosto de todos aqueles poetas da guerra.

Mesmo assim, levou muito tempo até eu voltar a sentir alguma coisa.

Era a primavera do meu último ano em Charterhouse quando fui chamado na sala de estudos e enviado para o escritório do diretor. Ele me disse que Martin havia dado um tiro em si mesmo e morrido. Meus pais tinham dado instruções de que eu terminasse o ano letivo antes de voltar para casa. Martin se matara no dia do aniversário de John, sob a estátua de Anteros no Piccadilly Circus. Houve um inquérito e uma audiência, e sua fotografia parou na primeira página do *Daily Mirror*. Foi o mais público suicídio da história da Inglaterra. Deve ter sido um grande tema de conversa, fora do alcance dos meus ouvidos. A mim, ninguém disse uma palavra.

Comecei meus estudos na Universidade de Cambridge, onde escolhi zoologia, química orgânica, botânica e fisiologia. Naquele Natal, eu tinha planejado ir à Espanha com alguns amigos, mas tudo deu errado no último minuto e acabei viajando os cinco quilômetros até a casa onde cresci, onde meu pai queria que eu me juntasse a ele num estudo no Museu Britânico sobre as penas listradas anômalas da perdiz-vermelha. No período letivo seguinte, comecei a suspeitar, como Martin antes de mim, que eu não fora feito para a ciência. Mas mesmo assim eu *tinha* que ter sido feito para a ciência; Martin tinha deixado claro que qualquer outro caminho não valia a pena. O sentido da vida está na busca para entender a estrutura e a ordem do mundo natural — esse era o mantra em que eu tinha sido criado. Qualquer desvio dele era suicídio. Quando surgiu uma oportunidade para ir a Galápagos, o Santo Graal, aferrei-me a ela. A centelha seria então reacendida, e lá eu haveria de me iluminar. Mas achei o trabalho num barco tão entediante quanto no salão dos pássaros no Museu Britânico com meu pai. Cheguei à conclusão de que toda a história darwinista sobre tentilhões de bico largo comerem nozes e tentilhões de bico fino comerem larvas era um mito, pois estavam todos misturados comendo lagartas juntos e muito felizes. A única descoberta que fiz foi que adoro o clima quente e úmido. Nunca me senti tão bem. Mas voltei para casa desanimado sobre meu futuro como cientista. Eu sabia que não poderia passar minha vida num laboratório.

Fiz um curso de psicologia. Entrei para a Cambridge Antiquarian Society e me vi a bordo de um trem para Cheltenham, para uma escavação arqueológica. Eu me afeiçoara a uma garota chamada Emma na Antiquarian Society, e tinha esperança de arranjar as coisas de modo a me sentar com ela, mas outro colega tivera a mesma ideia e um pouco mais de visão, e fiquei sozinho atrás deles. Um homem mais velho, claramente um tutor de Cambridge, ocupou o assento ao meu lado, e, uma vez tendo desistido do meu mau humor por causa da garota, começamos a conversar. Ele estava curioso sobre a minha viagem a Galápagos, não sobre os pássaros ou as lagartas, mas sobre os mestiços equatorianos. Fez uma série de perguntas que eu não sabia como responder, mas as achei intrigantes e desejei ter pensado em fazê-las a mim mesmo quando estava lá. Ele era A. C. Haddon, e aquela foi a minha primeira conversa sobre a disciplina que ele me disse chamar-se antropologia. No final da viagem, ele me convidou a fazer a minha especialização em etnologia. Após um mês, abandonei as ciências biológicas. Foi um pouco aterrador, quase como uma queda livre, passar de uma ciência física extremamente ordenada e estruturada a uma ciência social nascente, com pouco mais de vinte anos de existência. A antropologia estava em transição; na época, não era mais o estudo de homens mortos, mas o de pessoas vivas, e lentamente deixava de lado a crença rígida de que a culminação natural e inevitável de toda a sociedade é o modelo ocidental.

Saí para a minha primeira viagem de trabalho de campo no verão após minha formatura. Queria ir embora o mais rápido possível. Meu pai tinha morrido naquele inverno (eu estive ao seu lado; tive a chance de dizer adeus, o que tornou tudo mais fácil), e minha mãe se agarrou a mim com maior força do que o habitual. Ela se tornou ao mesmo tempo inacreditavelmente carente e insensível. Não sei se ela estava tentando compensar a ausência do meu pai ou se a ausência dele libertara uma parte de sua personalidade que estivera adormecida durante o longo casamento. Fosse qual fosse o caso, minha mãe estava ao mesmo tempo ansiosa em ter minha companhia e enojada com o homem que ela achava que eu me tornaria. Considerava a antropologia uma ciência fraca, uma falsa ciência, uma fantasmagoria de palavras sem substância ou propósito. Tinha tanta certeza disso e estava tão intransigente que até mesmo visitas curtas eram perigosas para as minhas convicções já meio bambas.

Inicialmente, eu deveria encontrar uma tribo no rio Sepik, no Território da Nova Guiné, uma área que ainda não tinha sido invadida por missionários ou pela indústria. Mas quando cheguei a Port Moresby me disseram que a região não era segura. Ocorrera uma onda de caça de cabeças. Então fui para a ilha da Nova Bretanha, onde estudei os baining, uma tribo impossível que se recusou a me dizer o que fosse até eu aprender a sua língua, e, mesmo quando a aprendi, eles se recusaram a falar. Eles me mandavam ir ver uma pessoa que ficava a uma distância de metade de um dia de caminhada, e, quando eu voltava, descobria que eles tinham feito uma cerimônia em minha ausência. Não conseguia nada deles, e até mesmo depois de um ano não tinha entendido a sua genealogia por causa de uma infinidade de tabus relativos aos nomes que os impediam de dizer em voz alta o nome de certos parentes. Mas também é preciso dizer que eu não tinha a menor ideia do que estava fazendo. No primeiro mês, fiquei medindo suas cabeças com paquímetros, até que alguém me perguntou o porquê e eu não tinha nenhuma resposta para dar além de dizer que tinha sido instruído a fazê-lo. Joguei fora os paquímetros, porém nunca realmente entendi o que devia documentar em vez disso. A caminho de casa, parei em Sydney por alguns meses. Haddon estava ensinando na universidade, e fui seu assistente nas aulas de etnografia. No meu tempo livre, trabalhava numa monografia sobre os baining. Depois de lê-la, Haddon alegou que eu era a primeira pessoa a admitir ter limitações como antropólogo, a não compreender os nativos quando eles conversavam entre si, a não ter testemunhado a versão integral de uma cerimônia, a ser enganado, iludido e ridicularizado. Ele ficou tocado com a minha franqueza, mas, para mim, fingir que as coisas foram diferentes teria sido uma falácia, como o pobre Kammerer injetando nanquim nas patas de seus sapos-parteiros a fim de provar a teoria da herança de Lamarck, segundo a qual características adquiridas após o nascimento podem ser transmitidas. No final do semestre, fiz uma breve viagem até o Sepik com meus alunos para ver uma ou duas tribos, só para constatar o que eu tinha perdido por não ter ido para lá inicialmente. Fiquei bastante empolgado com os kiona, mas apenas porque eles me responderam quando fiz uma pergunta através de um tradutor. Ficamos quatro noites, e uma semana depois voltei para a Inglaterra.

Passara três anos fora. Achei que bastava de viagens por um tempo, mas a escuridão do inverno, a inquieta opressão da minha mãe e a sagacidade rançosa, cerebral e desconfortável que borbulhava como um mofo espumante em cada canto de Cambridge levaram-me de volta aos kiona o mais rápido que pude.

5

MINHA ALDEIA EM NENGAI FICAVA, pelo rio, a pouco mais de sessenta quilômetros a oeste de Angoram. Em linha reta, teria sido a metade, mas o Sepik, o maior rio da Nova Guiné, é exuberantemente sinuoso, o Amazonas do Pacífico Sul, com uma tendência tão extrema para serpentear que criou, como fiquei sabendo uma década mais tarde sob circunstâncias muito diferentes, mais de quinze mil lagoas marginais, lugares onde as curvas se dobraram tão longe que acabaram por se desligar do rio. Mas numa canoa à noite, mesmo se for motorizada, não é possível ter consciência do zigue-zague ineficiente de sua rota. Tudo o que se sente é o rio se curvando para um lado e depois para o outro. Acostuma-se com os insetos em seus olhos e em sua boca, e com as protuberâncias brilhantes e serrilhadas dos crocodilos e o alvoroço de milhares de criaturas noturnas que se empanturram enquanto seus predadores dormem. Não se sentem os desnecessários trinta quilômetros extras. Na verdade, gostaria que a viagem fosse mais longa.

A lua estreita deixava o rio com uma pele de prata. Como eu esperava, Nell se aninhara no meio de suas malas e parecia confortável. Fiquei aliviado quando seus olhos se fecharam, como se ela fosse uma filha adoentada que precisasse descansar, e refleti sobre esse sentimento enquanto Fen e eu conversávamos. Falamos não do nosso trabalho, mas de Cambridge, onde ele esteve por um ano enquanto eu estava com os baining, e de Sydney, onde eles tinham se conhecido. Falamos de futebol, do primeiro-ministro MacDonald e da Índia. As últimas notícias que eu tinha eram de que Gandhi começara outra greve de fome, mas nenhum de nós sabia como aquilo terminara. A história ficou em suspenso durante meses. Eu encontrava consolo em não saber.

Após cerca de uma hora de escuridão quase completa em ambas as margens, o rio fez uma curva e vimos fogueiras e, de relance, corpos enfeitados ao longo de uma praia na margem sul. Era a aldeia olimbi de Kamindimimbut, no meio de uma festa. Chegou até nós o cheiro de javali assado, e o bater dos tambores ecoou em nosso peito.

É difícil de acreditar, enquanto escrevo este relato, que a próxima guerra mundial aconteceria apenas a seis anos daquela noite, ou que em nove anos os japoneses tomariam dos australianos o controle do Sepik e de todo o Território da Nova Guiné, ou que eu deixaria o governo dos Estados Unidos me balançar de cabeça para baixo na busca de cada migalha de conhecimento que eu tinha sobre a área. Será que Fen ou Nell teriam feito o mesmo? Contribuição antropológica, foi como chamaram na Agência de Serviços Estratégicos. Um epíteto generoso para prostituição científica.

Liderei uma operação de resgate Sepik acima, até aquela aldeia no final de 1942, e depois cada homem, mulher e criança de Kamindimimbut foi morto pelos japoneses quando souberam que alguns homens olimbi tinham nos ajudado a encontrar os três agentes americanos capturados e detidos nas proximidades. Mais de trezentas pessoas abatidas apenas porque eu soube que aglomerado de casas levantadas e que faixa de areia eram deles.

— E quanto às mulheres, como é que você faz, Bankson? — Fen perguntou, do nada, depois que passamos por Kamindimimbut.

Eu ri.

— Isso é um pouco pessoal para nossa primeira viagem de canoa, não?

— Só estava me perguntando se você seguiu o caminho de Malinowski. Sayers visitou os trobriand ano passado e disse que havia um grande número de adolescentes com um bronzeado suspeito andando por ali.

— Você acredita?

— Você já viu aquele homem em ação? Nell e eu fomos pegá-lo na estação em Nova York, e a única coisa que ele me disse foi: "Eu preciso de um martíni na mão e uma garota na minha cama". Sério, meu amigo, é difícil quando se está sozinho. Eu não acho que poderia passar por isso outra vez.

— Vou trazer uma parceira ou coisa do tipo da próxima vez. Muito mais eficiente também.

— Não sei se eu iria tão longe. — A ponta do seu cigarro descreveu um breve arco laranja até cair no rio. Diminuí a velocidade para ele acender outro, depois acelerei de novo.

Às vezes, à noite, tinha impressão de que meu barco não era impulsionado pelo motor, mas que barco e motor estavam ambos sendo puxados pelo próprio rio, e as ondas que deixávamos não passavam de um desenho, como um palco que se movia com a gente.

— Às vezes eu gostaria de ter ido para o mar — eu disse, talvez simplesmente pelo luxo de falar em voz alta um pensamento passageiro para alguém que entenderia o que eu queria dizer.

— É mesmo? E por quê?

— Acho que sou melhor na água que em terra. A água me cai melhor.

— Os capitães de navios que conheci são uns idiotas.

— Seria bom fazer um trabalho que não fosse o de desembaraçar um grande nó invisível, não acha?

Ele não respondeu, mas isso não me incomodou. Fiquei lisonjeado que tivéssemos chegado já a esse estágio, que nossas mentes pudessem vagar sem ter que se desculpar. Passamos por uma longa faixa de vaga-lumes, milhares deles piscando ao redor do barco, e parecia que voávamos em meio às estrelas. As formas escuras na terra tornaram-se cada vez mais familiares: a dita árvore alta e estreita que eu chamava de Big Ben, a saliência de rocha de xisto azul, o barranco alto da mais ocidental das aldeias kiona. Devo ter diminuído a velocidade, pois Fen perguntou:

— Já estamos chegando?

— Mais uns dois ou três quilômetros.

— Nell — ele chamou numa voz normal, mais um teste do que uma pergunta. Satisfeito ao ver que ela ainda dormia, inclinou-se e perguntou baixinho: — Por acaso os kiona têm um objeto sagrado, longe da aldeia, algo que eles alimentam e protegem?

Ele já me fizera muitas perguntas parecidas em Angoram.

— Eles têm objetos sagrados, certamente; instrumentos, máscaras e crânios de antigos guerreiros.

— Que ficam guardados em casas cerimoniais?

— Sim.

— Falo de algo maior. Que guardam à parte. Algo que talvez eles não tenham mencionado a você, mas que você sentiu que existia.

Fen sugeria que depois de quase dois anos eles ocultavam de mim algum aspecto vital da sua sociedade. Eu lhe garanti que tinham me mostrado cada objeto totêmico que possuíam.

— Eles me disseram que o deles era descendente de um dos kiona.

— Os mumbanyo lhe disseram isso? Sobre o quê?

— Faça-me um favor e pergunte a eles novamente. Sobre uma flauta. Uma que às vezes é mantida em isolamento e tem de ser alimentada.

— Alimentada?

— Você poderia perguntar enquanto eu estou lá? Seu informante talvez não lhe diga a verdade, mas pelo menos vou poder ver a reação dele.

— Você chegou a ver o objeto? — perguntei.

— Só soube uns dias antes de irmos embora.

— E viu o que era?

— Eles meio que me deram.

— De presente?

— Sim, acho que sim. De presente. Mas então outro clã (havia dois clãs rivais na nossa aldeia) tomou-o de volta antes que eu conseguisse olhar direito para o objeto. Eu queria convencer Nell a ficar mais tempo, mas não há como fazê-la mudar de ideia depois que ela mete alguma coisa na cabeça.

— Por que ela quis ir embora?

— Vai saber. Eles não se encaixavam na apresentação de sua tese. E ela dá as ordens. Estamos vivendo com a sua bolsa de pesquisa. Você pergunta ao seu contato para mim? Sobre uma flauta sagrada?

— Eu já os interroguei centenas de vezes sobre essas coisas, mas tudo bem.

— Obrigado, companheiro. Só para ver o rosto dele, na verdade. Ver o que revela.

Minha praia apareceu depois da curva.

— Você ainda tem aquela rede de borboleta? — ele perguntou.

— O quê?

— Haddon lhe deu em Sydney. Lembra? Fiquei com inveja.

Mas eu não me lembrava de nenhuma rede.

Desliguei o motor e remei, para não despertar a aldeia. Dessa vez, Fen a sacudiu.

— Nell. Chegamos. Estamos numa aldeia dos famosos kiona.

— Shhh. Não vamos acordá-los — ela sussurrou. — Para não levarmos uma flechada dos grandes guerreiros dos Sepik.

— Príncipes — disse Fen. — Os príncipes dos Sepik.

Minha casa ficava separada do resto, e fazia muitos anos que ninguém morava ali. Fora construída em torno de um eucalipto arco-íris, que entrava pelo chão e saía pelo telhado. Muitos kiona acreditavam que era uma árvore dos espíritos, um lugar onde seus parentes mortos se reuniam e faziam os seus planos, e alguns mantinham distância dela, fazendo uma larga curva ao redor de minha casa quando passavam. Eles se ofereceram para construir para mim uma casa mais perto do centro da aldeia, mas eu tinha ouvido histórias de antropólogos que esperaram meses até suas casas ficarem prontas e estava ansioso por me instalar logo. Fiquei preocupado que Nell pudesse ter dificuldade em subir a minha escada, que era íngreme, nada mais do que um grande mastro com entalhes rasos fazendo as vezes de degraus, mas ela subiu com facilidade e ainda carregando uma tocha. Não percebeu a árvore até estar lá dentro, a chama iluminando a sala. Ouvi-a exclamar um "uau" tipicamente americano.

Fen e eu levamos suas mochilas para cima, e eu acendi meus três lampiões a óleo para fazer a casa parecer mais espaçosa. O eucalipto ocupava um bocado de espaço. Nell acariciou-o. A casca da árvore havia caído e o tronco estava liso e listrado de laranja, verde vivo e índigo. Não devia ser o primeiro eucalipto arco-íris que ela tinha encontrado, mas era um espécime marcante. Ela passou a mão por uma faixa azul. Tive a estranha sensação de que eles se comunicavam, como se eu tivesse acabado de apresentá-la a um velho amigo e os dois já estivessem se dando bem. Pois a verdade é que eu tinha acariciado a árvore muitas vezes, falado com ela, soluçado abraçado a ela. Fui arranjar o que fazer, juntando meus medicamentos e procurando meu uísque, porque estava cansado e um pouco desgastado da longa viagem noturna, e não tinha certeza de que não ficaria emotivo se ela me fizesse uma única pergunta que fosse sobre a minha árvore.

— Ah, eu estava sonhando com isso — confessou Fen ao olhar para a caneca de lata que lhe entreguei.

Nós dois nos sentamos nos pequenos sofás que confeccionei com tecido de casca de árvore e fibra de sumaúma, enquanto Nell perambulava por ali. Era como se meu corpo ainda deslizasse pela água.

— Não bisbilhote, Nellie — ele ralhou por cima do ombro dela. E então voltou-se para mim: — Os americanos são tão bons antropólogos porque são indelicados para burro.

— Você está admitindo que sou uma boa antropóloga? — ela perguntou, da minha sala de trabalho.

— Estou dizendo que você é intrometida.

Ela estava inclinada sobre a minha mesa, sem tocar em nada, mas olhando de perto. Eu podia ver que tinha uma folha de papel na máquina de escrever, mas não conseguia lembrar o que estava escrito ali.

— Aquelas feridas dela precisam de tratamento.

Fen assentiu.

— Nunca vi como outra pessoa faz trabalho de campo — disse ela.

— Imagino que eu não conto — retrucou Fen.

— São folhas de manga? Você tem uma pergunta aqui sobre folhas de manga.

— E agora ela vai resolver o seu problema, depois de ter ficado aqui por cinco minutos inteiros.

Fingi estar confuso e me uni a ela no escritório. Ela olhava para a grande desordem de cadernos, papéis soltos e folhas de carbono.

— Isso me deixa com saudade de trabalhar.

— Mas só se passaram alguns dias, não é mesmo?

— Nunca me instalei desse jeito com os mumbanyo.

Ela olhou para o monte de papéis como se tivessem valor, como se tivesse certeza de que algo de substancial de algum modo sairia dali. Vi a nota à qual ela se referira.

flhs de mng de nv no túml.?

Expliquei que estivera no enterro de um menino em outra aldeia kiona, e folhas de mangueira tinham sido cuidadosamente colocadas sobre o túmulo.

— Você já tinha visto o padrão antes?

— Não, é um padrão diferente de folhas a cada vez. Mas não consigo encontrar um padrão para os padrões.

— Idade, sexo, posição social, modo como morreu, formato da lua, posição das estrelas, ordem de nascimento, papel na família. — Ela parou para respirar. Parecia ter mais umas quarenta e cinco ideias para mim.

— Não, eles sempre me dizem que não há padrão nenhum.

— Talvez não haja.

— A mesma velha dá as instruções, de modo bem discreto.

— E quanto você pergunta a ela diretamente?

— Deixe pra lá, Nell — disse Fen, do sofá. — Céus, ele está aqui o dobro do tempo que você.

— Não tem problema. Um pouco de ajuda é bem-vinda. A velha é a única mulher da área que não fala comigo.

— Nem mesmo indiretamente, através de um parente?

— Um branco matou o seu filho.

— Sabe quais foram as circunstâncias?

— Houve umas brigas mais abaixo no rio, e os *kiaps* vieram fazer uma batida. Prenderam metade da aldeia. Esse jovem estava visitando o primo, não tinha nada a ver com a briga, mas resistiu à prisão e morreu depois de uma pancada na cabeça.

— Você se desculpou?

— O quê?

— Você fez ofertas a essa mulher para reparar o erro da sua gente?

— Aqueles porcos não são a minha gente.

— Para aquela mulher, são. Essas pessoas não acham que há mais do que doze de nós no mundo todo.

— Eu dei a ela sal e fósforos e tentei conquistá-la de todas as formas possíveis.

— Há um ritual formal para pedir desculpas?

— Não sei.

Ela parecia exasperada comigo.

— Você não pode se dar ao luxo de ter alguém contra você desse jeito. Todos acabam sabendo e medem as respostas que darão a você com base nisso. Ela está distorcendo todos os seus resultados.

Fen deu uma gargalhada atrás da gente.

— Não levou muito tempo dessa vez. Acho que estamos diante de um recorde. Vamos fazer uma pira com todas as anotações dele?

Tudo o que o rosto dela conseguiu fazer foi corar num tom pálido de pêssego.

— Desculpe, eu... — Ela estendeu a mão para mim, até a metade do caminho.

— Tenho certeza de que você está certa. Eu deveria saber como fazer as pazes.

Ela não parecia acreditar no tom da minha voz ou na expressão do meu rosto, e pediu desculpas novamente. Mas não fiquei aborrecido com o que ela dissera. Muito pelo contrário. Eu estava ansioso, desesperado por mais. Ideias, sugestões, críticas a minha abordagem. Fen poderia ter tido demais disso, mas eu tinha de menos.

— Vamos ver como tratar essas feridas de batalha.

Fui para a parte de trás da casa buscar os medicamentos que juntara.

— Bem, você já deu a ele uma lição e tanto, não foi? — Ouvi Fen dizer.

Não entendi o que Nell respondeu. Quando voltei, ela estava sentada ao lado dele e seu rosto tinha retornado àquele tom amarelo lúgubre. Fen não fez nenhum gesto indicando que ia cuidar daquilo, então pedi a ela que me desse primeiro a mão esquerda, a que estava com a palma cortada. Eu não conseguia entender como eles tinham sido tão negligentes com aqueles cortes. Septicemia era um dos maiores riscos no trabalho de campo.

Fen deve ter visto algo na expressão do meu rosto.

— Nossos remédios acabam em uma semana — explicou ele. — Toda vez que um carregamento chega, Nell usa nos arranhões e feridas de todas as suas criancinhas.

Banhei o corte com iodo, limpei com pomada bórica e envolvi numa atadura de algodão. Sua mão no início não pesava na minha, mas logo ela cedeu e senti seu peso.

Confesso, trabalhei devagar. Depois da mão, fui cuidar das lesões, duas no braço, uma no pescoço e outra — ela enrolou a perna da calça — em sua canela direita. Pareciam-me ser pequenas úlceras tropicais, não infecções. Eu suspeitava haver mais, mas não podia lhe pedir que tirasse a roupa. Dei-lhe uma aspirina para a febre. Ao lado dela, Fen a observou até seus olhos se fecharem.

— Você tem que me deixar pedir desculpas pelo que disse antes — ela falou. — Sobre as folhas.

— Fazer as pazes formalmente exigiria um juramento de que vocês dois não vão sair correndo para os aborígines.

Ela levantou a mão enfaixada.

— Eu juro.

— Agora me conte o que aconteceu com os mumbanyo. A menos que queira ir dormir.

— Eu descansei na canoa. Obrigada por cuidar dos meus ferimentos. Estou me sentindo melhor. — Ela tomou seu primeiro gole de uísque. — Você sabe alguma coisa sobre eles, os mumbanyo?

— Nunca ouvi falar.

— O relato de Fen vai ser muito diferente do meu. — As feridas brilhavam com a pomada que eu tinha aplicado nelas.

— Quero ouvir o seu.

Nell pareceu intimidada com a pergunta, como se eu tivesse pedido que escrevesse uma monografia sobre eles naquele momento. Quando pensei que estava a ponto de me dizer que estava cansada demais, ela começou a falar. Eles eram uma tribo rica, ao contrário dos anapa, que davam duro para ter o suficiente para comer a cada dia. O afluente dos mumbanyo estava cheio de peixes, e eles plantavam todo o tabaco da área. Estavam cheios de comida e dinheiro, que ali eram conchas. Mas tinham muito medo e eram agressivos, beirando a paranoia, e aterrorizavam a região, subjugando a todos com suas ameaças impulsivas.

— Nunca tinha tido aversão a um povo antes. Era quase uma repulsa física. Não sou uma neófita na região. Vi mortes, sacrifícios, marcação com cicatrizes que terminaram mal. Não estou... — Ela me olhou de modo arrebatado. — Eles matam seus primogênitos. Matam todos os seus gêmeos. Não num ritual, não com emoção e cerimônia. Simplesmente jogam no rio. Jogam no mato. E as crianças com que ficam, mal cuidam delas. Levam debaixo do braço como um jornal ou colocam dentro de cestos rígidos e fecham a tampa e, quando o bebê chora, eles riscam a cesta. Esse é o seu gesto mais suave, o arranhão no lado de fora do cesto. Quando as meninas estão com sete ou oito anos, os pais começam a fazer sexo com elas. Não é de espantar que cresçam desconfiados, vingativos e sanguinários. E Fen...

— Ele estava intrigado?

— Sim. Apaixonado. Muito atraído. Tive de tirá-lo de lá. — Ela tentou rir. — Eles viviam nos dizendo que se comportavam da melhor forma possível conosco, mas que isso não duraria para sempre. Culpavam a falta de derramamento de sangue por tudo o que dava errado. Fomos embora sete meses antes do previsto. Talvez você tenha notado, há uma espécie de atmosfera de fracasso ao nosso redor.

— Não percebi isso, não.

Eu teria gostado de contar a ela sobre o meu próprio sentimento de fracasso, mas era algo muito vasto para explicar. Em vez disso, olhei para os seus sapatos, com cadarços, estilo colegial, quase tão gastos quanto os meus. Não tinha como saber ao certo se todos os seus dedos estavam lá dentro. Os dedos dos pés eram as primeiras coisas a ser devoradas por essas úlceras tropicais.

— Há uma carta para a sua mãe na máquina de escrever — disse ela.

— Isso acontece com frequência. Querida mamãe, deixe-me em paz. Com amor, Andrew.

— Andrew.

— Sim.

— Ninguém nunca chama você assim.

— Ninguém. Exceto a minha mãe. — Senti que Nell queria ouvir mais. — Ela gostaria que eu estivesse num laboratório em Cambridge. Ameaça cortar o meu dinheiro em todas as suas cartas. E eu não posso fazer este trabalho sem o seu apoio. Nós não recebemos o tipo de bolsas que vocês têm na América. Também não escrevi nenhum best-seller; aliás, nunca escrevi livro algum.

— Ela logo perguntaria sobre o resto da família, então achei que deveria me adiantar. — Todo o resto da família morreu, portanto minha mãe parece ter uma quantidade grande de energia para mim.

— Quem é todo o resto da família?

— Meu pai e meus irmãos.

— Como?

Ali estava uma antropóloga americana. Nada de mudança delicada de assunto, nada de *Você tem minhas mais sentidas condolências* ou mesmo *Que terrível para você*, mas apenas a muito prática e direta pergunta *Como diabos isso aconteceu?*

— John, na guerra. Martin, num acidente seis anos depois. E o meu pai de insuficiência cardíaca, provavelmente devido ao triste fato de que eu, seu filho inferior, era tudo o que restava de seu legado.

— Duvido que você seja realmente inferior.

— Inferior no cérebro. Meus irmãos eram gênios, a seu próprio modo.

— Todo mundo vira gênio quando morre jovem. Em que eles eram tão bons?

Contei a ela sobre John e suas botas e seu balde, a mariposa rara, os fósseis nas trincheiras. E sobre Martin.

— Meu pai achava que era uma demonstração de arrogância desmedida Martin tentar escrever um poema.

— Fen me disse que seu pai cunhou a palavra *genética*.

— Não foi intencional. Ele queria dar um curso sobre Mendel e o que era então chamado germoplasma. E sentiu que precisava de uma palavra mais digna que plasma.

— Ele queria que você continuasse de onde ele tinha parado?

— Ele não era capaz de imaginar qualquer outra coisa para nós. Era tudo o que lhe importava. Ele acreditava que era nosso dever.

— Quando foi que morreu?

— Faz nove anos neste inverno.

— Então ele sabia que você tinha transgredido.

— Sabia que eu estava estudando etnografia com Haddon.

— Ele achava que era uma ciência mole?

— Não era ciência. Não para ele. — Eu podia ouvir claramente meu pai. *Pura bobagem*.

— E sua mãe é da mesma opinião?

— Ela é o Stálin do Lênin dele. Estou com quase trinta anos, mas completamente no poder dela. Meu pai deixou as coisas de modo que ela segurasse os cordões da bolsa.

— Bem, você conseguiu construir sua cela a uma boa distância dela.

Senti que deveria encorajá-la a dormir. Você precisa descansar, eu deveria ter dito, mas não disse.

— Não foi um acidente. Com Martin. Ele se matou.

— Por quê?

— Estava apaixonado por uma garota, e ela não queria nada com ele. Tinha ido ao seu apartamento com um poema de amor que ele tinha escrito, e ela não quis ler. Então Martin foi até Piccadilly Circus, parou sob a estátua de Anteros e se matou com um tiro. Guardei o poema. Não é o melhor que ele escreveu. Mas as manchas de sangue lhe dão um pouco de dignidade.

— Quantos anos você tinha?

— Dezoito.

— Eu pensei que a estátua em Piccadilly fosse de Eros.

Ela puxou um lápis na minha mesa. Por um segundo pensei que ela ia começar a tomar notas.

— Muitas pessoas pensam. Mas é seu irmão gêmeo, o vingador do amor não correspondido. Poético até o fim.

A maioria das mulheres gosta de remexer nas feridas do passado, puxar a crosta fina e consolá-lo depois de terem causado dor. Não Nell.

— Você tem uma parte favorita em tudo isso? — ela perguntou.

— Tudo isso o quê?

— Este trabalho.

Parte favorita? Havia pouca coisa, naquela altura, que não me fizesse querer voltar correndo com as minhas pedras direto para o rio. Balancei a cabeça.

— Você primeiro.

Ela pareceu surpresa, como se não esperasse que a pergunta voltasse para ela. Estreitou os olhos cinzentos.

— Aquele momento, cerca de dois meses depois do início, quando você acha que finalmente entendeu um pouco o lugar onde está. De repente, ele parece estar ao seu alcance. É uma ilusão, só faz oito semanas que você chegou, e é seguida pelo desespero completo de se perguntar se um dia vai entender alguma coisa. Mas, naquele momento, o lugar parece inteiramente seu. É a mais breve e mais pura euforia.

— Céus! — Eu ri.

— Você não sente isso?

— Não, não. Um bom dia para mim é quando nenhum menino rouba minha roupa de baixo, faz um monte de buracos e traz de volta recheada de ratos.

Perguntei se ela acreditava que era realmente possível entender outra cultura. Disse-lhe que quanto mais tempo ficava no lugar, mais estúpida a tentativa parecia, e o que mais me interessava agora era entender como poderíamos ter acreditado que aquilo podia ser de algum modo objetivo, nós que chegávamos cada um com nossas próprias definições pessoais de bondade, força, masculinidade, feminilidade, Deus, civilização, certo e errado.

Ela me disse que eu parecia tão cético quanto o meu pai. Disse-me que ninguém tinha mais de um ponto de vista, nem mesmo em suas chamadas ciências duras. Estamos sempre, em tudo o que fazemos neste mundo, disse ela, limitados pela subjetividade. Mas a nossa perspectiva pode ter um enorme alcance, se dermos a ela a liberdade para se desenrolar. Olhe só para Malinowski, disse ela. Olhe só para Boas. Eles definiram suas culturas do modo como as enxergaram, do modo como *eles* entenderam o ponto de vista dos nativos. A chave, disse ela, é se libertar de todas as suas ideias sobre o que é "natural".

— Mesmo que eu consiga isso, a próxima pessoa que vier aqui vai contar uma história diferente sobre os kiona.

— Sem dúvida.

— Então qual é o *sentido*? — perguntei.

— Isso não é diferente num laboratório. Qual é o *sentido* de qualquer busca por respostas? A verdade que você encontrar sempre será substituída pela de outra pessoa. Algum dia, até mesmo Darwin vai parecer um pitoresco Ptolomeu que viu o que podia ver, mas não mais do que isso.

— Estou um pouco enterrado na lama, no momento. — Enxuguei meu rosto com as mãos, mãos saudáveis: meu corpo ficava bem nos trópicos; era a minha mente que ameaçava fraquejar. — Você não se debate com essas questões?

— Não. Mas sempre achei que a minha opinião era a correta. Um pequeno defeito que tenho.

— Um defeito americano.

— Talvez. Mas Fen também tem.

— Um defeito das colônias, então. Foi por isso que você decidiu fazer este trabalho, para poder dar a sua opinião e as pessoas terem de viajar milhares de quilômetros e escrever seu próprio livro se quisessem refutar o que disse?

Ela abriu um largo sorriso.

— O que foi? — perguntei.

— Essa é a segunda vez esta noite que eu me lembro de uma coisinha em que não pensava fazia anos.

— O que é?

— Meu primeiro boletim. Só comecei a ir à escola aos nove anos, e o comentário da minha professora no final do primeiro período letivo foi: "Elinor tem um entusiasmo excessivo por suas próprias ideias e uma volúvel escassez de entusiasmo pelas dos outros, principalmente as de sua professora".

Eu ri.

— Quando foi a primeira vez que pensou nisso?

— Assim que chegamos, e eu estava bisbilhotando sua mesa. Todas as suas anotações e papéis e livros... Senti várias ideias me ocorrerem, e isso não me acontecia fazia algum tempo. Achei que talvez esse ímpeto tivesse desaparecido para sempre. Parece que você não acredita em mim.

— Acredito em você. Só estou aterrorizado com o que poderia ser um entusiasmo exagerado. Se isto que estou vendo agora é um entusiasmo de menos.

— Se você se parecer um pouquinho que seja com Fen, não vai gostar muito.

Eu não me achava em nada parecido com Fen.

Ela olhou para o marido, que dormia um sono concentrado e profundo ao lado dela, os lábios franzidos e a testa enrugada, como se resistisse a ser alimentado.

— Como foi que vocês dois se conheceram?

— A bordo de um navio. Depois da minha primeira viagem de campo.

— Romance a bordo. — A frase saiu quase como uma pergunta, como se eu estivesse perguntando se tinha acontecido depressa demais, e logo acrescentei, sem muita veemência: — O melhor tipo.

— Sim. Foi muito repentino. Eu voltava das Ilhas Salomão. Um grupo de turistas canadenses estava fazendo um grande alarido sobre o fato de eu ter estudado os nativos desacompanhada, e eu estava cheia de histórias para eles, e Fen ficou por ali, nas sombras, por alguns dias. Eu não sabia quem ele era. Ninguém sabia. Entretanto, ele era o único homem da minha idade e não queria dançar comigo. E então, de repente, aproximou-se de mim no café da manhã e perguntou com que eu tinha sonhado na noite anterior. Fiquei sabendo que ele tinha ido estudar os sonhos de uma tribo chamada dobu e estava indo dar aulas em Londres. Honestamente, foi uma enorme surpresa saber que aquele australiano grandalhão de cabelo preto era antropólogo como eu. Nós dois voltávamos de nossas primeiras viagens de campo e tínhamos muito que falar. Ele estava tão cheio de energia e humor. Os dobu são todos feiticeiros, então Fen ficava enfeitiçando as pessoas, e nós nos escondíamos para ver se o feitiço funcionava. Éramos como criancinhas, tontas por ter encontrado um amigo em meio a todos aqueles adultos sem graça. E Fen adora viver com uma mentalidade nós-contra-o-mundo que é muito atraente à primeira vista. Todos os outros passageiros desapareceram. Conversamos e rimos por todo o caminho até Marselha. Dois meses e meio. Você realmente acha que conhece uma pessoa depois de todo esse tempo juntos.

Ela olhava para algum lugar por cima do meu ombro esquerdo. Não pareceu notar que tinha parado de falar. Eu me perguntei se tinha caído no sono com os olhos abertos. Em seguida, os olhos voltaram.

— Ele foi dar aulas em Londres durante um semestre. Eu fui para casa em Nova York, para escrever meu livro. Nós nos casamos um ano depois e viemos para cá.

Ela estava exausta.

— Deixe-me aprontar uma cama para você. — Levantei-me e entrei no pequeno mosquiteiro onde eu dormia. Fazia semanas que os lençóis na esteira não eram trocados, e minhas roupas estavam espalhadas por toda parte. Enfiei tudo no caixote que usava como mesa de cabeceira e estendi lençóis limpos na esteira da forma mais parecida com uma cama de verdade que consegui. Eu tinha um bom travesseiro, que trouxe da casa da minha mãe, mas a umidade tinha grudado as penas umas nas outras, então parecia mais um travesseiro de argila.

Ouvi uma risada atrás de mim. Ela estava de pé do outro lado do mosquiteiro, observando as minhas tentativas de afofar o travesseiro.

— Por favor, não se preocupe com isso. Mas me diga onde fica a latrina, se você tiver uma.

Levei-a à latrina lá fora. Nos trópicos, era preciso construí-las a uma boa distância da casa. Aprendi isso da pior maneira com os baining. O céu se iluminara, então não precisamos de uma tocha. Eu não tinha certeza de qual seria o estado da latrina, nunca esperei que uma mulher fosse usá-la, e planejava dar uma olhada antes de deixá-la entrar, mas ela chegou primeiro e saltou lá para dentro antes que eu pudesse detê-la.

Agora eu estava numa situação difícil. Senti que deveria ficar por perto, no caso de haver uma cobra ou um morcego. Eu já encontrara ambos naquele pequeno espaço, e também uma raposa-voadora e um lindo pássaro vermelho e dourado que Teket achou que eu tinha imaginado. Mas também achava que as pessoas precisavam de privacidade para desempenhar suas funções. Antes de eu decidir a distância adequada, ela começou a urinar num fluxo surpreendente e continuou por um bom tempo. E de repente estava de novo lá fora no caminho comigo, mancando, mas com energia renovada.

Quando voltamos, Fen estava deitado de lado e soltava o ar em grandes baforadas, como uma baleia vindo à superfície. Pareceu-me um ruído muito íntimo, e desejei tê-lo instalado no quarto antes que ele entrasse num sono tão profundo. Pensei que Nell iria para a cama depois, mas ela me seguiu até a parte de trás da casa, onde eu faria para mim uma xícara de chá e pensaria aonde levá-los para encontrar uma tribo decente.

Ela me perguntou qual era a última peça do quebra-cabeça, e eu lhe falei da cerimônia kiona chamada Wai, que tinha visto apenas uma vez, quando cheguei, e dos meus primeiros pensamentos sobre o travestismo envolvido. Ela perguntou se eu já tinha experimentado expor minhas ideias a eles.

Eu ri.

— Eu digo: "Nmebito, sabia que ao abraçar seu lado feminino naquela noite você ofereceu um equilíbrio para esta comunidade, que a agressão masculina superdesenvolvida de sua cultura muitas vezes ameaça?". É isso que você quer dizer?

— Talvez algo mais como: Você acha que quando os homens se tornam mulheres e as mulheres se tornam homens isso traz alegria e paz?

— Mas eles não refletem dessa forma.

— É claro que refletem. Eles refletem sobre a pescaria do dia anterior, o que a pesca trouxe, aonde podem ir no dia seguinte. Refletem sobre seus filhos, seus cônjuges, seus irmãos, suas dívidas, suas promessas.

— Mas não vejo nenhuma evidência de que os kiona analisam seus próprios rituais em busca de sentido — eu disse.

— Tenho certeza de que alguns fazem isso. É que eles nasceram numa cultura que não tem lugar para esse tipo de análise, de modo que o impulso enfraquece, como um músculo não usado. Você precisa ajudá-los a exercitá-lo.

— É isso que você faz?

— Não em apenas um dia, mas sim. O significado está dentro *deles*, não dentro de você. Você apenas precisa extraí-lo.

— Você fala de umas habilidades analíticas que não sei se eles têm.

— Eles são humanos, com mentes humanas em pleno funcionamento. Se eu não acreditasse que compartilhavam integralmente minha humanidade, não estaria aqui. — As bochechas estavam bem coradas agora. — Não estou interessada em zoologia.

Observar, observar, observar, era o que sempre me instruíram. Nada de compartilhar suas descobertas ou provocar a análise dos próprios sujeitos.

— Será que essa abordagem não cria uma autoconsciência do sujeito, que poderia então alterar os resultados?

— Acho que observar sem compartilhar as observações cria uma atmosfera de extrema artificialidade. Eles não entendem por que você está lá. Se você se abre com eles, todo mundo fica mais relaxado e honesto.

Ela estava parecendo aquele marsupial de novo, seu rosto tão alerta e aqueles grandes olhos cinzentos ligeiramente fora de foco.

— Podemos nos sentar e tomar um chá?

Quando fizemos isso, ela comentou:

— Freud disse que os primitivos são como crianças ocidentais. Não acredito nisso nem por um segundo, mas a maioria dos antropólogos não pestaneja diante dessa afirmativa, por isso vamos deixá-la de lado por causa do meu argumento, que é: Toda criança procura significado. Quando eu tinha quatro anos, lembro-me de ter perguntado à minha mãe, cuja gravidez já estava avançada: Qual é o sentido de tudo isso? "De tudo o quê?", ela perguntou. De toda esta *vida*. Lembro-me de como ela olhou para mim e me senti como se tivesse dito algo muito ruim. Ela veio se sentar ao meu lado na mesa e me falou que eu tinha feito uma pergunta muito grande e que eu não seria capaz de respondê-la até ser uma velha muito velha. Mas ela estava errada. Porque ela teve o bebê e, quando o trouxe para casa, eu sabia que tinha encontrado o sentido. Seu nome era Katie, mas todos a chamavam de "o bebê de Nell". Ela era o meu bebê. Eu fazia tudo por ela: alimentava, trocava, vestia, colocava para dormir. E então, quando ela estava com nove meses de idade, ficou doente. Mandaram-me para a casa da minha tia em Nova Jersey, e quando voltei ela não estava mais lá. Nem me deixaram me despedir dela. Não pude nem mesmo tocá-la ou abraçá-la. Ela se fora, como um tapete ou uma cadeira. Acho que entendi a maior parte das lições da vida antes de completar seis anos. Para mim, as outras pessoas são o sentido, mas as outras pessoas podem desaparecer. Acho que não preciso lhe dizer isso.

— Os kiona dão a todos um nome sagrado, um nome espiritual secreto para usar no mundo que fica para além deste. Eu dei a John e Martin novos nomes e acho que isso ajuda um pouco. Aproxima-os de alguma forma. — Meu coração de repente batia forte. — Katie foi o único outro filho que sua mãe teve?

— Não. Ela teve um menino, dois anos mais tarde. Michael. Mas eu não podia chegar perto dele. Eu dizia coisas ruins sobre ele. Acho que foi por isso que eles finalmente me mandaram para a escola. Para me tirar de perto do pobre Michael.

— E o que você pensa dele hoje?

— Não muita coisa. Ele está bastante zangado comigo no momento porque não mudei meu sobrenome para o de Fen, e isso foi mencionado pelos jornais em várias cidades.

Eu também tinha ouvido falar, em algum lugar.

— Você era próximo dos seus irmãos? — ela perguntou.

— Sim, mas não sabia disso até eles morrerem. — Senti a garganta apertar um pouco, mas empurrei as palavras para fora. — Quando John morreu, eu tinha doze anos e pensei: seria melhor se tivesse sido Martin. Achava que poderia ter lidado com a perda de Martin, porque ele era muito mais familiar e irritante para mim. John era como um tio querido que chegava em casa e me levava para caçar sapos e comprava balas para mim. Martin me provocava e me imitava. E então, seis anos depois de John, Martin morreu, e eu me senti... — E então minha garganta fechou completamente, e não consegui abri-la. Nell olhou para mim e balançou a cabeça em silêncio, como se eu ainda falasse e o que eu dizia fizesse todo o sentido.

6

NÃO HÁ PRIVACIDADE ATRÁS DE UM MOSQUITEIRO. Na manhã seguinte, enquanto Fen e eu estávamos sentados diante da minha mesa com um mapa do rio que tínhamos esboçado juntos, Nell se virou de costas e se sentou lentamente. Encostou o rosto no joelho e não voltou a se mexer por um bom tempo.

— Acho que ela está pior hoje — eu disse. A malária vinha com uma dor de cabeça que mais parecia machadadas na base do seu crânio.

— Nellie. Ânimo — ele declarou sem se virar. — Temos umas tribos para conhecer hoje — e então me disse, com toda a calma: — O truque é fugir da doença. Se você parar, está ferrado.

— Falo por experiência, nem sempre você tem essa opção. — Quando minha febre começou, era como se meu corpo estivesse carregado de chumbo, e eu tinha sorte se conseguisse alcançar um penico. Peguei a caixa de remédios.

— Eu vou ao banheiro — Fen informou a ela através da rede. — Por favor, não nos atrase.

Se ela respondeu, não pude ouvir. Seu rosto permaneceu pressionado contra o joelho. Fen desceu pela coluna de madeira e desapareceu.

Ela não estava despida — usava a mesma camisa e a mesma calça da noite anterior —, mas ainda assim eu estava relutante em cumprimentá-la.

Queria dar a ela uma ilusão de privacidade. Girei uns inhames nas brasas e lavei a louça na parte de trás da casa, embora houvesse apenas dois pratos e dois copos e eles precisassem de pouco mais do que uma passada de água.

— Conseguiu dormir?

Eu me virei. Ela estava sentada à mesa.

— Um pouco — respondi.

— Mentiroso.

Suas bochechas estavam coradas em amplos círculos, como uma boneca, mas seus lábios estavam sem cor, os olhos vidrados e amarelos. Coloquei quatro aspirinas na mão.

— É demais?

Ela se inclinou sobre a mesa, olhando atentamente para as pílulas.

— Perfeito.

— Você precisa de óculos.

— Pisei neles faz alguns meses.

— Bankson! Tem um sujeito aqui — Fen chamou lá de baixo. — Não consigo entender o que ele quer.

— Eu vou descer.

Levei água para Nell, para os comprimidos, e fui abrir o baú menor em meu escritório. Deslizei a mão para um lado e para o outro em seu fundo arenoso até sentir a caixinha num canto. Não a abrira desde quando ganhei da minha mãe, antes de partir.

— Não sei se vão servir — eu disse, entregando-lhe.

Ela abriu. Eram de armação de arame simples, mais finos do que eu me lembrava. Cor de estanho. Uma combinação quase perfeita para os olhos dela.

— Não precisa deles?

— Eram de Martin. — Um policial viera até a nossa porta entregar, vários meses após sua morte. Tinham sido recém-polidos, e havia uma etiqueta presa na ponte deles com um barbante.

Ela pareceu entender tudo isso e tirou-os cuidadosamente de seu estojo sujo para colocá-los no rosto.

— Oh. — Nell foi na direção da janela. — Eles estão na água com suas redes. — Ela se virou para olhar para mim, ainda segurando a armação no rosto com as duas mãos, como se não fosse ficar ali por conta própria. — E você bem que poderia se barbear, sr. Bankson.

— Servem, então?

— Acho que talvez eu seja mais míope do que Martin, mas não estamos muito longe.

Era tão bom ouvir falar de Martin no presente.

— Fique com eles.

— Não posso.

— Tenho muitas coisas dele. — Não era verdade. Havia um ou dois suéteres no armário da minha mãe, mas era tudo. Meu pai tinha dado ordens aos criados para doarem todos os pertences de meu irmão a uma loja de caridade assim que seus baús chegaram de Londres. — Feliz Natal — eu disse.

Ela sorriu, lembrando-se disso.

— Vou cuidar bem deles.

Eram grandes para seu rosto pequeno e marsupial, mas combinavam com ela de algum modo. No campo, você se vê perseguido diariamente por causa de seus pertences, e era bom dar algo que não tinha sido pedido.

— Bankson, ajude-me!

Desci para falar com Fen. Ele estava cara a cara com um dos meus informantes, Ragwa, que naquela tarde deveria me levar para uma cerimônia de nomeação no povoado de sua irmã. Ragwa assumira a posição kiona de intimidação, braços em arco e queixo estendido sobre os pés, e Fen não fizera nada além de incentivá-lo ao assumir uma postura semelhante, por zombaria ou a sério, não sabia dizer.

— Pergunte a ele sobre o objeto sagrado — Fen sussurrou. Mas Ragwa me interrompeu e disse que sua esposa tinha entrado em trabalho de parto e ele não poderia me acompanhar hoje. Depois saiu correndo.

— Eles são todos assim?

— Ele está preocupado com a esposa. O bebê está nascendo cedo.

Algumas semanas atrás, Ragwa pegara minha mão e a apertara contra a barriga de sua esposa. Senti o bebê rolar debaixo de sua pele esticada. Nunca tinha sentido isso antes; não sabia, honestamente, que aquilo acontecia. A sensação permaneceu em mim por um bom tempo. Era como colocar a mão na superfície do oceano e ser capaz de se sentir um peixe lá embaixo. Ragwa riu muito ao ver a expressão no meu rosto.

— Posso ajudar no parto? — Nell estava de pé junto à porta.

— Pensei que estávamos de saída — retrucou Fen, sem notar os óculos.

— Mas se o bebê é prematuro...

— Eles tiveram bebês por um bom tempo sem você, Nell.

— Eu tenho alguma experiência — ela me disse.

— É muito gentil. Mas há um tabu sobre mulheres sem filhos assistirem a um nascimento.

Ela assentiu com a cabeça.

— Era a mesma coisa com os anapa. — A voz dela tinha perdido um pouco de força, e senti que eu tinha dito a coisa errada.

— E precisamos ver se conseguimos encontrar algo, Nellie — Fen declarou com mais suavidade do que jamais o ouvira falar.

Levei-os a um passeio pela aldeia, e uma hora depois partimos para ver os ngoni. Tinha recomendado essa tribo: eram guerreiros qualificados, o que agradaria a Fen, e curadores de renome, o que achei que poderia interessar — e ajudar — Nell. Mas a verdadeira razão de eu ter escolhido os ngoni era que eles moravam a menos de uma hora de viagem de barco da minha aldeia.

Sentimos fome assim que começamos a viagem. Eu tinha embalado comida suficiente para vários dias, caso fosse necessário. Comemos com as mãos, pegando com os dedos inhames cozidos ainda quentes e a polpa fresca de uma jaca. Certifiquei-me de que as rodadas de comida chegassem até Nell na proa e de que ela se alimentasse. Depois de comer, ela pareceu um pouco mais viva, olhava para a frente e virava de costas para mim, os cabelos esvoaçando atrás dela, com perguntas sobre enxós, conchas kina e mitos de criação.

Os ngoni ficavam logo depois do banco de areia com o qual eu sempre tinha que tomar cuidado no escuro. As casas da aldeia eram dispostas em grupos de três, a uns quatro ou cinco metros da margem íngreme do rio, e construídas sobre estacas, como todas as casas da região, para impedir a entrada de parasitas e do rio durante a cheia.

— Nenhuma praia? — Nell perguntou.

Eu não tinha pensado nisso. Era verdade. A terra caía na água abruptamente.

— É um pouco triste, não? — observou Fen. — Não recebe muito sol.

Ao som do motor se aproximando, alguns homens se reuniram nos limites da sua terra.

— Vamos continuar, Bankson — disse Nell. — Não vamos parar aqui.

Em seguida ficavam os yarapat, mas Fen achou que as casas ficavam muito perto do chão. Tentei salientar a elevação no terreno — os yarapat moravam numa colina alta —, mas ele tinha sido surpreendido por uma enchente uma vez nas Ilhas do Almirantado, de modo que passamos por eles também.

Os dois tampouco gostaram da aparência da aldeia seguinte.

— Arte medíocre — atestou Nell.

— O quê?

— Aquele rosto. — Ela indicou a enorme máscara pendurada sobre a porta de entrada da casa cerimonial, que podíamos ver do rio. — É tosco. Não se parece com as coisas que vi em outros lugares.

— Precisamos de arte, Bankson! — Fen gritou de seu assento na minha frente, fingindo afetação. — Precisamos de arte, teatro e *balé*, se não for muito incômodo.

— Você quer parar aqui? — Nell perguntou a ele.

— Não.

Estávamos agora a quatro horas de Nengai, e o sol declinava rapidamente, assim como faz perto do equador. Não tínhamos nem saído do barco ainda. Eu conhecia mais uma tribo, a wokup, e depois minha familiaridade com o rio naquela direção se acabava. Os wokup tinham uma praia, casas altas e boa arte.

Quando chegamos nessa aldeia, acelerei o barco diretamente para o centro da praia, determinado a não parar em qualquer reserva que eles inventassem. Embora estivesse concentrado na costa atrás dela, senti que Nell imitava a expressão teimosa do meu rosto. Mas considerei pedante sua opinião a respeito das outras tribos e não consegui achar graça.

Ninguém desceu para nos cumprimentar ao escutar o barulho do barco. Então ouvi uma chamada, não um tambor tocando, e houve lampejos de movimento rápido, o grito de uma criança, depois mais nada.

Eu tinha conhecido alguns wokup. Eles não ignoravam a existência dos brancos — a essa altura, ninguém naquela parte do rio ignorava. A maioria das tribos tinha alguma história de alguém sendo preso ou atraído por recrutadores — *blackbirders*, era como eram chamados naquela época — para as minas. Puxei a canoa para a praia e nos sentamos ali, à espera, pois não queríamos causar mais atribulações. Uma segunda chamada se ouviu, e um minuto depois três homens desceram para nos cumprimentar. Eu não podia ver suas costas, mas as cicatrizes altas em seus braços eram longas, como fios de cabelo ou raios do sol, e não eram parecidas com os desenhos estilo pele de crocodilo dos kiona. Salvo algumas braçadeiras, estavam nus, e assumiram suas posições na areia. Sabiam, ainda que nunca os tivessem visto, que os brancos tinham artefatos poderosos — lâminas de aço, rifles, pistolas, dinamite — que eles não tinham. Sabiam que esse poder poderia vir repentinamente, sem nenhum aviso. Mas não temos medo, diziam, com suas pernas abertas, costas arqueadas e olhares duros.

O do meio me reconheceu de uma negociação no Timbunke e falou comigo usando alguns fragmentos de kiona. Pelo que pude deduzir, a aldeia esperava um ataque de uma tribo do pântano. Tribos do pântano ficavam numa posição inferior na hierarquia do Sepik; eram fracas e pobres, mas imprevisíveis. Expliquei que meus amigos estavam interessados em viver com eles e compreender os seus costumes, que tinham muitos presentes — mas ele descartou a possibilidade com um gesto antes que eu pudesse terminar. Era um momento ruim, ele disse muitas vezes. Havia o ataque, e havia alguma outra coisa que eu não conseguia entender. Um momento ruim. Seríamos bem-vindos para passar a noite — ele não podia nos garantir uma viagem segura de volta para casa no escuro, pois seus inimigos estavam a caminho —, mas teríamos de partir pela manhã.

— Não sei que parte disso é verdade — eu disse a Nell e Fen depois de traduzir tudo o que o chefe dissera. — Ele pode estar à espera de alguns incentivos.

— Diga a ele que nós podemos lhe fornecer um suprimento de dez anos de sal e fósforos para toda a tribo — sugeriu Fen.

— Não podemos mentir.

— Nós ainda temos um monte de coisas em Port Moresby.

Confirmar isso com Nell seria insultá-lo, mas parecia impossível que depois de um ano e meio eles ainda tivessem muito a oferecer.

— Não levamos pouca coisa nas nossas viagens — insistiu ela.

Comecei a passar essa informação ao chefe, mas ele levantou a mão antes que eu terminasse, insultado. Explicou que nada lhes faltava e que eles não precisavam de nada do que tínhamos, mas, para a nossa segurança e a segurança de seu povo, ele nos deixaria passar a noite.

Seguimos os três wokup até o centro da aldeia. Um menino foi enviado escada acima, numa casa, e em poucos minutos mãe e cinco filhos desceram. Sem olhar para nós, foram para uma casa quase vizinha àquela. As crianças deram gritinhos quando entraram. Os adultos os silenciaram, irritados.

O chefe indicou que devíamos subir. Fen foi primeiro, com a nossa mochila, depois estendeu a mão para me ajudar com o motor. Era uma casa pequena. Suspeitei que aquela mulher devia ser a segunda ou terceira esposa do chefe, cuja casa vizinha era muito maior. Observamos enquanto ele subia a escada e desaparecia lá dentro.

Estava quase escuro. Todas as aberturas eram cobertas com pano de casca de árvore tingido de preto. A aldeia estava em silêncio. Quase era possível ouvir o suor sair de nossos poros.

— Caramba! Eles bem que poderiam ter oferecido um pouco de comida — disse Fen.

Nell pediu para ele falar mais baixo. Ele remexeu dentro de sua mochila. Achei que ia pegar algumas latas extras que tinha escondido, mas tirou um revólver. Senti meu sangue correr, dando pontadas.

— Guarde isso, Fen! — ordenou Nell. — Não é necessário.

— Eles parecem estar falando sério. Você viu todas aquelas lanças?

Nell ficou calada.

— As lanças encostadas na casa diante da do chefe. Não viu? — Ele parecia bastante atordoado com isso. — Afiadas. Talvez envenenadas.

— Fen, pare com isso! — O tom dela era severo.

Ele deslizou a arma de volta para dentro da mochila.

— Eles não estão brincando. — Fen se abaixou e se aproximou num gesto rápido da porta, olhando para os lados através de uma rachadura no pano de casca. — Acho que devemos dormir em turnos, Bankson.

Com certeza ninguém ia dormir muito. Na casa não passava uma brisa sequer, e os insetos eram terríveis. Comemos nossas provisões, jogamos algumas partidas de bridge à luz de uma vela, depois escolhemos nossas camas. Os wokup dormiam em redes cobertas, não em sacos como os kiona nem em esteiras, como os baining. Fiquei com a do canto mais distante. Parecia ser uns vinte centímetros mais curta do que seria suficiente para mim, então disse a Fen que faria o primeiro turno. Ele fez um gesto indicando a arma, mas deixei-a na mochila.

Enrolei um pouco o pano de casca de árvore e me sentei na soleira da porta, contra uma viga. Uma névoa, rasgada em alguns lugares, deitava-se agora sobre o rio. Atrás de mim, Nell e Fen tentavam ficar confortáveis em suas redes.

— É como dormir dentro de um saquinho de chá. — Eu o ouvi dizer.

Nell riu e disse algo que não consegui entender e que o fez rir. Foi a primeira vez que me senti sozinho com eles, e foi como levar um soco no estômago. Eles estavam ali, mas pertenciam um ao outro e iriam embora de novo, me deixariam para trás.

Lá fora, os sons da selva se intensificavam. Coaxos, alvoroço, gritos. Lamentos, rosnados, água espirrando. Sussurros, tamboriladas e zumbidos. Todas as criaturas pareciam estar em movimento. Nas noites ruins em Nengai, eu imaginava que todas elas se aproximavam lentamente de mim.

Tentei me concentrar no futuro imediato, no dia seguinte, e não na grande extensão de tempo que se estendia perigosamente depois disso. Tinha de levá-los ao lago Tam. Mais três horas rio acima. Sete horas de distância da minha casa. Minhas visitas, se eu as fizesse, seriam planejadas, e com certeza menos frequentes. Eu teria de passar a noite, interromper a rotina deles. Envergonhava-me por sentir tanta necessidade daqueles dois quase estranhos, e enquanto estava sentado ali no escuro trouxe minha mente de volta para o meu trabalho, mas se havia uma maneira mais rápida de voltar aos pensamentos suicidas, eu não sabia. No início do dia, tivera outra conversa com Nell sobre a Wai e, enquanto conversávamos, me ocorreu que talvez com a cerimônia eu conseguisse contar a história dos kiona. Tinha centenas de páginas de anotações, mas nem por isso estava mais perto de uma compreensão completa. Antes era mais elaborada e celebrava o primeiro homicídio de um menino, porém agora a cerimônia Wai era mais rara, não mais reconhecia um assassinato, contudo honrava qualquer realização de jovens do sexo masculino: o primeiro peixe pescado, o primeiro javali cravado na lança, a primeira canoa construída. No entanto, muitas primeiras vezes tinham se passado sem reconhecimento nos últimos dois anos, e, ainda que com frequência me prometessem outra Wai logo, esse dia nunca parecia chegar.

Fechei os olhos e me lembrei da cerimônia, de como eu a testemunhei. Aconteceu no meu primeiro mês e eu estava sentado com as mulheres — com frequência me colocavam com as mulheres em grandes reuniões, assim como as crianças e os doentes mentais. À minha esquerda estava Tupani-Kwo, uma das mulheres mais velhas da aldeia. Consegui lhe fazer algumas perguntas, mas não entendi muitas de suas respostas. Foi caótico. O pai e os tios do menino que estava sendo homenageado vieram primeiro, usando saias sujas e esfarrapadas e cordas ao redor da barriga, do tipo usado pelas grávidas. Vieram caminhando juntos com dificuldade, como se estivessem doentes ou morrendo. As mulheres vieram em seguida, usando cocares masculinos e colares feitos de ornamentos homicidas e grandes cabaças cor de laranja parecendo um pênis amarradas ao redor de seus órgãos genitais. Carregavam as caixas de tília dos homens e empurravam varas entalhadas com a mesma madeira para dentro e para fora, produzindo um barulho alto e exibindo as borlas rodopiantes que pendiam da ponta das varas, cada uma representando um assassinato passado. As mulheres caminhavam altivas e orgulhosas, como se gostassem daquele papel. O menino e alguns de seus amigos correram para elas com grandes bengalas, e as mulheres colocaram no chão suas caixas, pegaram as varas e bateram nos homens até eles fugirem.

Arrastei-me de volta em silêncio para pegar meu caderno e minha vela de citronela. Fen e Nell eram nódulos escuros, pendurados em suas redes. De volta ao meu lugar na porta, escrevi sobre a minha conversa mais recente com Tupani-Kwo a respeito daquele dia. Fiquei surpreso com a energia que subitamente tive para fazer isso. Os pensamentos vinham depressa, e eu os apanhava, parando apenas uma vez para apontar o lápis com um canivete. Pensei na euforia de Nell e quase ri alto. Aquele pequeno jorro de palavras era o mais próximo que eu chegaria de uma euforia no trabalho de campo.

Atrás de mim, as fibras duras de uma rede rangeram, e Nell veio se sentar ao meu lado, os pés descalços no último degrau da escada. Ela possuía mesmo todos os dez dedos.

— Não consigo dormir quando alguém está trabalhando — disse ela.

— Acabei. — Fechei o caderno.

— Não, por favor, continue. Também é reconfortante.

— Eu estava esperando que mais palavras viessem. Acho que não vão vir.

Ela riu.

— Qual é a graça? — perguntei.

— Você continua me fazendo lembrar de algumas coisas.

— Conte.

— É só uma história que meu pai gosta de repetir. Eu não tenho nenhuma memória do acontecimento. Ele diz que aos três ou quatro anos de idade eu fiz uma cena e me tranquei no armário da minha mãe. Derrubei seus vestidos, chutei seus sapatos para todos os lados e fiz uma barulheira terrível, depois tudo ficou em silêncio absoluto por um bom tempo. "Nellie?", chamou minha mãe. "Você está bem?" E aparentemente eu respondi: "Eu cuspi nos seus vestidos, cuspi nos seus chapéus e agora estou esperando fazer mais saliva".

Eu ri. Podia vê-la com um rosto redondo e o cabelo todo desgrenhado.

— Prometo que é a última historinha da infância de Nell Stone com que vou te aborrecer.

— Você ainda diverte os seus pais? — Era algo que eu não podia imaginar ainda ser capaz de fazer.

Ela riu.

— Nem um pouco.

— Por que não?

— Escrevi um livro inteiro sobre a vida sexual de crianças nativas.

— Isso é um pouco menos decente do que cuspir em chapéus, não é?

— Bem menos. — Ela imitou o meu sotaque. Colocou os óculos de Martin. Antes os segurava na mão. — As reações a esse livro foram desproporcionais. Fiquei contente por poder fugir do país.

— Sinto não ter lido.

— Você tem uma boa desculpa.

— Eu deveria ter pedido para alguém me mandar.

— Eles não gostaram muito na Inglaterra. Agora vá dormir um pouco. Este turno é meu. Ah, olhe a lua.

Era como uma pequena poda, a parte não iluminada da lua como uma suave aura por trás dela.

— *Eu vi a lua nova ontem à noite com a lua velha em seus braços* — declamou ela com um sotaque escocês.

— *E temo, ah, eu temo, meu caro mestre...* — continuei.

— *Que algum mal ocorrerá.*

— *Avançaram uma légua, uma légua, e mais uma légua sem completar três...*

— *Quando o céu escureceu e o vento soprou forte...*

Ela se uniu a mim em seguida:

— *... e o mar se inquietou.* — Meus olhos estavam fixos na lua, mas ouvi o sorriso em sua voz.

Os americanos às vezes surpreendiam com as coisas que sabiam.

Não sei ao certo o que dissemos depois, se muito ou pouco tempo tinha se passado até ouvirmos um estalo e um baque atrás de nós. Demos um pulo. Fen estava no chão em sua rede. Segurei a vela acima dele, e Nell se agachou. Os olhos dele estavam fechados, e quando ela o cutucou e perguntou se ele estava bem, Fen disse:

— É sempre difícil, esta área. Bata com um sapato, seu idiota! — E se virou de lado.

— Acho que ele está tentando abrir uma garrafa de cerveja.

Demos uma boa risada e o deixamos em paz. Construí uma pequena cama com minhas roupas extras embaixo da minha rede. Não achei que fosse dormir para valer, mas praticamente desmaiei, e eles já tinham arrumado tudo e esperavam por mim quando acordei.

Quase todos os wokup estavam na praia para nos ver partir. Eles gritavam e vaiavam, e as crianças se atiravam na água.

— Bem mais empolgados para se despedir do que para dizer oi, não? — observou Fen.

— Não há nenhum ataque vindo do pântano — eu disse.

— Provavelmente não — concordou Nell.

Fen pediu para conduzir o barco, então desacelerei e nós trocamos de lugar, com passos cambaleantes. Ele abriu o regulador de pressão e partimos. Depressa.

— Fen! — Nell gritou, mas ela estava quase rindo. Virou-se de frente para nós, e seus joelhos roçaram minhas canelas. — Não consigo olhar. Avise quando estivermos prestes a bater. — Seu cabelo, não mais trançado, voou em minha direção. A febre e o cabelo solto, castanho-escuro com fios de cobre e ouro, trouxeram uma ilusão de grande saúde ao seu rosto.

Se os tam não servissem, eles iriam para a Austrália. Era a minha última chance de acertar. E dava para ver que ela estava cética. Mas Teket tinha ido muitas vezes à aldeia tam visitar seu primo, e mesmo que tudo o que ele havia me dito fosse apenas meia verdade, achei que talvez pudesse satisfazer aquele par de antropólogos exigentes.

— Eu devia ter trazido vocês aqui logo de cara — disse, e fazê-lo em voz alta não foi cem por cento intencional. — Foi egoísta da minha parte.

Ela sorriu e instruiu Fen a não nos matar antes de chegarmos lá.

Depois de várias horas, vi o afluente que precisávamos tomar. Fen conduziu o barco naquela direção, deixando entrar um pouco de água a bombordo. Era uma estreita corrente castanho-amarelada. O sol desapareceu, e o ar estava fresco em nossos rostos.

— O nível da água está baixo — disse Fen.

— Tem razão. — Tentei ver o fundo.

As chuvas ainda não tinham começado. O barranco nas margens do rio naquele ponto estava alto, paredes de barro e raízes brancas enroscadas. Observei cuidadosamente, procurando a entrada sobre a qual Teket me falara. Ele dissera que era logo após a curva. Num barco a motor, chegaria rápido.

— Aqui. — Apontei para a direita.

— Aqui? Onde?

— Bem aqui. — Quase passamos.

O barco balançou, depois deslizou para dentro de um pequeno canal escuro entre o que Teket chamava de kopi, arbustos que pareciam mangue de água doce.

— Você não pode estar falando sério, Bankson — disse Fen.

— Eles moram no pântano, não? — perguntou Nell. — Fen no pântano.[1]

— Eles são um povo do pântano? Que Deus nos ajude! — declarou ele.

A passagem era grande o suficiente para uma canoa apenas. Galhos raspavam nos nossos braços, e como tínhamos diminuído a velocidade, insetos vinham em nuvens para cima de nós.

— Dá para se perder aqui — observou Fen.

Teket me dissera que havia apenas uma passagem.

— É só seguir o rio.

— Como se eu fosse fazer outra coisa. Merda, tem inseto para burro!

Seguimos por esse corredor estreito por um bom tempo, a confiança que eles tinham em mim diminuía a cada minuto. Eu queria lhes dizer tudo o que tinha ouvido sobre os tam, mas era melhor que eles chegassem desanimados.

— Imagino que você tenha gasolina suficiente para isto? — perguntou Fen. E nesse momento a passagem se abriu.

O lago era enorme, pelo menos vinte quilômetros de diâmetro, a água preta como breu, e rodeado por colinas de um verde vivo. Fen colocou o acelerador em marcha lenta, e ficamos oscilando ali por um momento. Do outro lado havia uma praia comprida e, espelhando-a na água a uns vinte metros da costa, um banco de areia branca e brilhante. Ou o que eu pensava ser um banco de areia, até que de repente ele se ergueu, se separou e sumiu no ar.

— Águia-pescadora — atestei. — Uma águia-pescadora branca.

— Ah, minha nossa, Bankson! — disse Nell. — Isso é maravilhoso.

---

[1] A palavra *fen* significa, em inglês, "pântano". (N. T.)

7

Só vim a conhecer Helen Benjamin em 1938, quando participamos da conferência do Congresso Internacional de Ciências Antropológicas e Etnológicas em Copenhague. Assisti à sua mesa-redonda sobre eugenia, na qual ela era o único oponente e a única pessoa que dizia alguma coisa que fazia sentido. O jeito como ela falava e mexia as mãos me lembrava Nell. Levantei-me assim que a discussão terminou e fui para a porta, mas de algum modo ela desceu do palco e me ultrapassou na entrada antes que eu pudesse escapar. Ela parecia conhecer todos os meus sentimentos e apenas me agradeceu por ter comparecido à sua mesa-redonda e me entregou um envelope grande. Eu estava acostumado àquele tipo de coisa, as pessoas esperando que eu as ajudasse a publicar seus manuscritos, mas vindo de Helen isso não fazia sentido. Seu *Arco da cultura* tinha feito um grande sucesso, e todo o sucesso que eu fizera até então, com a Grade e meu livro sobre os kiona, tinha uma dívida significativa para com o seu trabalho.

Só abri a correspondência quando estava no trem de volta para Calais. Um gesto tão descuidado, minha mão vasculhando o envelope marrom. Não era um manuscrito. Era um livreto de papel sulfite coberto por pano de casca de árvore, dobrado ao meio e costurado. Havia um bilhete de Helen preso com um clipe de papel: *Ela fazia um destes cada vez que chegava num lugar novo e os guardava escondidos no forro de tecido de um baú, longe de olhares indiscretos. Guardei os outros, mas pensei que você devia ficar com este.* Não havia mais do que quarenta páginas, boa parte delas, no final, em branco. Os escritos cobriam um período de três meses e meio, começando com seus primeiros dias no lago Tam.

3/1

4/1 Costurei este novo caderno ontem, depois fiquei intimidada demais com todas estas páginas novas e vazias para escrever alguma coisa. Queria escrever sobre Bankson, mas senti que não deveria. Escrevi para Helen em vez disso, e consegui não mencioná-lo uma única vez. Meu corpo se sente melhor. Lamentável que uma grande parte da minha dor tenha desaparecido quando alguém prestou um pouco de atenção nela.

Esta casa temporária que nos deram chama-se Casa de Zambun. Ou talvez eu devesse escrever Xambun — soa mais grego. Do jeito como eles dizem, Xambun, num tom baixo e esperançoso, como se a palavra quando pronunciada trouxesse algo de poderoso mais para perto, tenho certeza de que é um espírito ou ancestral, embora não consiga sentir nada aqui do modo como senti em outras casas reservadas para os mortos. E se é um espírito, por que vamos profanar a sua casa?

Quero escrever mais, mas há sentimentos demais presos em algum lugar perto da minha clavícula.

6/1 Mas por que afinal todo esse alarido em torno dele? Se em algum momento foi frio ou arrogante ou territorialista, seus vinte e cinco meses com os kiona devem ter dado cabo disso. É difícil acreditar nas histórias sobre a série de corações partidos que ele deixou para trás na Inglaterra. Além disso, Fen diz que ele é um depravado. O que eu vi foi um homem indeciso, malcuidado, inexplicavelmente vulnerável. Um varapau. Um arranha-céu ao meu lado. Não tenho certeza de ter visto tanta altura e sensibilidade combinadas antes. Homens muito altos são com frequência naturalmente remotos e distantes (William, Paul G. etc.). Estou usando os óculos do seu irmão morto.

Ontem, estávamos parados nos baixios acenando enquanto ele ia embora, e me lembrei de um dia de outono quando eu tinha uns oito ou nove anos e meu irmão e eu tínhamos brincado com algumas crianças novas na vizinhança pela primeira vez e nos chamavam para jantar e ficamos parados no quintal com eles, no frio da noite repentina, o corpo quente de tanto correr, e senti um medo terrível de que nunca brincaríamos daquele jeito de novo, que nunca mais seria a mesma coisa. Não lembro se a minha premonição se comprovou. Só me lembro do peso de chumbo em meu peito enquanto subia os degraus de volta para casa.

Hoje estou cansada. Tentando aprender mais uma língua — a terceira em dezoito meses —, sondando um novo conjunto de pessoas que se não fossem os fósforos e as navalhas prefeririam ser deixadas em paz — nunca tudo isso me pareceu tão intimidante. O que foi que B disse? Algo sobre como tudo isso a que estamos assistindo não passar de nativos bajulando o homem branco. Vislumbres de como as coisas realmente eram antes de nós são raros, se não impossíveis. Ele se desespera, no nível mais profundo, achando que este trabalho não tem sentido. Será que tem? Será que estive me iludindo? Terão sido estes anos desperdiçados?

10/1 Acho que fiz uma amiga. Uma mulher chamada Malun. Ela veio hoje com uns lindos copos feitos de coco para nós, algumas panelas e uma bolsa cheia de inhame e peixe defumado. Ela fala várias línguas locais, mas só um pouquinho de pidgin, de modo que basicamente gesticulamos com os braços e rimos. Ela é mais velha, já passou da idade de ter filhos, tem a cabeça raspada como todas as mulheres casadas aqui, é musculosa e sisuda até irromper em risadas que parecem escapar contra sua vontade. No final da visita, ela já estava experimentando meus sapatos.

Hoje à tarde, desci para ver como a nossa verdadeira casa está ficando. Gosto do lugar que escolhemos, bem no cruzamento da estrada das mulheres e dos homens (os homens têm, naturalmente, a melhor vista do rio), onde poderemos ficar de olho nos acontecimentos. Há cerca de trinta pessoas trabalhando neste momento, e Fen dá ordens a cada uma delas com um punhado de palavras tam e utiliza um vozeirão agressivo quando é necessário. Fico feliz que não se dirija a mim.

Conquistando lentamente algumas crianças. Vou até o campo atrás das casas onde as mulheres dormem, onde as crianças brincam, ou até o lago onde nadam, e me agacho no chão e espero. Hoje levei um trem de brinquedo vermelho vivo e o empurrei pela areia, imitando o ruído. A curiosidade foi mais forte do que o medo, e eles se aproximaram até que eu disse "Piuí!" e eles fugiram e eu ri, e por fim o trem os atraiu de volta. Adicionei pelo menos cinquenta novas palavras ao meu pequeno léxico enquanto estava ali sentada com eles. Todas as partes do corpo, mais termos para elementos na paisagem. Eles não se cansam de explicar as coisas como os adultos. Gostam de ser especialistas. E são crianças pequenas, de três a oito anos talvez. São um grupo independente, tão diferentes dos kirakira com seus guardiões adolescentes protetores. Aqui as garotas mais velhas devem começar a pescar e tecer em torno dos nove ou dez anos ao que parece, e os meninos começam a aprender o comércio de cerâmica e pintura. E as crianças menores andam livremente. Ah, os pequenos Piya e Amini com suas barrigas redondas e cintos de casca de tulipa... Minha vontade é pegá-los e carregá-los no colo, mas por enquanto eles guardam uma distância de vários metros, desconfiados, olhando para a praia, certificando-se de que há um adulto à vista.

11/1 Esta tarde Fen trouxe para casa três meninos: um para cuidar da casa, um para caçar e outro para cozinhar. Escolheu no local da construção, embora o menino responsável pela caça pareça delicado demais para nos trazer muito mais do que um pato ou um musaranho, e o criado de casa, Wanji, amarrou um pano de prato na cabeça e saiu correndo para mostrar aos seus amigos e nunca mais voltou. Mas o cozinheiro viu os inhames e os peixes e começou a trabalhar sem dizer uma palavra. Seu nome é Bani. Ele é sério, quieto, e acho que um pouco desajustado aqui entre os homens tagarelas, sempre falando alto. Se ele fosse um pouco mais velho daria um bom informante, mas acho que não tem mais que catorze anos. Fen e eu ainda não travamos a batalha do informante. Eu lhe disse hoje na hora do almoço que ele poderia escolher primeiro. Fen retrucou que não importava por quem ele se decidisse, porque no fim ia querer quem eu escolhesse. Então falei que ele poderia escolher, e eu escolheria em seguida, e ele poderia escolher novamente. Demos boas risadas disso. Disse a ele que o título do meu próximo livro seria *Como lidar com o seu homem na mata*.

Encontrei um professor de línguas. Karu. Ele fala um pouco de pidgin devido a uma infância passada perto da estação de patrulha em Ambunti. Graças a ele meu léxico tem mais de mil palavras agora, e eu estudo de manhã e à noite, ainda que parte de mim gostasse de ter mais tempo sem a língua. Há muita observação cuidadosa e mútua sem ela. Minha nova amiga Malun me levou hoje à casa das mulheres, onde estavam tecendo e consertando redes de pesca, e nos sentamos com Sali, sua filha grávida, a tia paterna de Sali e quatro filhas adultas da tia. Estou aprendendo o ritmo picado de sua fala, o som de suas risadas, a inclinação de suas cabeças. Posso sentir as relações, os gostos e as aversões na sala de um modo que nunca conseguiria se pudesse me comunicar verbalmente. Você não percebe como a língua realmente interfere na comunicação até não dominá-la, como ela fica no caminho como um sentido preponderante. É preciso prestar muito mais atenção em todo o resto quando não se entende as palavras. E, quando alcançamos a compreensão, muita coisa cai por terra. Você então confia em suas palavras, e a palavra nem sempre é a coisa mais confiável do mundo.

13/1 Acabei de passar quatro horas datilografando dois dias de anotações. Concluí o censo hoje: dezessete casas, 228 pessoas. Precisei tirar Fen da construção da casa para conseguir os números das casas dos homens, onde não posso entrar.

De vez em quando, se não tomo cuidado, penso em B tratando dos meus ferimentos naquela primeira noite, e tudo fica por alguns segundos um pouco vacilante dentro de mim. Talvez seja bom que ele não tenha voltado logo, como prometeu que faria.

17/1 Malun veio hoje com uma cesta enorme e uma expressão muito séria no rosto. Xambun, explicou ela, é seu filho. Ela abriu a cesta e me mostrou centenas de pedaços de folhas de palmeiras amarradas, um nó para cada dia desde que ele se foi. Senti como se quatro novos ouvidos estivessem crescendo em mim enquanto tentava compreender o que ela me dizia. Demorou um pouco, mas fiquei sabendo que Xambun não está morto. Ele foi atraído por *blackbirders* para trabalhar numa mina, e meu palpite é que tenha sido Edie Creek. Ele é um homem grande, alto, um homem sábio, um corredor rápido, um bom nadador, um excelente caçador, ela me disse. (Bani e Wanji confirmaram depois essas e muitas outras coisas. Xambun parece ser Paul Bunyan, George Washington e John Henry, tudo num homem só.) Malun queria saber se nós conhecíamos os homens com quem ele foi embora. Estou começando a pensar que é por isso que nos aceitaram tão facilmente, acharam que tínhamos informações sobre Xambun. Eu gostaria que tivéssemos. Que tesouro um homem como ele seria, que perspectiva ele teria sobre o seu próprio povo. Malun acredita que ele voltará para casa em breve. Eu não tive palavras nem coragem de contar a ela o que sei sobre essas minas de ouro. Não lhe disse que ele talvez não tivesse a liberdade de ir embora. Ah, o amor e o medo nos olhos dela enquanto acariciava sua cesta cheia de nós.

8

Eu tinha três objetivos quando me sentava para escrever para a minha mãe toda semana.

1) Fornecer-lhe uma prova de que ainda estava vivo.

2) Convencê-la de que o meu trabalho tinha valor e se encaminhava rapidamente para a direção certa.

3) Sugerir, sem chegar a afirmar diretamente, que eu preferiria estar em sua casa em Grantchester a em qualquer outro lugar na terra.

O primeiro objetivo era, evidentemente, o mais fácil. Eu o atingia assim que escrevia "Querida mãe". Os outros dois requeriam fraude, e ela farejava a duplicidade em mim como um cão do inferno fareja a morte. Mas agora havia um quarto objetivo: não mencionar Nell Stone. Muito fácil, seria de imaginar. E ainda assim eu achava incrivelmente difícil. Já tinha arrancado três cartas da máquina de escrever. Amassei-as, joguei a bola de papel pela janela, e o pequeno Kanshi e dois de seus amigos ficaram golpeando-a com varas de cana. Joguei fora uma quarta, e os meninos gritaram de prazer, e a avó de Kanshi gritou de dentro de seu mosquiteiro que ela estava tirando um cochilo e se eles poderiam por favor ir se afogar. Coloquei outra folha de papel na máquina.

Querida mãe,

Acho que hoje é dia 1º de fevereiro. Mais três meses. Talvez esta carta e eu cheguemos à sua porta ao mesmo tempo. O jardim estará em plena floração, e então vamos nos sentar para tomar chá sob os lilases e os amelanqueiros, e tudo ficará bem com o meu mundo mais uma vez.

Espero que esta carta a encontre em boa saúde e que nenhuma gripe de inverno tenha chegado à sua porta. Tem sido um inverno ameno?

Eu achava que tinha feito essa mesma pergunta nas minhas últimas duas cartas, mas continuei assim mesmo.

No momento em que a senhora receber esta carta, porém, o inverno será uma memória distante de qualquer forma, e nós vamos bolar um modo de manter os pulgões longe das rosas e impedir a trepadeira-da-rússia de subir muito alto no lado sul da casa. Esses problemas de verão...

Como já mencionei, o meu foco nas últimas semanas tem sido os rituais de morte dos kiona. Ontem fui a uma cerimônia funerária em que o crânio de um homem morto há muito tempo foi desenterrado, depois coberto com argila e reconstituído, voltando a se parecer com um rosto carnudo com nariz, boca e queixo. O pobre artista foi terrivelmente vaiado por sua interpretação dessas características, mas por fim chegaram a um acordo e o mintshanggu *foi realizado. A cabeça foi colocada sobre um palco, e os homens se arrastaram para baixo da plataforma e tocaram suas flautas para as mulheres, que ouviam estoicamente, quase em transe. E então as mulheres se levantaram e puseram comida para o seu fantasma e cantaram as músicas de nomes do clã materno do homem. Quando perguntei quanto tempo fazia que ele tinha morrido, ninguém sabia me dizer. As pessoas choravam, não o choro alto e teatral dos homens nos funerais, mas um pranto mais natural. Natural. Acho que uso essa palavra indiscriminadamente. O que é natural para um inglês talvez não seja nada* natural *para, digamos,*

Parei. Eu era como um menino em idade escolar em minha necessidade de simplesmente datilografar a palavra.

um americano, muito menos para uma tribo da Nova Guiné.

Suas antenas iam se contrair. Ela detectaria alguma coisa.

Acho que estou cada vez mais interessado nesta questão da subjetividade, da lente limitada do antropólogo, do que nas tradições e nos hábitos dos kiona. Talvez toda ciência seja apenas autoinvestigação.

Por que não mencioná-los simplesmente?

Recebi uns visitantes, colegas antropólogos, um casal que está na região há quase tanto tempo quanto eu, sem que eu soubesse. Ele é de Queensland, um sujeito robusto que conheci em Sydney naquela época, e ela é americana, bastante famosa, mas uma criatura pequenina e enfermiça com um rosto que lembra uma versão feminina de Darwin.

Pronto. Isso não poderia alterá-la muito, poderia? Sim, poderia. Com absoluta certeza. Agarrei o topo da folha e puxei com força, rasgando-a em duas metades. Que ela se danasse. Arranquei a outra parte, amassei as duas juntas e joguei a bola lá para fora, para os meninos que, quando a viram, deram outro grito de alegria. Violação direta dos objetivos nº 2 e nº 4. Depois de certo número de frases, as cartas para minha mãe se tornavam cartas para Nell. Minha mente estava presa numa conversa com ela, e a sensação de falar com Nell ressoou em mim, perturbou-me, acordou-me como se acorda de um mal súbito no meio da noite.

Antes de deixá-los, enfiei um exemplar do livro dela na minha mochila. Li assim que voltei, sem parar. E depois reli no dia seguinte. Era o trabalho de etnografia menos acadêmico que eu já lera, longo nas descrições e extensas conclusões, curto na análise metódica. Haddon, numa carta recente, tinha ridicularizado o sucesso de *As crianças kirakira* na América e brincado dizendo que todos nós devíamos levar conosco uma romancista em nossas viagens de campo. E, no entanto, ela escrevia com a urgência que a maioria de nós sentia mas não tinha coragem de revelar, porque estávamos por demais obcecados pelas tradições das ciências antigas. Por tanto tempo senti que o que eu tinha sido treinado para fazer em termos de escrita acadêmica era pressionar o nariz contra o chão, e ali estava Nell Stone com a cabeça erguida, olhando em todas as direções. Era entusiasmante e irritante, e eu precisava vê-la de novo.

Por muitas vezes peguei o rumo do lago Tam, mas dava meia-volta uma hora depois, convencendo-me de que era muito cedo, que eles não estariam me esperando, que ainda não podiam se dar ao luxo de ser interrompidos por um visitante. Eu seria um estorvo, arrastando-me à espreita atrás deles, que tentavam fazer o trabalho de doze meses em sete. Se estivessem mais perto, eu poderia dar uma passada, ter um pretexto. Fen tinha mencionado que gostaria que eu fosse com ele numa expedição de caça, dentro de uma quinzena, mas já teria mandado recado se tivesse falado sério.

Eu suspeitava que Fen não tivesse a disciplina de Nell, mas ele tinha uma mente afiada, talento para línguas e uma maneira curiosa e quase artística de ver as coisas. Na praia, ele notara a forma como os kiona viravam as canoas de lado, com os apetrechos de pesca todos na frente. Parecem bancos diante de um altar numa igreja do interior, ele disse, e agora eu não conseguia mais ver a disposição de outra forma.

Eu sentia que os amava, amava muito, como se fosse uma criança. Ansiava pela sua companhia, muito mais do que eles jamais poderiam ansiar pela minha. Tinham um ao outro. Não podiam imaginar o que eram vinte e cinco meses sozinho numa cabana. Nell tinha estado nas Ilhas Salomão durante um ano e meio, mas vivia com o governador e sua esposa, e teve a companhia de todos os seus amigos e visitantes. Fen estivera sozinho com os dobu, mas não mencionara uma viagem a Cairns para o casamento do seu irmão no meio da estadia? Ir para casa era viajar mil e quinhentos quilômetros, no seu caso.

Lá fora, os meninos agora se ocupavam de seus arcos e flechas, praticando numa *paw paw* que rolava depressa. A corda de um dos meninos se rompeu e ele correu para o mato, pegou uma haste de bambu e, usando apenas as mãos e os dentes, puxou uma fibra fina, amarrou-a ao seu arco e correu de volta para o jogo.

Nell e Fen tinham afastado os meus pensamentos suicidas. Mas o que deixaram no lugar? Desejos ferozes, uma grande onda de sentimento que eu não conseguia compreender muito bem, uma dor que parecia não ter nome além de carência. Era como querer. Verbo intransitivo. Nenhum objeto. Era o oposto de querer morrer. Mas não era muito mais suportável.

9

20/1 OBSERVO AS MULHERES pescando, quase nenhuma luz no céu até agora. Seus barcos deslizam sobre a água escura e fosca; colunas da fumaça de fogueiras acesas em recipientes na popa sobem, grossas, num tom de azul-prateado, e gradualmente se extinguem. Algumas das mulheres ainda estão dentro do rio, e a água fria chega-lhes à altura do peito enquanto verificam suas armadilhas. Outras já voltaram às suas canoas e se aquecem em suas pequenas fogueiras.

Recebemos as nossas batidas de gongo ontem. Eles nos surpreenderam com uma pequena cerimônia. Para Fen, três batidas longas seguidas por duas rápidas. Para mim, seis batidas muito rápidas, como passos, eles disseram, imitando a minha forma de andar depressa. Homens do clã de Malun e Sali realizaram as danças, uma velha ao meu lado reclamava que a geração mais jovem não tinha aprendido os passos direito.

24/1 Nossa casa ainda não está pronta, mas as crianças agora vêm me ver pela manhã, junto com qualquer um que queira desenhar ou jogar bolinhas de gude enquanto aguentam meus interrogatórios vacilantes. Eles riem de mim e me imitam, mas respondem às minhas perguntas. Felizmente as palavras tam são curtas — duas e três sílabas, nada como as seis síl. das palavras dos mumb. —, mas eu não confio nos seus dezesseis sexos (e o número aumenta). Fen não toma nota de nada disso, absorve palavras como a luz do sol e de alguma forma inata compreende a sintaxe. Ele está se fazendo entender perfeitamente bem e as pessoas são muito menos propensas a rir dele, já que ele é homem, mais alto do que todos eles e fornecedor da maior parte do sal, dos fósforos e dos cigarros.

30/1 Nossas provisões chegaram de Port Moresby, e também nossa correspondência. Uma única carta de Helen. Ela provavelmente recebeu umas trinta minhas no mesmo intervalo de tempo. Duas páginas. Mal vale a postagem. Fala principalmente de seu livro, que está quase pronto. No final, inclui de passagem: "Tenho passado um tempo com uma garota chamada Karen, caso Louise já lhe tenha dito". E naturalmente Louise tinha. Uma carta um tanto fria. E a minha carta para ela ainda tão cheia de pedidos de desculpas, arrependimento e confusão. Às vezes acordo no meio da noite pensando: ela deixou Stanley por mim. Meu coração dispara, e então lembro que tudo já é passado e a vejo parada no cais em Marselha usando seu chapéu azul e me vejo saindo do navio com Fen. Aquela noite no Gertie, quando ela me perguntou se eu preferia ser a pessoa que amava um pouco mais ou um pouco menos. Mais, eu disse. Não dessa vez, ela sussurrou no meu ouvido. Sou eu quem sempre vai amar mais. Não lhe confessei isso, mas amo sem a necessidade de possuir o outro. Porque naquela época eu não sabia a diferença.

Havia três compridos escaleres com nossas coisas, e eles deviam ter raspado as laterais deslizando através destes canais. Os tam pensaram que estavam sendo atacados, e deu um trabalhão acalmá-los. A visão de tantos itens modernos mudou a forma como eles nos veem (embora ainda sem sinais de Loucura Vailala), e uma parte de mim gostaria de ter pedido mais papel e as guloseimas que lhes prometemos. Mas sou grata pelo colchão e pela mesa, todos os meus instrumentos de trabalho, minhas tintas, bonecas e caixas de lápis de cor para que ninguém precise mais brigar pelo roxo, a argila e as cartas.

Faz hoje cinco semanas que Bankson nos trouxe aqui. Ele não voltou. Foi tão bom conosco que não consigo me sentir exatamente ressentida. Fen está mais abertamente ofendido, alegando que B disse que voltaria em duas semanas para ir numa expedição com ele, quando então Fen poderia mostrar-lhe os mumbanyo. Provavelmente o exaurimos com as nossas briguinhas, lamentos e todas as minhas mazelas físicas. Mas estamos melhor agora. Ele nos viu em nosso pior momento, e de algum modo acho que sua presença e o entusiasmo que demonstrou a cada um de nós ajudaram a nos lembrar do que gostamos um no outro. Essa etapa da viagem foi mais tranquila do que as outras. Acho que vamos sair de tudo isso ilesos, talvez até com um filho. Minha menstruação está agora com quatro dias de atraso.

1/2 Entendi minha primeira piada hoje. Estava observando a tecelagem de mosquiteiros na segunda casa das mulheres. Sentei-me ao lado de uma mulher chamada Tadi e lhe perguntei o que ela faria com as conchas que ganhasse, e ela disse que seu marido ia usá-las para comprar outra mulher. "Estou com pressa de terminar logo este mosquiteiro", ela declarou. Todas caímos na gargalhada.

Minha mente tem voltado repetidamente àquela conversa com Helen nos degraus do Schermerhorn sobre como cada cultura tem um sabor. O que ela falou naquela noite me volta à memória pelo menos uma vez por dia. Será que eu já disse a alguém algo de que venho me lembrando diariamente pelos últimos oito anos? Ela acabara de voltar de uma temporada com os zuni e nunca tinha ido a lugar nenhum. Ela tentava me explicar que nada do que é ensinado nos ajuda a identificar ou qualificar esse sabor único que precisamos absorver e prender na página. Helen me parecia tão velha — devia estar com trinta e seis anos —, e pensei que levaria uns vinte para entender o que ela me falava, mas compreendi assim que cheguei às Ilhas Salomão. E agora estou envolvida neste novo sabor, tão diferente do sabor leve e sem graça dos anapa e do gosto amargo e denso dos mumbanyo, este sabor rico, profundo e complexo que estou ainda começando a provar, e no entanto como explicar essas diferenças para o americano médio que dará uma olhada nas fotos e verá negros e negras com ossos atravessados no nariz e vai colocá-los todos numa pilha sob o rótulo "selvagens"? Por que você pensa nas pessoas comuns?, Bankson me perguntou na segunda noite. O que elas têm a ver com a relação de pensamento e mudança? Ele torce o nariz para a democracia. Quando tentei explicar que minha avó era minha leitora imaginária para <u>As crianças dos KK</u>, acho que ele ficou constrangido por mim. Essas conversas com B ainda voltam à minha mente. Talvez porque Fen não goste mais de falar de trabalho comigo. Sinto que está guardando as coisas para si, como se tivesse medo de eu usar suas ideias no meu próximo livro se ele as pronunciar em voz alta. Agora é muito triste pensar nos meses que passaremos naquele navio a caminho de casa — a liberdade da nossa conversa, a ausência de constrangimento e moderação. Tudo mais uma vez retorna a essa ideia de posse. Depois que publiquei o livro e as minhas palavras viraram mercadoria, algo se rompeu entre nós.

Então reproduzo o que B e eu dissemos um para o outro na minha cabeça como discos de fonógrafo. Ele está preso àquele frágil estruturalismo inglês, à medição de cabeças e às analogias com colônias de formigas, sem um treinamento de trabalho de campo decente para extrair o que precisa. Receio que ele tenha falado com os kiona sobre o tempo todos esses meses. Ele parece saber muito sobre as chuvas. Que têm sido leves, até agora, pouco mais do que uns respingos. Não gosto quando eles guardam as coisas para si desse jeito. Causa tensão. *Oma muni*. É um mau presságio. Malun me ensinou isso hoje. Mas ela estava falando sobre um inhame particularmente torto.

4/2 Já li toda a correspondência. Cartas adoráveis e exuberantes de Mary G. e Charlotte. Superficiais de Edward, Claudia e Peter. Boas me fez rir, dizendo que os missionários estão agora correndo em massa para as Ilhas Salomão a fim de converter suas almas perversas. Sinto-me em transe. A investigação do bebê Lindbergh e a empregada engolindo líquido para limpar prata, Hoover expulsando o *Bonus Army*, Gandhi fazendo mais uma greve de fome. E também as coisas sobre o livro. Será que, se eu fosse casada com um banqueiro, poderia saborear mais esse sucesso? Poderia lhe mostrar a carta do diretor da Associação Antropológica Americana ou o convite de Berkeley? O modo como devo minimizar tudo isso começa a me contaminar de tal maneira que não me permito sequer alguns minutos de prazer privado antes da fase da contenção. Mas então ele me surpreende, pega a carta de sir James Frazer e diz: "Muito bem, Nelliezinha. Esta nós temos de emoldurar".

Cinquenta e três cartas de leitores. Fen lê algumas com vozes engraçadas. "Cara sra. Stone, acho que há uma sutil ironia no fato de que a senhora pretende 'libertar' os nossos filhos com suas descrições gráficas de comportamento quando a leitura mesma dessas descrições vai aprisioná-los no eterno fogo do inferno." A expressão de Fen ao pronunciar "fogo do inferno" me fez rir às lágrimas — era a sra. Merne, do navio, que resmungou sobre o nosso comportamento por toda a extensão do oceano Índico até finalmente desembarcar em Aden. Fica tudo bem quando nossa memória remete ao navio. Será sempre assim com os homens, aquela primeira explosão de amor ou sexo é o que os une? Você tem sempre de remeter àquelas primeiras semanas, quando o jeito como ele atravessava a sala fazia você querer tirar todas as suas roupas? Tão diferente com Helen. O desejo vinha de algum outro lugar, pelo menos para mim. Algum lugar mais profundo? Não sei. O que sei é que fico acordada a noite toda e a dor de tê-la perdido é como se alguém estivesse cortando meu estômago, de tão horrível. E estou com raiva de ter sido obrigada a escolher, de que tanto Fen quanto Helen precisassem que eu escolhesse alguém, precisassem ser a única pessoa quando eu não queria uma única pessoa. Adorei aquele poema de Amy Lowell quando o li pela primeira vez, sobre como seu amante era feito vinho tinto no início e depois se tornou pão. Isso não aconteceu comigo. Meus amores permanecem vinho para mim, mas me torno pão muito depressa para eles. Foi injusto o modo como tive de escolher entre um e outro, em Marselha. Talvez eu tenha feito a escolha convencional, o caminho mais fácil para o meu trabalho, a minha reputação e, claro, para um filho. Um filho que não vem. Alarme falso este mês.

8/2 Em nossa própria casa agora. Com todas as nossas coisas, nossa rotina e o cheiro de madeira fresca. Sou como uma velha senhora vitoriana, recebendo minhas visitas pela manhã e saindo para ir às casas das mulheres no período da tarde, na minha vez de fazer visitas. Minha mente desliza com muita facilidade e frequência das crianças que devo estudar para as mulheres daqui, que são um contraste com as apáticas anapa e as mumb., grosseiras mas impotentes. Estas mulheres tam têm ambição e ganham o seu próprio dinheiro. Sim, dão alguma coisa aos maridos para que comprem novas esposas, ou a seus filhos para pagar por uma noiva, mas ficam com o resto. São elas que negociam, até mesmo a cerâmica dos homens. E fazem suas próprias escolhas conjugais, os jovens empinados ao redor delas como garotas de um clube de moças. Tudo depende das decisões que as mulheres fazem. Vejo fascinantes reversões de papéis aqui. Fen (que surpresa) discorda.

Mas ele está trabalhando mais agora que a casa está pronta. Dei-lhe um bocado de coisas boas: parentesco, estrutura social, política, tecnologia, religião. Mas ele tem se concentrado demais no parentesco, assim como se concentrou demais na religião e nos totens com os mumb. Ele acha que entendeu um padrão, mas se recusa a partilhar comigo. Isso lhe dá foco e energia, então não posso reclamar muito.

9/2 Fen e eu acabamos de ter a briga que tenho tentado evitar. Nada muito grave — ele está bem melhor agora. Era mesmo uma coisa com os mumbanyo. Ele se concentrou naquela maldita teoria do parentesco, excluindo todo o resto, de modo que agora não temos <u>nada</u> sobre governo, religião, tecnologia etc. Ele suspeitava tratar-se de um sistema de herança sexual cruzada, os homens herdando de suas mães e as mulheres de seus pais, e foi ficando mais e mais animado com isso, fazia entrevistas na casa dos homens o dia inteiro e ficava acordado às vezes a noite toda tentando juntar as peças. E agora tudo ruiu e ele se recusa a fazer o que quer que seja, não quer descobrir o que o padrão realmente significa e também não quer trabalhar em mais nada. Pedi para trocar comida e nutrição (que eu já cobri o bastante) por parentesco e política, mas ele se recusa. Então vou ter de assumir essas coisas em segredo.

10/2 Sonhos intensos com Helen em Marselha. Faz mais de três anos agora, mas ainda estou presa ali, indo e vindo entre os dois hotéis, tentando me dividir ao meio. H com seu chapéu azul no cais, os lábios trêmulos: deixei Stanley, suas primeiras palavras para mim, e então Fen não nos dando o tempo que ele tinha me prometido, vindo logo atrás de mim, sem deixar dúvidas, sem dar espaço para uma explicação. Ah, dias terríveis. Terríveis. E ainda assim volto a eles como um viciado em ópio.

Quero coisas demais. Sempre quis.

E o tempo todo estou ciente de um desespero maior, como se Helen e eu fôssemos recipientes para o desespero de todas as mulheres e de muitos homens também. Quem somos e para onde estamos indo? Por que, com todo o nosso "progresso", somos tão limitados em nossa compreensão, simpatia e capacidade de dar um ao outro real liberdade? Por que, com a nossa ênfase no indivíduo, ainda estamos tão cegos pelo desejo de nos sujeitar? Charlotte escreveu que os rumores sobre Howard e Paul estão correndo soltos, e Howard pode perder o emprego em Yale. E o sobrinho dela, doutorando em Wisconsin, foi declarado louco e metido num hospício quando descobriram que era um líder no Partido Comunista local. Acho que acima de tudo é a liberdade que procuro no meu trabalho, nesses lugares distantes, encontrar um grupo de pessoas que dão uma a outra espaço para ser da maneira que precisam ser. E talvez eu nunca encontre tudo numa única cultura, mas talvez possa encontrar partes dessa liberdade em várias delas, talvez eu possa remendá-la como a um mosaico e desvendá-la para o mundo. Mas o mundo é surdo. O mundo — e na verdade estou querendo dizer o Ocidente — não tem interesse em mudança ou autoaperfeiçoamento, e meu papel me parece ser, num dia nebuloso como o de hoje, apenas o de documentar essas culturas esquisitas na última hora, antes que a mineração e a agricultura ocidentais os aniquilem. E então temo que a consciência de sua desgraça iminente altere minhas observações, tinja tudo isso com uma nostalgia taciturna.

Este estado de espírito é glacial, reúne todos os detritos em sua passagem: meu casamento, meu trabalho, o destino do mundo, Helen, o desejo intenso de ter um filho, até mesmo Bankson, um homem que conheci por quatro dias e que muito provavelmente nunca mais torne a ver. Todas essas coisas me atraem e se cancelam umas às outras como uma equação algébrica que não consigo resolver.

12/2 Grande comoção no rio hoje de manhã. Os barcos de mulheres que tinham saído pacificamente mais cedo voltaram às pressas em meio a gritos e agitação na água, e quando cheguei à praia vi que toda a gritaria vinha de uma mulher, Sali, seus gemidos profundos e seus gritos estridentes e em seguida um grito rouco feito um leão da montanha com uma flecha no flanco. Ela cambaleou da canoa para a terra e se agachou na areia para ter seu bebê. Algumas mulheres mais velhas espalharam pano de casca de árvore debaixo dela. Todas começaram a entoar canções para atrair o bebê para fora. Esperei que os tabus se instalassem e as pessoas fossem mandadas embora, mas isso não aconteceu, nem comigo nem com mais ninguém, nem mesmo com os poucos homens que se reuniram sob as árvores atrás de nós. Avistei Wanji entre eles e o enviei a minha casa para buscar água fervendo e toalhas. Apertei-me ao lado de Malun.

EUFORIA *91*

Ajudei nesse nascimento. Vi a cabeça do bebê aparecer e recuar, aparecer e recuar, como uma lua mudando de fase muito depressa, e de repente ele empurrou os lábios de um vermelho intenso de uma só vez enquanto Sali gritava, e em seguida ela ficou tão quieta que pensei que tinha morrido, mas depois voltou a gritar e um ombro passou, uma pequena protuberância se comparado à enorme cabeça, e na onda seguinte de dor puxei aquele pequenino ombro e o outro lado veio, seguido da barriga e das perninhas gordas, e lá estava ele, um menino, como se trazido pela maré. Malun e sua irmã riram de minhas lágrimas, mas eu estava maravilhada com a vida que se iniciava e recordava as pernas gordas da minha irmã Katie, e cheia de uma esperança selvagem e egoísta de que meu corpo, tendo agora visto a simplicidade do acontecimento, pudesse dar conta disso algum dia. Malun arrancou o cordão com os dentes e apertou o coto com um graveto. Muitas mãos se estenderam para limpar a película branca que cobria o bebê, e eu me perguntei se era dali que vinha o mito mumbanyo do rei da Austrália, aquele em que o primeiro homem sai de dentro da sua pele branca. Wanji finalmente chegou com a água fervida e as toalhas, mas não precisávamos mais de nada daquilo. Enquanto caminhávamos até a praia, Kolun, o marido de Sali, aproximou-se e tomou o filho sem hesitação, e o bebê se enrolou como um gatinho na curva de sua clavícula. Alguns homens tinham flautas e tocavam uma melodia sem forma. Sali caminhava sem ajuda e conversava com suas duas irmãs e sua prima. Eu gostaria de entender tudo o que ela estava dizendo, mas era rápido demais, íntimo demais.

16/2 O bebê de Sali morreu. Não conseguia mamar.

17/2 Fen está insuportável. Esbofeteou Wanji por ter levado alguns elásticos sem pedir, e agora Wanji está chorando, Fen está gritando, e o menino de Sali continua morto.

10

ELA SONHAVA COM BEBÊS MORTOS, escreveu em seu livro de pano de casca de árvore. Bebês em chamas. Bebês presos em árvores entrelaçadas. Bebês cobertos de formigas. Deitada em sua cama, contava o número de bebês mortos que tinha visto nos últimos dois anos. O menino anapa tinha sido o primeiro, cortado do ventre de sua mãe morta para que não os assombrasse. A menina Minalana, quase um ano de idade, picada por uma aranha-de-costas-vermelhas. Com os mumbanyo, muitas vezes não havia cerimônia para a morte de uma criança. Você tropeçava nelas semienterradas ou presas entre os juncos do rio. Qualquer bebê que fosse inconveniente ou que se acreditasse ser de outro homem. E um homem podia evitar o tabu pós-parto de seis meses sem relações sexuais livrando-se do bebê. Com os anapa houvera cinco, dezessete com os mumbanyo, e agora Sali. Vinte e três bebês mortos. Vinte e quatro se ela contasse o seu próprio bebê, um grumo escuro envolto em folha de bananeira e enterrado debaixo de uma árvore que ela nunca mais veria.

Ouviu-os debaixo da casa, esperando por ela. A risadinha da filha de nove anos de Sema e o choramingo de seu irmãozinho, provavelmente querendo mais da cana que a mãe balançava sobre a cabeça. Ela ouviu as palavras para comer, doce e o nome que eles lhe haviam dado, Nell-Nell.

Surpreendia-a que ainda viessem. Eles não tinham atribuído a morte do bebê de Sali à sua presença no momento do nascimento. Ainda não, pelo menos. Quando Nell visitou Sali na noite anterior, ela descansara a cabeça em seu ombro por um longo tempo. Seu filho havia sido enterrado dois dias antes, numa clareira a meia hora dali. Sali o levou, seu corpo pequenino pintado de barro vermelho, o rosto de branco, o peito diminuto decorado com conchas. Numa das mãos colocaram um pedaço de bolo de sagu, na outra uma flauta em miniatura, para crianças. Seu pai cavou uma cova rasa. Pouco antes de Sali colocá-lo ali, ela apertou algumas gotas de leite de seu peito duro e cheio para os lábios pintados, e Nell desejou tanto que aqueles lábios se movessem, mas eles não se moveram, e em seguida o cobriram com o solo arenoso marrom.

Fen entrou no mosquiteiro com uma xícara de café para ela. Ele se sentou na cama, e ela se levantou para pegar a xícara.

— Obrigada.

Fen se sentou de lado para ela, esmagou um gorgulho azul-claro com o sapato, ficou olhando para o pano que cobria a janela. Tinha uma cabeça pequena, considerando-se o seu comprimento e sua circunferência. Fazia seus olhos e seus ombros parecerem maiores do que eram de fato. Sua barba crescia depressa, os pelos escuros. Ele tinha se barbeado na noite anterior, mas já tinha começado a crescer, e não o azul-escuro que aparecia depois de algumas horas, como uma nuvem de tempestade, mas os pelos reais brotando dois ou três por poro. As mulheres em toda parte o achavam atraente. Ela o achara bonito no início, naquele barco no oceano Índico.

Ele sabia que Nell tinha chorado e não olhava para ela.

— Eu só queria ver uma criança ficar viva.

— Eu sei — disse ele, mas não tocou nela.

Debaixo da casa, eles tinham começado a bater varas nos apoios.

— Aonde você vai hoje? — ela perguntou.

— Vou ajudar com a canoa.

Trabalhar na canoa, o que tinha feito nos últimos cinco dias, significava escavar as entranhas de uma enorme árvore de fruta-pão para que oito homens pudessem viajar dentro dela. Isso significava mais um dia sem fazer anotações, mais um dia sem conseguir reunir dados.

— Luro vai a Parambai hoje, para ajudar a resolver a briga sobre o preço da noiva de Mwroni.

— Quem?

— Mwroni. O primo de Sali.

— Eu vou ajudar com a canoa, Nell.

— Nós simplesmente não fazemos ideia de como eles negociam...

— Não é minha culpa você não estar grávida.

A mentira dessas palavras ficou flutuando entre eles.

— Eu continuo fazendo a minha parte — disse Fen.

Seriam sete meses agora, ela pensou. Ele também sabia.

Por trás da tela, Nell ouviu Bani preparar o café da manhã de Fen enquanto cantava. Ela não conseguia entender a letra. Canções sempre eram a última coisa. Muitas vezes, eram um encadeamento de nomes, uma linhagem de antepassados, sem pausas entre as palavras. *Madatulopanara-ratelambanoka-nitwogo-mrainountwuatniwran*, ele cantava, a voz aguda, e com ternura. Bani às vezes era tão sério que ficava difícil lembrar que era apenas um menino.

Bani tinha dito a Nell que ele não nascera tam. Era um yesan, roubado pelos tam num ataque em retaliação pelo sequestro de uma menina tam por quem um yesan estava apaixonado. Ele achava que tinha menos de dois anos de idade quando isso aconteceu. Ela perguntou quem o criara, e Bani disse que muitas pessoas. Ela perguntou quem era sua família ali, e ele falou que era ela e Fen.

— Você vê a sua mãe? — ela quis saber.

— Às vezes. Se eu for com as mulheres ao mercado. Ela é muito magra.

Nell não tinha entendido a palavra *tinu*, magra, até ele encolher a barriga e apertar os braços junto ao corpo. Ele tinha cicatrizes de iniciação do ombro ao pulso e nas costas, calombos que eles criavam infectando deliberadamente os cortes.

— O que você sente quando a vê?

— Eu me sinto feliz por não ser magro e feio como ela.

— E ela? O que ela sente?

— Ela sente que as nossas mulheres tam cobram muito caro pelos peixes. É o que ela diz todas as vezes.

O gongo de Fen ecoou.

— Diabos. — Ele pulou para fora da esteira. — Por que ele demora tanto?

— Não seja duro com ele.

Ela o ouviu dizer a Bani que colocasse sua comida numa cesta.

— Depressa.

O ruído debaixo da casa aumentou enquanto ele descia a escada. Ela ouviu as saudações deles e o *Baya ban* de Fen muitas vezes. Bom dia, bom dia. As crianças tentariam tocar seus braços e colocar os dedos nos seus bolsos. Seu gongo soou novamente, e ela o ouviu gritar com um lindo sotaque que ela mesma jamais teria, *Fen di lam*. Fen já está chegando.

Nell se levantou e vestiu a roupa que usara durante toda a semana, um vestido outrora branco que havia comprado na Oitava Avenida por um níquel.

— *Meni ma* — ela chamou enquanto enrolava a cortina.

— *Damo di lam* — vários responderam. Já estamos chegando.

— *Meni ma* — ela repetiu, porque raramente bastava dizer as coisas uma vez só. Os tam usavam uma repetição operística quando falavam.

— *Damo di lam*.

A casa começou a tremer enquanto as pessoas subiam a escada.

— *Damo di lam*.

Luquo chegou primeiro.

— *Baya ban* — ele murmurou, e uma vez só, enquanto se apressava para pegar os lápis de cor e o papel e ir para o seu canto com eles. Seu tio viria buscá-lo dentro de uma hora e repreendê-lo por ter ido para lá quando o esperavam para ajudar a misturar pigmentos na estrada dos homens. No entanto, Luquo ficava entediado com os anos de aprendizado pelos quais os meninos deviam passar. Ele gostava de vir à casa da mulher branca. Não se agachava como os outros, porém ficava de quatro com o papel por baixo, os músculos tensos e o corpo nu balançando levemente enquanto pressionava os gizes de cera duros sobre o papel. Gostava de cores profundas e exuberantes e usava o giz como diziam que Van Gogh usava o pincel. Ela gostaria de poder lhe mostrar um Van Gogh, os autorretratos, pois Luquo sempre desenhava um retrato, um homem valente com penas, ossos e pintura, não uma máscara, não uma cabeça, mas o corpo inteiro de um homem. Meu irmão, ele dizia sempre que ela perguntava. Xambun, ele gritava.

Outros gostavam de falar. Amini, uma menina de sete ou oito anos, tentava fazer a Nell o mesmo número de perguntas que Nell lhe fazia. Amini queria saber por que ela usava todo aquele pano, por que usava um garfo para comer, por que usava sapatos. E queria saber como Nell fazia todas aquelas coisas que tinha. Hoje, quando Nell lhe entregou sua boneca favorita, Amini perguntou algo que ela não conseguiu entender. Amini repetiu, em seguida apontou para os seus dedos. Queria saber por que Nell tinha todos eles. Poucos adultos tam tinham todos os dedos. Decepá-los era um ritual de luto por um parente próximo.

— Nós não cortamos os nossos dedos — disse Nell, usando o outro pronome para nós, *nai*, que aprendera e que não incluía a pessoa com quem se estava falando.

Apesar desse floreio gramatical, Amini sorriu do modo como todos eles faziam quando ela falava.

— Você está de luto por quem? — ela perguntou alegremente, como se perguntasse a Nell sua cor favorita.

— Minha irmã — ela lhe disse. — Katie.

— Katie — repetiu Amini.

— Katie — confirmou Nell.

— Katie.

"Katie", outros se juntaram a elas, alguns de cócoras, mastigando, desenhando, tecendo. O velho Sanjo tinha encontrado um dos cigarros de Fen e mastigava-o lentamente. Katie, a sala murmurava. Era como dar vida a algo que havia muito estava inerte. Ninguém jamais dissera esse nome em sua casa desde o falecimento.

Não havia mulheres visitando hoje. Em geral, nunca eram muitas, já que pescavam pela manhã, mas hoje não havia nenhuma. E os homens que vieram estavam agitados, carrancudos, cheios de reclamações. O velho Sanjo apontou para sua máquina de escrever atrás do mosquiteiro. A pele esticada sobre as axilas como a de um morcego, quase transparente de tão fina. Ela lhe prometera que ia lhe mostrar como funcionava.

— *Obe* — ela lhe respondeu. Sim.

Quase todo mundo se levantou.

— Só Sanjo — disse ela.

Levou-o para o quarto. Ele cutucou a rede, firme em sua moldura de madeira. Recuou para cutucar com mais força. Não, ela lhe disse. Ele olhou ao redor, traçando as linhas daquela moldura de três metros quadrados em que estavam. Parecia querer ir embora. Todo mundo olhava lá para dentro, nariz contra a tela. Ela rasgou um pedaço de papel de seu caderno e o colocou na máquina.

Sanjo, ela datilografou rapidamente. Ele deu um passo para trás com o barulho. Várias crianças gritaram. Ela tirou o papel e o entregou a ele.

— Você. Sanjo. Em inglês. Na minha fala.

Ele tocou as letras que ela escrevera.

— Já vi isso antes. — Ele apontou para os livros dela. — Eu não sabia que podia ser o meu nome.

— Pode ser qualquer coisa.

— Elas são poderosas?

— Às vezes.

— Eu não quero elas.

Nell percebeu que ele via as letras como parte de sua "sujeira", um pedaço seu como cabelo, pele ou merda que os inimigos poderiam roubar e enfeitiçar.

— Não é a sua sujeira.

Ele lhe devolveu.

— Vou guardar aqui — disse ela. — Então vai estar a salvo.

Fen não voltou para o almoço, então ela pôde sair mais cedo para visitar as casas das mulheres. Fazia seis semanas agora que visitava aquelas doze casas. Havia várias famílias em cada uma delas, menos os homens e os meninos iniciados, que dormiam nas casas cerimoniais mais próximas do lago. Não obstante seu progresso diário com o idioma, ela sentia que tinha chegado a um patamar inesperado com as mulheres. Os homens, apesar do acesso mais difícil, pois não era autorizada a entrar em suas casas, eram livres com as palavras, incluíam-na em suas conversas sobre quem ia se casar com quem e quanto teria de ser pago, e para quem, enquanto as mulheres tinham muito menos paciência para esse tipo de assunto. Ela nunca tinha conhecido uma tribo em que mulheres fossem mais reticentes que homens.

Como as chuvas estavam atrasadas, a estrada era uma crosta ressecada, dura como mármore sob os pés. Frutas maduras explodiam ao cair no chão. O ar quente soprava das árvores altas, suas folhagens secas estalando umas contra as outras. Insetos miravam seus olhos e sua boca, à procura de umidade.

Na curva da estrada ela encontrou Fen com alguns homens, raspando com rochas planas os últimos pedaços de polpa de madeira do tronco. Como de costume, mesmo para o trabalho manual, os homens tam usavam muitos colares de conchas redondas amarelas no pescoço, braçadeiras de fibra de bambu, e pele de cuscus cobrindo o púbis. O cabelo estava enrolado e enfeitado com penas de papagaio. Os colares de conchas batiam ritmicamente enquanto trabalhavam. Três crânios, já marrons feito couro devido à idade, estavam encostados numa árvore ali perto, para supervisionar e abençoar o trabalho dos descendentes de seu clã. Um crânio estava sem a mandíbula. Nell procurou e, claro, encontrou-a pendurada no pescoço de Toabun, o mais velho do clã.

— Bom dia, Fenwick.

— Bom dia para você, mãe. — Ele se endireitou.

Os outros homens pararam de trabalhar para observá-los.

Ele espiou dentro de sua cesta. Tinha tirado a camisa, e seu peito estava brilhante de suor e pontilhado de insetos e manchas de polpa de madeira.

—Ah, posso ver os habituais subornos, quer dizer, encantos.

— Elas gostam de pêssego doce em lata a essa hora.

Ele era um homem atlético, muito diferente dos homens da família dele. Foi jogador de rúgbi na escola. Seu pai disse a ela, na única vez em que se encontraram, que Fen poderia ter jogado para os Wallabies, se quisesse.

— Nós todos gostamos. — Ele se inclinou e olhou dentro do seu vestido. — Um bom pêssego branco e redondo. — Ele tentou colocar a mão ali dentro, mas a esposa o impediu. Os homens atrás dele arquejaram de tanto rir.

Ele tinha começado a fazer essas coisas ultimamente, exibir-se para eles dessa maneira.

— O que está acontecendo hoje?

— O que você quer dizer?

— Alguma coisa está acontecendo. Eles não disseram nada?

Ele não sabia e não se importava. Ele a beijou, e os homens bateram na canoa e gargalharam.

— Vai trabalhar um pouco, sr. Exibido.

Ela fez a curva para a estrada das mulheres e, quando se virou, ele estava inclinado sobre a canoa novamente. Não havia nenhum caderno perto dele. Ele nem chegou a trazer um. Fen não queria estudar os nativos; ele queria *ser* um nativo. Sua atração por antropologia não era para decifrar a história da humanidade. Não era ontológica. Era para viver sem sapatos, comer com as mãos e peidar em público. Ele tinha uma mente rápida, uma memória fotográfica e talento tanto para a poesia quanto para a teoria — cortejara-a com essas qualidades noite e dia por seis semanas no barco de Cingapura para Marselha —, mas não pareciam lhe dar muito prazer. Seu interesse estava em experimentar, em fazer. Pensar era consequência. Enfadonho. O contrário da vida. E ela, por sua vez, encarava a umidade, o sagu e a falta de encanamento apenas por causa do pensamento. Quando era menina, à noite na cama, enquanto as outras garotas queriam pôneis ou patins, ela desejava que um grupo de ciganos subisse em sua janela e a levasse com eles para lhe ensinar sua língua e seus costumes. Imaginava como, depois de alguns meses, eles a trariam de volta para casa e, depois dos abraços e das lágrimas, ela contaria à sua família tudo sobre essas pessoas. Suas histórias iam se prolongar por dias a fio. A parte agradável da fantasia estava sempre em vir para casa e relatar o que tinha visto. Sempre esteve em sua mente a crença de que em algum lugar na terra havia uma maneira melhor de viver e que ela a encontraria.

Em *As crianças kirakira,* ela descrevera para um público ocidental a forma como uma tribo em Makira, uma das Ilhas Salomão, criava seus filhos. No capítulo final, comparava brevemente alguns costumes kirakira a costumes americanos relacionados à criação dos filhos. Apresentou seu manuscrito não para uma editora universitária, mas para a William Morrow, que rapidamente aceitou. O sr. Morrow lhe sugeriu que expandisse essas comparações a um par de capítulos no final, o que ela fez, e satisfeita, porque era o que lhe interessava mais, embora fosse o tipo de opinião que ainda não tinha sido dada na etnografia escrita. Os americanos, ela descobriu depois da publicação, nunca tinham considerado a possibilidade de educar os filhos de outra maneira. Ficaram espantados em saber que as crianças kirakira remavam sozinhas aos três anos, ainda sugavam os peitos de suas mães aos cinco anos e, sim, desapareciam na floresta ou na praia com um amante de qualquer sexo aos treze anos. Sua pesquisa fora um tanto gráfica demais para um público mais amplo, e sua teoria de que a adolescência não precisava ser tão infeliz e rebelde como era na América se perdeu no tumulto. Fen gostou do dinheiro que o livro trouxe, mas ele tinha planejado que *seu* nome fosse famoso, não o dela. Não escrevera, contudo, nada além de uma breve monografia sobre os seus dobu.

Em seu pedido de bolsa, ela alegou que continuaria a pesquisar a criação dos filhos em culturas primitivas, porém os tam a tentavam com algo ainda mais atraente. No início, não se atreveu a alimentar nenhuma esperança, mas os dados continuavam a chegar: inversões de tabu, cunhadas que se relacionavam bem, a ênfase na satisfação sexual feminina. Na véspera, Chanta lhe explicara que ele não podia visitar seu sobrinho doente na aldeia distante porque a vulva de sua esposa ficaria vagando a esmo se ele fosse. Eles gostavam da palavra *vulva*. Quando Nell perguntou se uma viúva idosa ia se casar de novo, várias pessoas disseram ao mesmo tempo: "Mas ela não tem uma vulva?". As próprias meninas decidiam com quem e quando se casariam. Fen discordava de cada conclusão a que ela chegava sobre esse tema. Dizia que ela estava cega porque queria vê-los dessa forma, e quando Nell apresentava provas ele dizia que o poder das mulheres, fosse qual fosse, era temporário, situacional. Os tam tinham sido expulsos pelos kiona e só recentemente devolvidos ao seu lago pelo governo australiano. Muitos de seus homens haviam sido mortos, encarcerados ou levados para as minas, dizia ele. O que quer que ela estivesse vendo, era uma aberração temporária.

Nesse dia, ela decidiu ir primeiro à última casa. Estava muitas vezes esgotada ao chegar lá, e suas anotações sobre aquelas famílias eram sempre menos significativas do que sobre as outras.

— *Baya ban!* — uma menininha exclamou da primeira casa.

— *Baya ban*, Sema.

— *Baya ban*, Nell-Nell.

— Eu não venho... — Nell não pôde terminar a frase. Não sabia a palavra para "ainda". — *Fumo* — disse por fim. Mais tarde.

— *Baya ban*, Nell-Nell.

As outras residências pelas quais passou pareciam vazias. Não havia fumaça saindo do telhado, ninguém se inclinava na porta para cumprimentá-la. Algumas crianças estavam brincando atrás das casas. Ela podia ouvir seus corpos passando pelo meio do mato e em seguida um grito coletivo quando alguém era pego. No início, sua presença fazia interromperem as brincadeiras. As mesmas crianças que brincavam com ela de manhã corriam para se esconder debaixo das construções, espiando, rindo, dando até mesmo gritinhos. Mas agora elas não a notavam, nem sequer vinham ver o que havia para elas em sua cesta. Já sabiam que Nell passaria na casa de cada uma delas e veriam as guloseimas mais tarde.

Na última casa na estrada das mulheres havia fumaça. Todos os cinco fornos estavam sendo usados, e ela podia ouvir passos pesados, mais como corrida do que dança. Ouviu murmúrios, mas não palavras. Em vez de chamar lá de baixo primeiro, ela subiu a escada, sem dizer uma palavra. Os passos ficaram mais fortes, e toda a casa tremeu. As pessoas pareciam gritar umas com as outras num sussurro alto.

— *Nell-Nell di lam* — disse ela, antes de empurrar o pano de casca de madeira para o lado e entrar.

Havia uma penumbra, todas as cortinas estavam fechadas, e ela não conseguia enxergar muito bem. Ouvia-se um barulho estridente na parte de trás da comprida casa, conchas ou pedras sendo movimentadas, mulheres sussurrando e seus pés descalços batendo rapidamente nas tábuas. Malun a cumprimentou e lhe ofereceu suco de goiaba, como sempre fazia. Seus olhos se adaptaram, e ela conseguiu ver os mosquiteiros espalhados por toda a extensão da casa, mas somente os compridos, nenhum dos apropriados para as crianças. Havia mulheres, umas trinta, bem mais do que o habitual, espalhadas pelo chão. Algumas tinham redes rasgadas de cestos inacabados no colo, mas várias não faziam nada, o que Nell tinha visto muitas vezes entre os homens, mas nunca entre as mulheres. As mulheres ali nunca ficavam ociosas. Algumas ergueram a cabeça e sussurraram suas saudações para ela.

Malun voltou com a bebida. Seu rosto estava banhado em suor. A casa retinha uma umidade muito além do normal para os trópicos. Enquanto entregava a Malun algumas coisas de sua cesta, observou-a com atenção. Suas pupilas estavam dilatadas, e gotas de suor escorriam pela sua barriga. Ela tinha uma expressão estranha e enigmática no rosto e parecia estar se esforçando para se concentrar. Nell tentou ver sinais de noz-de-areca, cal em pó e favas de mostarda — uma potente combinação que ela conhecia, usada pelos mumbanyo para se drogar —, porém não viu nada. Ou talvez tivessem alguma outra droga. Estavam drogadas com alguma coisa, disso ela sabia. Algumas pareciam incapazes de evitar que um sorriso torcesse os cantos da boca, como seu irmão à mesa do jantar, depois de roubar uma garrafa de gim de seu pai. O suor lhe incomodava o rosto e as coxas. Passara por sua própria doença e ferimentos; trabalhara com pessoas que só lhe diziam mentiras, que conversavam e riam a cada pergunta, que a ignoravam, zombavam dela, imitavam-na. Tudo isso fazia parte do trabalho, contudo aquela conspiração ímpar de mulheres suadas mexeu num ponto sensível e profundo seu. Ela pegou a cesta e foi embora. Fez-se silêncio enquanto ela descia, mas, depois que tinha se afastado uns cinco passos, a casa explodiu em riso.

11

Sete semanas. Esperei sete semanas inteiras, até que não pude esperar mais. Entrei na canoa antes de o sol nascer e liguei o motor, deslizando através das nuvens negras de mosquitos e do ocasional crocodilo à deriva feito um galho de árvore. O céu brilhava num tom verde-claro, como a polpa de um pepino. O sol apareceu de repente, muito brilhante. Esquentou depressa. Tinha me acostumado com o calor, mas naquela manhã, mesmo movendo-me rapidamente na minha canoa, ele levou a melhor. Na metade do caminho minha visão começou a brilhar e a escurecer, e precisei encostar por uns breves instantes.

Soube que os tam já eram um sucesso pela saudação que recebi. As mulheres em suas canoas no meio do lago gritaram "olás" muito altos, que ouvi por cima do ruído do meu motor, e alguns homens e crianças vieram para a praia e acenaram com aqueles gestos amplos e molengos dos tam. Uma mudança notável das cautelosas boas-vindas que tínhamos recebido seis semanas antes. Desliguei o motor, e vários homens vieram puxar o barco para a praia e, sem que eu tivesse tempo de dizer uma palavra sequer, dois jovens de acentuada lordose e algo que parecia ser bagas vermelhas tecidas no cabelo enrolado me levaram por um caminho e depois por uma estrada, passando diante de uma casa de espíritos em cuja porta de entrada ficava um enorme rosto esculpido — um tipo magro e zangado, com três ossos grossos atravessados no nariz e a boca bem aberta, com muitos dentes afiados e a língua em formato de cabeça de cobra. Tinha sido feito com muito mais habilidade que as representações rudimentares dos kiona, as linhas mais definidas, as cores — vermelho, preto, verde e branco — bem mais vivas e brilhantes, como se a tinta ainda estivesse molhada. Passamos por várias dessas casas cerimoniais, e da porta os homens gritavam para os meus guias, que gritavam de volta. Eles me levavam numa direção e, em seguida, como se eu não fosse notar, davam meia-volta e retornavam pela mesma estrada passando pelas mesmas casas, o lago mais uma vez em plena vista. Assim que entendi que o único plano deles era desfilar comigo pela aldeia o dia inteiro, eles viraram uma esquina e pararam diante de uma casa grande, recém-construída, com uma espécie de varanda na frente e cortinas de pano azul e branco penduradas nas janelas e na porta. Ri diante daquela casa de chá inglesa cercada de grama no meio dos Territórios. Alguns porcos cavavam a terra perto da escada.

Lá de baixo ouvi passos rangendo no piso novo. O pano nas janelas e nas portas oscilava com o movimento lá dentro.

— Ô de casa! — Eu tinha ouvido isso certa vez num filme norte-americano que se passava na fronteira.

Esperei que alguém saísse, porém isso não aconteceu, então subi e fiquei parado na varanda estreita e bati numa das pilastras. O som foi absorvido pelas vozes do lado de dentro, baixas, quase sussurrantes mas insistentes, como o zumbido de um avião voando em círculos. Aproximei-me e puxei a cortina alguns centímetros. Primeiro me impressionou o calor, depois o cheiro. Havia pelo menos trinta tam na sala da frente, no chão ou empoleirados de um modo desajeitado nas cadeiras, em pequenos grupos ou mesmo sozinhos, todos com um projeto diante de si. Muitos eram crianças e adolescentes, contudo havia homens também, e algumas mães amamentando seus filhos, e mulheres idosas. As pessoas andavam pela sala com um propósito, como se estivessem num banco ou numa redação, mas mesmo assim em estilo distintamente tam, o peso para trás e os pés descalços deslizando de leve para a frente. Em intervalos de poucos minutos, eu precisava virar a cabeça para o lado e inspirar o ar mais fresco e com menos fedor humano lá de fora, como um nadador que se vira para respirar. O cheiro de humanidade — sem sabonetes, sem se lavar, sem médicos para remover a podridão dos dentes ou membros — é pungente mesmo em cerimônias ao ar livre, mas num lugar fechado, com as cortinas abaixadas e o fogo aceso para afastar os insetos, é quase asfixiante. Lentamente fui notando, enquanto observava e sorvia o ar atrás de mim, todos os seus pertences. Pensei que tinha sido exagero os duzentos carregadores para levar suas coisas até o povoado dos anapa, no entanto, agora entendia que era verdade.

Eles trouxeram estantes, um armário holandês e um pequeno sofá. Pelo menos mil livros alinhados nas prateleiras e espalhados no chão em grandes pilhas. Lampiões a óleo descansavam sobre mesinhas. Duas escrivaninhas no mosquiteiro maior. Caixas e mais caixas de papel comum e de papel-carbono. Equipamento fotográfico. Bonecas, blocos, trens de brinquedo e trilhos, um celeiro de madeira com animais, argila, materiais de arte. E grandes arcas de coisas ainda embaladas. No mosquiteiro menor eu podia ver um colchão, um colchão de verdade, embora não parecesse ter molas nem uma estrutura para acomodá-lo, mas apenas ali no chão, parecendo inchado e fora de lugar. Eu não entendia como os tam não estavam mexendo naquelas coisas, pressionando as teclas da máquina de escrever e rasgando as folhas dos livros, como as poucas crianças kiona que eu jamais deixara entrar na minha casa tinham feito. Nell e Fen estabeleceram uma ordem — e uma relação de confiança — que eu nem ao menos tinha tentado estabelecer.

No momento em que pensei que devia parar de espionar e voltar para o centro da aldeia em busca dos dois, um menino no canto mudou de posição e eu a vi. Ela estava sentada de pernas cruzadas, uma menina pequena no colo e outra escovando seus cabelos. Mostrou um cartão a uma mulher diante dela. A mulher, cujo filho estava mamando veementemente num peito que parecia seco, disse alguma coisa e as duas riram. Nell fez algumas anotações, depois mostrou outro cartão. Os tam tinham um jeito de ficar com o queixo para fora, como se alguém estivesse segurando um botão de ouro por baixo, e Nell estava com o queixo para fora dessa forma também. Depois que terminara uma pequena pilha de cartões, um homem veio ocupar o lugar da mulher. Quando Nell se levantou para pegar algo em sua mesa, vi que tinha sido contaminada também pelo deslizar suave deles.

O garoto que mudara de posição foi quem me viu primeiro. Ele gritou, e ela ergueu os olhos.

Nell acalmou seus convidados e veio até a porta.

— Você veio — disse, como se achasse que nunca mais voltaria a me ver. Eu esperava uma recepção um pouco mais calorosa. Ela usava os óculos de Martin.

— Está trabalhando.

— Estou sempre trabalhando.

— Todas as suas coisas vieram. E eles construíram uma casa para vocês — concluí estupidamente.

Nell era tão pequena, do tamanho dos tam, e eu pairava sobre ela como um poste de luz. Seu cabelo tinha sido escovado pela menina até se transformar numa espuma etérea, selvagem. Seus pulsos estavam finos demais, mas ela parecia descansada, e a cor tinha voltado ao seu rosto. Fiquei atordoado com sua presença, que era ainda mais forte na realidade que na memória. Geralmente era o contrário, entre mim e as mulheres. Estava ciente agora de como tinha, seis semanas antes, tentado arduamente não achá-la atraente. Não me lembrava de seus lábios e de como o inferior se projetava para baixo, volumoso. Ela usava uma blusa que eu ainda não tinha visto, azul-clara com bolinhas brancas. Fazia seus olhos cinzentos brilhar. Ela parecia minha, de algum modo, por usar os óculos de meu irmão. Mas estava admirável, com sua saúde e seu trabalho. Parecia não saber muito bem o que fazer comigo.

— Eu não queria perder a euforia. Não perdi, certo? Você falou que acontecia lá pelo segundo mês.

Ela pareceu refrear um sorriso.

— Não, não perdeu. — E olhou de volta para o homem a quem estava mostrando os cartões. — Tínhamos desistido de você.

— Eu... — Todos os rostos estavam voltados para nós e para a nossa estranha forma de falar. Teket me dizia que para ele era como se estivéssemos quebrando nozes. — Eu não queria atrapalhar. — Ela continuou a olhar para mim por trás dos óculos de Martin, que deixavam seus olhos comicamente redondos. — Lembre-me de como se diz olá.

— Olá e adeus são a mesma coisa. *Baya ban*. Tantas vezes quantas você puder suportar. — Ela então se virou para a sala. Apontou para mim e disse algumas frases breves, em *staccato*, depressa, mas sem ouvido para o ritmo da língua, o que me surpreendeu. Ela percorreu a sala me dizendo o nome de cada pessoa, e eu dizia *baya ban* e a pessoa dizia *baya ban* e eu dizia *baya ban*, e Nell interrompia com o nome da pessoa seguinte. Depois que apresentou todos eles, ela chamou alguém atrás da tela, o que deduzi ser a área da cozinha, e dois meninos saíram, um deles nu, atarracado e com um sorriso teatral, e outro mais alto e relutante, de short comprido, obviamente de Fen, amarrado na cintura com uma corda grossa, as canelas finas logo abaixo. Cumprimentei os dois. Várias crianças riam da roupa de Bani e ele rapidamente recuou para trás da tela, mas Nell o chamou de volta.

— O que você estava fazendo agora há pouco, com esses cartões? — perguntei.

— Borrões de tinta.

— Borrões de tinta?

Minha ignorância a divertia.

Ela fez um gesto com a mão e eu a segui, através do emaranhado de pernas e de todo o seu equipamento até o mosquiteiro maior. A escrivaninha mais próxima estava coberta de camadas de papel comum e carbono, cadernos e pastas de arquivos. Havia alguns livros abertos perto da máquina de escrever, com frases sublinhadas e anotações nas margens, um lápis descansando na dobra de um deles. A outra escrivaninha estava vazia, à exceção de uma máquina de escrever ainda no estojo e nenhuma cadeira para se sentar. Eu teria gostado de me sentar à mesa bagunçada, ler as anotações e os trechos sublinhados, folhear os cadernos e ler as folhas datilografadas nas pastas. Era um choque ver outra pessoa fazendo o meu trabalho, no meio do mesmo processo. Olhando para a mesa dela, parecia-me uma tarefa profundamente importante, mas, quando olhava para a minha, tinha a sensação de que quase nada fazia sentido. Lembrei-me de como ela fora direto para a minha sala de trabalho em Nengai, o modo respeitoso e quase reverente com que ansiava por me ajudar a resolver o enigma das folhas de manga.

Ela percebeu que seu cabelo estava flutuando no úmido ar humano e se apressou em prendê-lo de novo atrás da cabeça, amarrando-o com um elástico num gesto rápido. Eu podia ver agora a longa haste do seu pescoço. Nell me deu o cartão que tirou do topo de uma pilha pequena. Era exatamente aquilo, um borrão de tinta, uma imagem espelhada de nada em particular nos dois lados do centro, ainda que não fosse feito em casa e não houvesse marca de dobra no meio.

— Não entendo.

— São de Fen, de quando ele estudava psicologia. — Ela sorria agora da minha confusão. — Sente-se.

Eu me sentei no chão. Ela se sentou ao meu lado e apontou para a grande mancha preta com seus dois lados iguais.

— O que isto parece ser?

Achei que não tiraria uma nota alta dizendo "nada", então falei:

— Duas raposas brigando por uma urna?

Sem fazer nenhum comentário, ela passou ao próximo.

— Elefantes usando botas grandes?

E ao próximo.

— Você não deveria evitar sorrir para o seu paciente? — perguntei.

Nell forçou os lábios para baixo.

— Não estou sorrindo. — Ela balançou o cartão para mim.

— Beija-flores?

Ela pôs os cartões de lado.

— Céus. Você pode tirar o homem da biologia, mas com certeza não pode tirar a biologia do homem.

— Esse é o seu diagnóstico completo, *herr* Stone?

— Essa é a minha observação. A avaliação é um pouco mais inquietante. Alta e perturbadoramente anormal. Elefantes usando botas grandes? — Ela riu para valer. Eu também ri, e uma leveza se apoderou de mim. Eu me sentia como se pudesse flutuar até o teto.

— Como isso poderia vir a ser útil aqui? — perguntei.

— Acho que praticamente tudo pode lançar um pouco de luz sobre a psique de uma cultura.

A psique de uma cultura. Fiz que sim com a cabeça, mas me perguntei o que ela achava que aquilo significava. Gostaria de ter podido me sentar sozinho com ela, tomando uma xícara de chá e discutindo o assunto, porém seu trabalho estava do outro lado do mosquiteiro e eu não queria atrapalhar sua manhã mais do que já tinha atrapalhado.

— Posso observá-la com eles?

— Bani está preparando comida. Você deve estar com fome. Vou fazer mais duas entrevistas, e depois podemos encontrar Fen. Ele vai ficar feliz em ter um almoço de verdade.

Ela se sentou no mesmo lugar, no canto, ao lado de seu caderno, e pediu que uma mulher chamada Tadi se aproximasse. Eu me sentei encostado numa viga a poucos metros de distância. Os cartões estavam como tudo o que passara algum tempo naquele clima: desbotados, puídos, úmidos, mofando. Cada cartão tinha a mesma cavidade na parte inferior bem no meio, onde ela os segurava entre o polegar e os dois primeiros dedos, esperando por uma resposta. E era uma longa espera.

Tadi olhou fixamente para o cartão com as raposas segurando a urna. Ela nunca tinha visto nem uma raposa nem uma urna grega, por isso estava perplexa. Olhou com concentração exagerada. Era uma mulher grande, mãe de muitos filhos considerando os bicos compridos dos seus seios e a pele esticada da barriga, que se dispunha em dobras como a pilha de lençóis do armário de roupa de cama da minha mãe. Tinha somente três dedos na mão esquerda e quatro na direita. Usava poucos ornamentos, apenas uma fita fina de casca de tulipa ao redor de um pulso com um único búzio amarrado. Assim como as outras mulheres, tinha a cabeça raspada. Eu podia ver o tremor de seu pulso numa veia no alto da cabeça. E, quando ela me surpreendeu observando-a, sustentou o olhar por alguns segundos antes que eu desviasse o meu. As únicas mulheres kiona que jamais me olhavam nos olhos eram as muito jovens e as muito velhas. Para o resto, era tabu.

Nell abaixou o cartão e Tadi deixou escapar qualquer coisa, *koni* ou *kone*. Nell escreveu e levantou outro cartão.

Depois de Tadi veio Amun, um menino de oito ou nove anos com um sorriso largo. Amun olhou ao redor para ver quem o observava e então disse uma palavra que fez seus amigos rir e os anciãos o repreender. Nell escreveu a palavra, mas não estava satisfeita. Mesmo antes de levantar o cartão seguinte ele gritou outro palavrão, e ela rapidamente chamou uma mulher que estava fumando o cachimbo de Dublin de Fen para tomar seu lugar. Amun atravessou a sala e se sentou no colo de uma garota que mudou de posição, mas não parou de remendar uma rede de pesca para recebê-lo. Nell fez a mulher se sentar ao seu lado, como tinha feito com os outros, e lhe mostrou os cartões como se vissem uma revista juntas.

Bani, o menino que cuidava da casa, trouxe-me uma xícara de chá e um monte de biscoitos. Achei que era biscoito demais até que quase todas as crianças na sala levantaram com um pulo e ficaram ao meu redor, gemendo de forma idêntica. Parti os biscoitos em tantos pedaços quanto pude e os distribuí.

Quando terminou, Nell se levantou e enxotou-os a todos sem fazer cerimônia, gesticulando com as mãos em direção à porta. Enquanto iam embora, eles colocaram tudo de volta nas caixas e as caixas de volta nas prateleiras, e em poucos minutos a casa estava arrumada e o chão tremia com todos aqueles pés descendo a escada.

— Você tem um sistema e tanto.

Embora ela olhasse para mim, não me ouviu. Ainda estava envolvida com o seu trabalho. Também usava uma fita de casca de tulipa, um pouco acima do cotovelo. Fiquei imaginando o que eles pensavam daquela mulher que ficava lhes dando ordens e anotando suas reações. Era engraçado como tudo parecia mais vulgar quando eu via alguém fazer. Sentia-me como a minha mãe, com aquela repulsa súbita. E ainda assim ela era boa no que fazia. Melhor que eu. Sistemática, organizada, ambiciosa. Ela era um camaleão, com um jeito de não imitá-los, e sim refleti-los. Não parecia haver nada consciente ou calculado nisso. Era simplesmente o modo como ela trabalhava. Eu temia nunca ser capaz de me livrar da minha pose de inglês entre os selvagens, apesar do verdadeiro respeito que tinha passado a sentir pelos kiona. Ela, no entanto, com apenas sete semanas em seu currículo, fazia parte dos tam de um modo como eu jamais seria de qualquer tribo, não importava quanto tempo permanecesse entre eles. Não era de admirar que Fen estivesse desanimado.

— Deixe-me só guardar isto — disse ela, segurando os cartões e seu caderno. Segui-a, querendo ver seu escritório novamente, não queria perder nem sequer uma etapa de seu processo.

Ela colocou os cartões numa prateleira e o caderno ao lado deles.

— Desculpe. Só um instante. — Ela abriu o caderno para acrescentar mais alguns pensamentos.

Atrás dela, na prateleira inferior, havia mais de uma centena desses cadernos. Não eram novos, mas bem surrados. Um registro de todos os seus dias desde julho de 1931, eu imaginava. Por alguma razão me senti mal de novo, febril, com um monte de luzes dançando na periferia da minha visão. Não queria vomitar em seus cadernos. Dei um passo para trás e ouvi a mim mesmo fazer uma pergunta.

— Pela manhã — disse ela, mas eu já não tinha certeza do que tinha perguntado. Ela descreveu suas tardes visitando todas as casas na estrada das mulheres. Disse que também visitava duas outras aldeias tam nas proximidades. Perguntei se ia sozinha.

— Não há perigo.

— Tenho certeza de que você ouviu falar sobre Henrietta Schmerler.

Ela ouvira.

— Foi assassinada. — Eu tentava ser delicado.

— Pior que isso, pelo que sei.

Estávamos lá fora, a essa altura, na estrada que se afastava do lago. A náusea tinha passado, mas ainda não estava me sentindo cem por cento eu mesmo. O suor que cobria meu corpo poucos minutos antes agora estava gelado.

— Uma mulher branca é algo que os deixa confusos — eu disse.

— Exatamente. Não acredito que eles me achem inteiramente feminina. Não acho que estupro ou assassinato jamais lhes tenham passado pela cabeça.

— Você não tem como saber disso. — Não pensar nela como mulher? Eu gostaria de conseguir fazer isso. — E o assassinato é um dos primeiros impulsos naturais que qualquer criatura tem diante do desconhecido.

— Mesmo? Certamente não é o meu.

Ela fabricara uma bengala para ajudar o tornozelo torcido. A bengala bateu no chão ao lado do dedo do meu pé esquerdo com certa força.

— Você parece tão interessada nas mulheres daqui quanto nas crianças, talvez até mais interessada. — Eu estava me lembrando de como ela dispensara Amun rapidamente.

Ela e sua bengala pararam de súbito.

— Você notou alguma coisa nelas? Teket disse alguma coisa?

— Não. Mas notei que aquela Tadi sentiu-se à vontade para me encarar, e aquele menino...

— Não tinha o domínio de si mesmo que você habitualmente vê nos meninos dessa idade?

Ri da velocidade com que ela completou a minha frase. Ela me olhava de modo intenso. O que dizer sobre o menino? Mal conseguia me lembrar. O sol queimava a estrada, sem sombra, sem vento. A curva do seu seio através de sua camisa fina.

— Acho que sim.

Ela bateu a bengala com golpes rápidos sobre a terra dura e seca.

— Você viu isso. Em menos de uma hora você viu isso.

Fazia dois anos e meio, a essa altura, mas eu não ia usar nenhum sub-terfúgio.

Alguém gritou para ela, mais adiante na estrada.

— Ah — ela disse, apressando o passo. — Você tem que conhecer Yorba. É uma das minhas favoritas.

Yorba também vinha depressa, puxando consigo uma companheira. Quando nos encontramos, Nell e Yorba falaram alto, como se ainda esti-vessem separadas pela extensão da estrada. Yorba tinha a expressão sem adornos das mulheres tam, com a cabeça raspada e uma braçadeira, mas sua amiga usava joias de conchas e penas e uma tiara encravada de besouros de um verde brilhante. Yorba apresentou-a a Nell, e Nell me apresentou a Yorba, e então eu e a amiga, cujo nome era Iri, fomos apresentados, o que no total exigiu dizer *baya ban* umas oitenta e sete vezes. A amiga não olhou para mim. Nell explicou que era a filha de Yorba, que havia se casado com um homem motu e estava de visita por alguns dias. Ainda estávamos debaixo do sol, e presumi que íamos seguir nosso caminho para encontrar Fen, mas Nell as enchia de perguntas. A filha, que não podia ser filha de verdade, já que parecia vários anos mais velha que Yorba, não escondia sua alegria ao ver o mau uso que Nell fazia da língua, as longas pausas enquanto procurava palavras, e então uma cascata delas com seu sotaque monótono. Nell estava muito interessada na perspectiva de Iri sobre os tam, agora que ela vivia fora da cultura há muitos anos. Mas as duas mulheres carregavam grandes potes de cerâmica em sacos de bilum nas costas, e o prazer logo deu lugar à impaciência. Yorba puxou as pulseiras de Iri. Nell ignorou seu desconforto crescente até Yorba levantar as duas mãos, como se estivesse prestes a empurrar Nell para o chão, e gritou o que pareceram ser palavrões. Quando terminou, pegou o braço de Iri e as duas mulheres se foram, deslizando em seus calcanhares descalços.

Nell tirou um caderno de um grande bolso costurado em sua saia e nem ao menos foi para um local com sombra para cobrir quatro páginas com seus pequenos hieróglifos.

— Eu gostaria de ir à aldeia dos motu em algum momento — disse ela depois de guardar o caderno, sem parecer em absoluto incomodada com a forma como a conversa tinha terminado. — Não sabia que Yorba tinha uma filha.

— Aquela moça não poderia ser sua filha.

— É surpreendente, não é? Eu tive a mesma sensação.

— Eles devem usar a palavra indiscriminadamente, como os kiona. Qualquer uma pode ser sua filha: uma sobrinha, uma neta, uma amiga.

— Esta era sua filha de verdade. Eu perguntei.

— Você perguntou se era uma filha de sangue? — Até mesmo as palavras *de verdade* ou *de sangue* nem sempre tinham o mesmo significado para eles.

— Perguntei a Yorba se Iri tinha saído de sua vagina.

— Não, você não perguntou — duvidei por fim. Eu nunca tinha ouvido a palavra "vagina" ser falada em voz alta antes, muito menos por uma mulher, na minha presença.

— Perguntei, sim. As primeiras palavras que faço questão de aprender no primeiro dia em qualquer lugar são "mãe", "pai", "filho", "filha" e "vagina". Muito útil. Não há outra maneira de ter certeza. — Ela voltou a andar, viramos numa pequena trilha e ela golpeou a bengala no mato, o que eu sentia que ia irritar as cobras mais do que assustá-las. Enquanto eu andava no meio do mato, tentava me fazer notar o mínimo possível.

Chegamos a uma pequena clareira, o último trecho de planície antes do começo da selva. Fen estava sentado num toco observando alguns homens caiarem com sumo de algas uma canoa construída recentemente. Sem caderno, os joelhos dobrados, torcendo e endireitando um talo de capim-elefante. Os homens perceberam antes nossa chegada e disseram alguma coisa para Fen, que se pôs de pé num salto.

— Bankson. — Ele deixara crescer uma espessa barba negra. Abraçou-me, como tinha feito em Angoram. — Finalmente! O que aconteceu com você?

— Sinto muito, vim sem avisar.

— O mordomo está de folga, de todo modo. Você acabou de chegar?

— Sim — respondeu Nell. — Bani está preparando um bom almoço. Viemos buscar você.

— A primeira vez que isso acontece. — Ele se virou de novo para mim. — Onde você esteve? Disse que voltaria dentro de uma semana.

Eu tinha mesmo dito isso?

— Achei que devia dar a vocês algum tempo para se adaptarem. Não queria...

— Veja, nós é que estamos em seu território, Bankson, não o contrário — disse ele.

Essa história de o Sepik ser meu me enfurecia.

— Precisamos pôr um fim nisso agora mesmo, um fim nesse disparate. — Eu estava ciente de que minha voz estava saindo muito mais rude do que pretendia, mas não conseguia suavizá-la. — Não tenho mais direito aos kiona ou aos tam ou ao rio Sepik do que qualquer outro antropólogo ou qualquer outra pessoa no universo. Não concordo com essa prática de cortar o mundo primitivo e distribuir os pedaços a pessoas que podem então possuí-los à exclusão de todas as outras. Um biólogo nunca reivindicaria para si uma espécie ou um bosque. Se vocês não notaram, faz vinte e sete meses que estou desesperadamente só aqui. Eu não queria ficar longe de vocês. Mas praticamente assim que os deixei senti que a minha utilidade tinha se esgotado e que não precisavam de mim por aqui. Minha altura pode ser perturbadora para certas tribos. Dou azar no campo, sou totalmente ineficaz. Nem me matar direito eu consegui. Fiquei longe enquanto pude e só agora vejo que fui rude por não ter vindo antes. Desculpem.

As luzes voltaram, naquele momento, vindas de todos os lados, e os meus olhos começaram a doer de repente, e muito. O mundo escureceu, mas eu continuava de pé.

— Estou bem — eu disse.

Então, eles me disseram depois, caí no chão como uma sumaúma.

12

21/2 BANKSON VOLTOU e depois caiu desmaiado na estrada das mulheres, e agora está ardendo em febre na nossa cama. Nós o encharcamos de água e depois o abanamos com folhas de palmeira, até as nossas articulações doerem. Ele treme e às vezes arremessa com uma pancada as folhas de palmeira para o outro lado do quarto. Não consigo encontrar o termômetro em lugar nenhum, mas acho que é uma febre muito alta — ou talvez só pareça ser por causa da sua pele de inglês. Sem a camisa, ele tem um aspecto de ganso corado mas depenado. Seus mamilos se parecem com os de um menino depois de nadar na água fria, duas pequenas esferas duras em seu torso longo. Ele só faz dormir e quando abre os olhos acho que está totalmente consciente, mas não está. Ele fala em kiona e, às vezes, frases curtas num francês com ótima pronúncia. Fen resmunga sobre como Bankson nos evitou por todas essas semanas e depois apareceu doente, como ele não queria ficar no nosso caminho, mas agora está delirando em nossa cama. Vejo que as suas reclamações são preocupação. As palavras afiadas, olhares ferozes — é preocupação, não raiva. Doenças o assustam. Foi como ele perdeu mãe, afinal. Estou vendo agora, a partir desse ponto de vista, que todas as vezes que ele pairava sobre a cama, brigando comigo, insistindo para que eu me levantasse, era medo, não fúria. Ele não acha que eu seja muito fraca. Só fica apavorado com a possibilidade de eu morrer. Digo-lhe que a febre de B vai passar dentro de um ou dois dias, e ele lista todas as pessoas, brancos e nativos, que conhecemos ou de que ouvimos falar, que morreram graças a um surto de malária. Consegui fazê-lo sair de casa agora. Mandei-o buscar água com Bani. É difícil fazer B beber. Ele parece ter medo do copo. Agita os braços para se livrar dele, como faz com o leque de folha de palmeira. Sei que ele tem um pouco de medo de sua mãe, então, alguns minutos atrás, levantei sua cabeça e disse em meu melhor tom britânico, cortante como um machado de guerra: "Andrew, é a sua mãe falando. Você vai beber essa água". Pus o copo entre os seus lábios, e ele bebeu.

23/2 A febre não passou. Estamos tentando de tudo. Malun trouxe sopas e elixires. Ela me mostra as plantas de que são feitos, porém não as conheço. Bankson seria capaz de identificá-las. Mas confio em Malun. Sinto-me mais calma assim que ela entra. Ela segura minha mão e me dá de comer as hastes de lírio cozidas no vapor que sabe que adoro. Nunca tive antes no campo uma amiga que cuidasse de mim desse jeito maternal. Com frequência sou eu a própria mãe, em todos os meus relacionamentos, na verdade. Mesmo com Helen. Hoje Malun trouxe o pajé Gunat, que colocou amuletos — pedacinhos de folhas e galhos — nos cantos da casa e cantou uma música pelo nariz. A "Desagradável e alta canção nasal", era como Fen chamava. Se ela não o matar, nada mais mata. Gunat estava preocupado porque achava que o mosquiteiro estivesse prendendo os espíritos malignos, mas Fen colocou-o para fora antes que ele começasse a rasgá-lo.

Não consegui dar a B mais do que duas colheradas do caldo que Malun trouxe. Fen também não. Mas ele ficou. Não fugiu numa expedição. Está aqui, insistindo que eu continue com minhas visitas no período da tarde, trocando os lençóis de B e colocando panos molhados em sua testa e ajudando-o a usar o penico (uma grande cabaça). Todo esse cuidado apagou a dúvida e me assegura de que ele será um bom pai — se esse dia chegar.

24/2 Fen encontrou uma carta de navegação kiona no barco de B. É uma coisa tão intrigante, um cruzamento de finas ripas de bambu com pequenas conchas de caracol amarradas em certos lugares. Você deve segurá-la contra o céu noturno e alinhar as conchas com as estrelas para localizar sua posição. É um instrumento muito requintado. Nunca vi outro assim. Gostaria que nós três pudéssemos remar esta noite, nos perder e usá-la para encontrar o caminho de volta.

26/2 B estava bastante lúcido hoje de manhã, desculpando-se muito e tentando sair da cama, insistindo que deveria ir embora. Mas nós o colocamos de volta, e ele está dormindo ou delirando desde então.

27/2 Bankson teve algum tipo de convulsão enquanto estive fora. Fen está abalado e exausto, mas não me deixa tomar seu lugar, não sai do lado da cama dele, fica falando sem parar, uma espécie de Scheherazade às avessas, como se suas palavras é que mantivessem B vivo.

13

O TEMPO SE ESTICOU COMO UM FIO DE CABELO puxado pelas duas extremidades, a cada segundo mais perto de se romper. Tenso. Mais tenso. Ainda mais tenso. Tudo estava alaranjado. Meus dedos brincavam com a beirada de um travesseiro na cama da minha avó. Travesseiro cor de laranja. Inglaterra. Eu era um garotinho. Um menino com uma pequenina ereção. Ela formava uma tenda no lençol se eu não a pressionasse para baixo. Um inseto feito uma lesma, do tamanho de um carrinho de brinquedo, rolava sobre mim, deixando marcas molhadas de pneus. Estava quente estava frio estava quente. Imensos rostos cor de laranja se dobravam sobre mim, depois sumiam. Eu nem sempre conseguia alcançá-los. Lágrimas escorriam dos meus olhos. Meu pênis doía sem parar. Rolei de lado e ele deslizou para dentro de um inhame congelado, apertado e frio, e adormeci, ou ingressei num outro sono. Sonhei com meu balde atrás da casa de Dottie: de madeira, manchado de mofo verde, uma alça de arame que machucava a pele quando ele estava pesado. Sonhei que faltavam dedos em minhas mãos. Havia pessoas por ali que eu sabia que deveria reconhecer, mas não reconhecia. Cada um de meus olhos pesava dez toneladas. Quando eu os fechava, via as espirais de uma orelha, de uma orelha gigante, e tinha de me forçar para abri-los de novo e fugir delas.

Tem uma minhoca dentro do meu pau, pensei.

— É mesmo? — uma mulher respondeu. Ela parecia sorrir. Eu não achava que tinha dito aquilo em voz alta. Mesmo certo de que meus olhos estavam abertos para evitar a orelha gigante, não conseguia ver se era Nanny falando com um sotaque engraçado.

John estava na França, não na Bélgica, numa estrada rural, nu. Martin saiu de trás dos arbustos e cobriu-o com o paletó de linho do meu pai. Chamei-os, mas eles não se viraram. Eu gritava para eles sem parar. Tentei correr, mas um homem barbudo me derrubou, pegou uma faca e delicadamente raspou as larvas de varejeira das feridas da minha barriga.

O que quer que você faça, Andrew, minha mãe me disse uma vez, não saia por aí chateando as pessoas com seus *sonhos*.

Não sei se horas ou dias se passaram antes que eu fosse capaz de identificar onde estava. Era noite, e eu tinha consciência da fumaça de cigarro e do barulho de uma máquina de escrever. Meu quarto estava na penumbra, mas podia ver a casa comprida e o outro mosquiteiro, sob o qual uma mulher com uma trança caindo nas costas, uma trança escura sobre uma blusa branca, datilografava. Um homem estava ao seu lado, fumando. Em seguida ele se inclinou, a mão com o cigarro na parte de trás de sua cadeira, para ver as palavras. Nell. Fen. Senti um alívio tão imenso ao reconhecê-los, como uma criança que reconhece a mãe, o pai.

— Jesus, Bankson, seu punheteiro! — Ele me empurrou de um lado para o outro, jogou os lençóis sujos para alguém e pegou outros. — Consegue se sentar?

— Sim — eu disse, mas não consegui.

— Não se preocupe. — Ele me empurrou de novo, e havia lençóis por baixo e por cima de mim. Seu rosto brilhava de suor. Havia uma cadeira ao lado da cama, e ele sentou-se nela. Segurava um copo d'água para mim. Tentei levar meus lábios até o copo, mas não conseguia alcançá-lo. Ele colocou a mão debaixo da minha cabeça, levantou-a até o copo e segurou-a ali enquanto eu bebia. — Muito bem. Muito bem. — Ele me abaixou novamente. — Você quer dormir mais um pouco?

124 *Lily King*

Eu estava dormindo antes?

— Não.

— Está com fome?

— Não.

A cortina de pano foi enrolada, e vinham vozes da janela, em sua maioria de crianças, e um vento quente. Um jovem caminhava na direção do rio com um pacote branco trançado. Wanji.

— Vamos conversar — sugeri. Apoiei a cabeça num ângulo mais elevado.

— Sobre o que você quer conversar? — Ele parecia achar graça da ideia.

— Fale-me da sua mãe — pedi. Eu estava pensando na minha mãe, no jeito como ela era na minha juventude, seu avental de cozinha, sua mão grande e fria na minha testa e o cheiro de laranja que vinha de suas axilas.

— Não. Eu não quero falar sobre isso.

Minha cabeça começou a doer, e eu não conseguia pensar em outro assunto. Conte-me qualquer coisa. Mas, antes que eu pudesse dizer isso, o sono me puxou de volta para baixo. Talvez eu tenha deixado meus olhos abertos, talvez ele não se importasse que meus olhos se fechassem. Quando acordei, ele falava sobre os mumbanyo.

— Eu vi outra vez, depois que eles pegaram de volta. No dia anterior à nossa saída. Era a vez de Abapenamo alimentá-la, e ele me deixou acompanhá-lo.

Fen tinha trazido a cadeira mais para perto da cama. Falava em voz baixa. Dois anos nos Territórios tinham nos deixado magros, a todos nós, mas a clavícula de Fen se projetava alto demais, enroscando-se sobre as depressões escuras na base de seu pescoço, seu rosto era uma cunha estreita. Seu hálito embrulhou meu estômago, e tive de me afastar.

— Pensei que estaria em alguma cabana a um quilômetro e pouco dali, mas estava a pelo menos uma hora a pé, a maior parte do tempo correndo. — Sua voz passou a apenas arranhar o ar. — Decorei o caminho. Juro que poderia voltar lá. Repasso-o mentalmente todos os dias para não esquecer. — Ele se levantou e olhou para fora pela janela, virando a cabeça em ambas as direções, depois voltou a se sentar. — Não há nada parecido em toda a região. Tem centenas de anos de idade. Grande, talvez uns dois metros. E tem símbolos, Bankson, logogramas esculpidos em toda a superfície até a metade inferior, que contam suas histórias. Mas apenas alguns homens a cada geração aprendem a lê-los.

Mesmo no meu estupor e com a cabeça latejante, reconheci tudo isso como emocionante e impossível. Nenhum sistema de escrita tinha sido descoberto em nenhuma tribo da Nova Guiné.

— Você não acredita em mim. Mas eu sei o que vi. Ainda era dia. Eu a segurei. Toquei nela. Fiz desenhos depois. — A cadeira rangeu, e rapidamente ele estava de volta com folhas de papel. Tinha usado os lápis de cera de Nell. — Eu juro que era assim. Está vendo estes desenhos? — Ele apontou para uma faixa do que pareciam ser círculos, pontos e a letra v repetida várias vezes. Senti dor ao mover meus olhos. — Veja só isto. Dois pontos no círculo. Significa mulher. Um ponto, homem. Este v aqui, com os dois pontos, crocodilo. Abapenamo me explicou tudo. Avô, guerra, tempo. Todos os logogramas. Isto significa correr. Eles têm *verbos*, Bankson. — Ele era um bom artista. A flauta tinha a forma de um homem, com um grande rosto raivoso pintado e um pássaro preto empoleirado em seus ombros, cujo bico longo passava sobre sua cabeça e perfurava seu peito. Mais abaixo havia um pênis ereto, plenamente visível. E abaixo dele, de acordo com Fen, havia fileiras verticais de escrita.

— Dê uma olhada aqui. — Ele procurou entre as folhas. — Aqui está um mapa que fiz no mesmo dia. Leva direto a ela. Você demorou tanto para *voltar* que quase não temos mais tempo agora. Precisamos voltar lá e pegar essa coisa.

— Pegar? — Houve um rangido na escada, e ele se levantou num salto e escondeu os desenhos onde os apanhara, num baú preto do outro lado da cama. Uma mulher procurava por Nell-Nell, e Fen lhe disse onde ela estava, apontando estrada acima.

— Não podemos sair daqui sem ela. Da próxima vez que viermos, vai estar num lugar diferente. Eu sei onde está agora. Poderíamos vendê-la ao museu por um bom dinheiro. E depois há livros a serem escritos sobre o assunto. Livros que fariam muito mais sucesso que *As crianças kirakira*. Estaríamos com a *vida ganha*, Bankson. Seríamos como Carter e Carnarvon descobrindo Tut. Poderíamos fazer isso juntos. Somos a equipe perfeita para isso.

— Eu não sei nada sobre os mumbanyo.

— Você conhece os kiona. Conhece o Sepik.

Tive a sensação de que cem quilos a mais tinham sido colocados sobre o meu corpo e flechas envenenadas atravessavam meu crânio.

— Sei que você está doente, meu amigo. Não precisamos falar mais sobre isso agora. Melhore, e então podemos fazer nossos planos.

Sonhei com a flauta, sua boca escancarada e o pássaro sinistro. Sonhei com orelhas entalhadas e o formato de cunha do rosto de Fen.

Nell me dava pílulas do suprimento que eu tinha dado a ela. Fazia-me ingerir líquidos. Ofereceu alimento, mas eu não conseguia comer. Só de ver a comida sentia meu estômago embrulhar. Ela não tentou falar comigo nada além das operações básicas de me oferecer bebida e remédio. Mas ficava sentada na cadeira, não perto da cama como Fen, mas a alguma distância do meu pé esquerdo, às vezes se levantando para colocar um pano úmido na minha testa, às vezes lendo, às vezes me abanando com um leque enorme, às vezes olhando para o alto, para algum lugar acima da minha cabeça. Se eu sorria para ela, Nell sorria de volta, e houve momentos em que em parte fingi e em parte acreditei que ela era minha esposa.

Eu fechava os olhos e Nell desaparecia, substituída por Fen, que se sentava muito mais perto, o leque quase me esmagando, os panos molhados escorrendo, pingando água em meus ouvidos.

Acho que ele me falava de sua temporada em Londres, e aconteceu logo depois disso. Tudo o que sei é que tudo o que era grande ficou pequeno e tudo o que era pequeno ficou grande. Uma grande inversão, aterrorizante e súbita. Lembro-me de não conseguir fechar a boca. Não me lembro de mais nada depois disso, apenas de ter acordado mais ou menos nos braços de Fen, no chão. Ele gritava, cordas de saliva saíam de sua boca. Um grande número de pessoas veio depois disso, Nell, Bani e outros que eu não conhecia. Fui colocado de volta na cama e quando abri os olhos eram só Fen e Nell, e pareciam tão assustadoramente preocupados que tive de fechar os olhos de novo. A próxima memória que tenho é de Fen me barbeando.

— Você estava se coçando muito. Pensei que tinha resolvido nos deixar. — Ele inclinou a minha cabeça para alcançar embaixo do meu queixo.

Através da rede, vi Nell segurando-o, acalmando-o, enquanto ele tremia.

Ouvi:

— Você é tão bom com ele!

— Melhor do que com você, é?

— Acho que você vai ser um bom pai.

— Você acha, mas não tem certeza.

— Você teve uma convulsão — explicou Fen. — Ficou duro igual a um cadáver, depois começou a se contorcer feito uma cobra-chicote, em seguida ficou duro de novo, um troço amarelo saiu da sua boca e seus olhos sumiram. Bolas brancas, assim. — Ele fez uma cara horrível e ruídos selvagens, mas Nell o fez parar.

Todas as partes do meu corpo doíam. Era como se eu tivesse sido arremessado do alto de um arranha-céu em Nova York.

Minha febre cedeu. Foi o que eles me disseram. Trouxeram pratos de comida e pareciam esperar que eu saltasse para fora da cama.

Acordei, e meus olhos já estavam abertos e Fen, falando. Parecíamos estar no meio de uma conversa. Tinha me tornado um receptáculo para seus pensamentos, que ele expressava aos sussurros, sem se importar se particularmente eu estava acordado ou dormindo, lúcido ou confuso.

— Meus irmãos só criavam problemas, todos eles. Mas eu era o filho menos favorito. Eu era pequeno e inteligente. Usava palavras de um jeito que incomodava meus pais. Gostava de livros. Queria livros. Meus professores me elogiavam. Meus pais me surravam. Eu odiava o trabalho na fazenda. Já queria sair de casa antes mesmo de ser capaz de conseguir expressar em palavras esse pensamento. De certa forma, teria sido melhor para mim se eu tivesse fugido naquela altura, aos três anos de idade, se tivesse apenas colocado minhas coisas numa sacolinha e caminhado até a estrada principal. Não tenho certeza de que as coisas seriam muito piores. Fomos criados para não saber nada, não pensar nada. Comer nossa comida como as vacas. Não diga nada. Isso era o que minha mãe fazia. Não dizia nada. Eu me fazia tão inútil quanto possível, a fim de continuar na escola. Fui o único. Tive a sorte de ter três irmãos mais velhos, caso contrário meu pai nunca teria permitido isso.

— E uma irmã — eu me lembrava.

— Ela era mais nova. Na escola, recebi algo mais ou menos próximo do afeto. Em casa, mesmo quando eu conseguia vencer os meus irmãos em alguma coisa, era ridicularizado. Então minha mãe morreu, e tudo ficou pior.

— Como ela morreu?

Ele fez uma pausa, não estava habituado à minha participação.

— Gripe. Ela se foi em cinco dias. Não conseguia respirar. O som era terrível. A única coisa que vi através da porta antes que minha tia me puxasse para longe foi um pé descalço saindo do lado da cama. Era azul-claro.

Naquelas horas ou naqueles dias parecia que eu adormecia e acordava ao som da voz de Fen.

— Eu estava bem fora de mim quando embarquei naquele navio. Vinte e três meses com os feiticeiros dobu e depois alguns dias em Sydney, onde pedi em casamento uma garota que eu achava que tinha sido minha namorada, e ela disse não. Uma bruxa dobu tinha lançado um feitiço de amor em mim antes de eu deixá-los, mas e daí, não é? Eu não queria me meter com mulheres nem com antropologia a essa altura. Na primeira noite a bordo ouvi Nell falando para uma mesa grande, no jantar, e deduzi que tinha feito uma brilhante viagem de campo e tido algumas revelações idiotas sobre a natureza humana e o universo, e era a última coisa que eu queria ouvir. Mas eu era praticamente o único jovem no navio, e umas velhas intrometidas deram um jeito de me fazer dançar com ela. A primeira coisa que Nell me disse foi: "Estou tendo dificuldade para respirar". Comuniquei a ela que também estava. Nós dois estávamos tendo algum tipo de claustrofobia, fechados naqueles salões. Assim que conseguimos fugir, demos uma volta no convés, a primeira de muitas. Acho que caminhamos uns cento e cinquenta quilômetros naquela viagem. Havia alguém que ia recebê-la em Marselha. Eu queria que ela continuasse comigo até Southampton. Ela não sabia o que fazer. Nell foi a última a desembarcar, e essa pessoa me viu e soube que ela era minha. Vi isso em sua cara.

— O corpo dela era como o de uma prostituta. Não se parecia em nada com a minha mãe. Seios fartos, cintura fina, quadris feitos para as mãos de um homem. Eu tive a horrível suspeita de que meus irmãos e eu tínhamos criado aquele corpo, que se não tivéssemos feito o que fizemos ela não teria se desenvolvido da maneira como se desenvolveu. — A voz dele era tão baixa que eu mal conseguia entender as palavras. — Céus, a fazenda ficava no meio do nada. Ninguém tinha a menor ideia do que estava acontecendo. Exceto minha mãe. Ela sabia. Eu sei que ela sabia. — Sua voz então falhou, e ele olhou para o teto e enxugou as lágrimas. Pela expressão do seu rosto parecia que aquele pássaro preto estava metendo o bico dentro dele. Então ele estendeu a mão, acendeu um cigarro e disse calmamente: — Nada no mundo primitivo me choca, Bankson. Quero dizer, o que me choca no mundo primitivo é qualquer senso de ordem e ética. Todo o resto, canibalismo, infanticídio, ataques, mutilação, é tudo compreensível, quase razoável para mim. Sempre fui capaz de ver a selvageria sob o verniz da sociedade. Não está muito longe, sob a superfície, não importa aonde você vá. Até mesmo para vocês, ingleses, aposto.

Eu os ouvi nas esteiras que tinham colocado no mosquiteiro maior, ao lado de suas mesas de trabalho. As esteiras rangiam e estalavam. Sussurros. Respiração. O ritmo inconfundível do sexo. Um grito interrompido. Risos.

Luz do dia, e ele gritando. Eu me virei e o vi de pé junto a Bani, que estava agachado perto da mesa de jantar. Fen deu um tapa na orelha do menino e ele caiu no chão choramingando, encolhido feito uma bola.

— Onde está Nell? — Pareciam ter se passado dias desde a última vez que ela se sentara na cadeira.

— Contando bebês. Ela acha que eu tenho feito um trabalho tão extraordinário que me promoveu a enfermeiro-chefe.

Ele estava me barbeando novamente.

— Você parece um urso — disse ele, embora fosse muito mais peludo que eu.

Tinha cheiro de cigarros e uísque, o cheiro de Cambridge e juventude. Eu não precisava fazer a barba, na verdade não queria fazer a barba, mas inalei o cheiro de suas mãos e de seu hálito. Ele me limpou com uma toalha seca.

— Você tem três sardas, logo abaixo do lábio. — Fen estava bêbado, muito bêbado, e percebi que tive sorte por não ter sido cortado. Ele se inclinou para tocar as sardas e continuou se inclinando até que sua boca estava sobre a minha. Mal precisei tocar a mão em seu peito e ele saltou para trás, limpando os lábios como se eu tivesse começado tudo.

Nell lia um trecho de *Luz em agosto*, que uma amiga lhe enviara alguns meses antes. Fen estava deitado na cama ao meu lado e Nell lia sentada na cadeira, com certa arrogância, o mesmo tipo de pretensão que as atrizes americanas têm quando falam seus scripts. Havia uma óbvia consciência de si mesma ao ler em voz alta, de uma maneira que não possuía em absoluto na vida cotidiana, quando as palavras eram suas.

Fen e eu trocamos um olhar após a primeira frase. Ele fez uma careta, e ela me pegou sorrindo.

— O que foi? — ela perguntou.

— Nada — eu disse. — É um bom livro.

— É mesmo, não é?

— Um monte de asneiras americanas, ingênuas e tendenciosas — Fen retrucou —, mas vá em frente.

Ele estava tão à vontade comigo que comecei a me perguntar se o beijo teria sido uma alucinação minha. Quando Nell parou de ler, também subiu na cama e ficamos deitados ali, os três, observando os insetos tentando entrar na rede e falando sobre o livro e sobre histórias ocidentais, comparando-as às histórias contadas ali. Nell disse que nas Ilhas Salomão tinha ficado tão cansada de ouvir os mitos da criação do homem-porco e os mitos de pênis enormes que contou a eles a história inteira de Romeu e Julieta.

— Eu fiz realmente a coisa toda. Encenei a cena do balcão, as facadas. É claro que situei tudo numa aldeia muito parecida com a deles, com duas tribos rivais e um curandeiro em vez de um frade, esse tipo de coisa. É um conto tribal, para início de conversa, então não foi difícil torná-lo familiar a eles. — Nell estava de lado e eu também, de frente para ela e Fen estava deitado de costas entre nós, de modo que eu só podia ver metade do rosto dela. — Então, por fim, levei mais de uma hora para contar a história naquela língua maldita; seis sílabas por palavra! Ela está morta. E você sabe o que os kirakira fizeram? Eles riram. Riram sem parar, achando que era a piada mais engraçada do mundo.

— Talvez seja — disse Fen. — Eu prefiro as histórias do homem-porco àquele lixo.

— Acho que é à ironia que eles estão respondendo — sugeri.

— Ah, sem dúvida.

Ignorando-o, Nell declarou:

— Engraçado como a ironia nunca é trágica para eles, só cômica.

— Porque a morte não é trágica para eles, não da forma como é para nós — expliquei.

— Eles choram.

— Sentem tristeza, muita tristeza. Mas não é trágico.

— Não, não é. Eles sabem que seus antepassados têm um plano para eles. Não existe a sensação de que algo deu errado. A tragédia é baseada na impressão de que houve um erro terrível, não?

— Somos como bebezões dramáticos comparados a eles — eu disse.

Ela riu.

— Bem, este bebê precisa fazer xixi. — Fen se levantou e desceu a escada.

— Por favor, use a latrina, Fen! — Nell exclamou.

Mas ele não devia ter se afastado mais do que meio metro da casa quando seu fluxo bateu no chão com muita força.

— Isso vai continuar por um tempo — disse ela.

Continuou. Estávamos um de frente para o outro na cama.

— E então vai haver...

Fen soltou um peido.

— Isso.

— *Togate* — Fen pronunciou em voz baixa, a palavra tam para "desculpe-me".

Nós rimos. Minha cabeça estava clara. Nossas mãos estavam afastadas alguns centímetros, no local morno onde estivera o corpo de Fen.

14

3/3 BANKSON VOLTOU HOJE, então tivemos dois dias com ele em boa saúde. Nós o levamos às outras aldeias tam — em outros momentos ele nos levou em seu barco, que se move depressa, para o espanto de todas as pescadoras na água rasa. Nos povoados, conseguimos cobrir um bocado de terreno. O kiona de Bankson é entendido por muitos. Ele tem tentado adotar nossos métodos etnográficos, porém não são naturais para ele. Você tem a sensação de que ele teria dificuldade em pedir fogo num bar. Mas ele é um excelente teórico. Conversamos sem parar. Tópicos que com certeza criariam tensão entre mim e Fen viram discussões produtivas com B. Fen é mais razoável perto dele, e talvez eu também. Bankson concorda com a minha avaliação de onde o poder tem se acumulado — com as mulheres tam —, e conseguimos ter conversas úteis sobre isso, nós três. B é intuitivo sobre a natureza possessiva de F, de modo que eu não precisei dizer nenhuma palavra, como na noite passada, quando falávamos sobre os papéis sexuais no Ocidente e B e eu concordamos em tudo e pude sentir quanto ainda poderíamos avançar com os nossos pensamentos, mas B fez um desvio de volta aos dobu de Fen no momento certo. Ele navega como se eu lhe tivesse dado uma carta de bambu e conchas para que segurasse para nós.

Noite passada, ele nos empurrou porta afora para uma caminhada. A lua estava quase cheia, e tudo estava iluminado com sua luz prateada e as estrelas nas bordas do céu giravam e caíam muito rápido, e até mesmo os insetos pareciam lascas de meteoritos caindo sobre nós. Algumas pessoas estavam fora de casa e nos seguiram pela estrada, mas quando nos desviamos para as montanhas, elas sussurraram uma advertência e voltaram. Os kirakira não tinham medo da noite, mas os anapa, os mumb. e os tam são cautelosos com os espíritos do mato que roubam sua alma se você lhes der uma chance. Bankson recolheu alguns galhos podres cobertos com algo a que ele chamou de hiri, um fungo fluorescente que lançava uma luz pálida no chão enquanto subíamos. F e B entraram numa pequena demonstração masculina de superioridade, e fomos cada vez mais alto até que descobrimos um pequeno lago quase perfeitamente redondo e a lua se banhando bem no centro. F e B mergulharam. Senti que deveria esconder a minha incapacidade de nadar de Bankson — ele ficaria chocado e ia querer me ensinar ali mesmo, o que de alguma forma F consideraria tanto uma crítica quanto uma ameaça —, então fiquei ali pelo raso e olhamos para as estrelas, falamos sobre a morte, nomeamos todos os mortos que conhecíamos e tentamos criar uma canção com todos esses nomes.

Bankson nos contou o que aprendera sobre os antigos ataques dos kiona, como o assassino no final de uma batalha se erguia em sua canoa e levantava a cabeça do seu inimigo e dizia: "Estou indo para as minhas lindas danças, as minhas lindas cerimônias. Chamem o nome dele", e os derrotados na praia chamavam o nome de seus mortos e depois gritavam para os vitoriosos, que se afastavam: "Vão. Vão para as suas lindas danças, as suas lindas cerimônias". Bankson disse que uma vez tentou explicar a guerra e os dezoito milhões de mortos para Teket, que não conseguia compreender nem sequer o número, quanto mais tantos mortos num só conflito. B disse que nunca encontraram o corpo inteiro de seu irmão na Bélgica. Disse que certamente é mais civilizado matar um homem a cada poucos meses, erguer sua cabeça para que todos possam contemplar, dizer o nome dele e voltar para casa, para um banquete, do que abater milhões de sem-nome. Estávamos imóveis na água nesse momento, e eu teria gostado de abraçá-lo.

É uma espécie de dança, isso em que nós três estamos. Mas há mais equilíbrio quando B também está aqui. A exigente, rígida e determinada natureza de Fen pesa muito de um lado da balança, e a natureza mais maleável e ajustável que tanto Bankson quanto eu temos pesa do outro, igualando as coisas. Não consigo não pensar que posso usar essa teoria incipiente no meu trabalho, a de que há algo na descoberta do equilíbrio de sua natureza — talvez uma cultura que floresce seja uma cultura que encontrou um equilíbrio semelhante em meio ao seu povo. Não sei. Cansada demais para continuar pensando nisso. Talvez seja só o fato de que estamos nós dois um pouco apaixonados por Andrew Bankson.

15

Quando voltei a Nengai, Teket me recebeu na praia com um bilhete. Eu soube pelo formato, as três dobras laterais, que era de Bett. Ele me entregou o bilhete com grande alívio, como se tivesse ficado parado junto ao rio por toda a semana em que estive fora. Teket tinha muitas responsabilidades. Não era difícil imaginá-lo em Charterhouse, um rapaz sério, um aluno brilhante. Ele me fazia muitas perguntas e, como os anciãos kiona transmitiam seu conhecimento como relíquias secretas de família, dispensava grande cuidado às informações que eu compartilhava com ele. Quando surgiu uma briga acerca da natureza da noite entre seu clã e um outro, ele pediu minha opinião. Eu lhe disse o que pensava sobre a rotação diurna da Terra e sua órbita em torno do sol. Depois disso, ele timidamente se referia à questão como "aquele assunto que conhecemos", e sempre que o sol ou a lua surgiam em conversas com os outros ele me dirigia um olhar especial.

Peguei o bilhete, mas, para desapontamento de Teket, o guardei no bolso sem ler. Pelas bordas inchadas, eu podia ver que a folha de papel tinha sido dobrada e desdobrada muitas vezes, e me divertia ao pensar nele estudando os pequenos garranchos escoceses de Bett.

Perguntei quais eram as novidades, e ele me disse que o bebê de Tagwa--Ndemi era uma menina tão pequena que cabia numa casca de coco, e que um ladrão passara óleo de palmeira no corpo, para que ninguém pudesse agarrá-lo enquanto corria pela casa da tia de Teket no meio da noite, roubando três colares e uma concha. Os dois filhos de Niani estavam doentes, mas Niani ficara acordada a noite toda negociando com seus antepassados e agora eles estavam melhores. Fui em direção a minha casa, porém Teket não tinha terminado. Na noite posterior àquela em que eu fora embora, ele disse, Winjun-Mali tentara entrar no mosquiteiro da esposa de seu irmão, Koulavwan, porém a mãe dela ouviu e gritou, e Winjun-Mali tentou se esconder entre as panelas na casa, mas a mãe o encontrou. Ele foi levado para uma casa cerimonial, onde defendeu seu caso. Alegou que tinha visto Koulavwan dar uma folha de bétel para o marido da irmã e que estava apenas tentando se assegurar de que ela estava se mantendo fiel enquanto o irmão dele estava fora. Ele disse que a vulva de Koulavwan era grande demais para o seu gosto. Quando disse isso, todas as mulheres que ouviam debaixo da casa começaram a gritar e Winjun-Mali pegou a lança e enfiou por debaixo da porta, furando a orelha da própria mãe e interrompendo os procedimentos. Então o pai de Winjun--Mali entrou numa discussão com o pai de Koulavwan sobre o extravagante preço da noiva. O pai de Koulavwan recordou-lhe que, quando eles eram meninos, Winjun-Mali tinha levado a glória pela morte de um homem que o pai de Koulavwan matara por ele. Apontou para os pendões no cajado de tília do pai de Winjun-Mali e perguntou se algum deles tinha a ver com assassinatos de fato. Antes que a coisa ficasse violenta, o pai de Teket gritou que o sangue deles tinha feito o bebê na barriga da Koulavwan, e eles não deveriam brigar. Então, Teket disse, todos trocaram nozes-de-areca e voltaram para a cama.

Há alguns meses, eu teria ficado consternado por perder tudo isso e teria corrido para anotar tudo, mas dessa vez deixei o evento passar como uma onda por cima de mim, sem tentar capturar sequer uma gota. Ele tomou fôlego para falar mais, mas apontei para o chão, um sinal que as mães davam aos seus filhos para ficarem calados, e disse que ele teria que guardar o resto para mais tarde, pois eu estava cansado demais. Teket foi incapaz de esconder sua decepção e se demorou exibindo-a, até que finalmente se afastou.

Teket teria gostado de alguém como Nell. Teria encontrado nela uma alma gêmea, uma companheira incansável e perfeita. Poderiam passar horas juntos, Nell interrogando-o sobre quem veio da vagina de quem, saboreando todos os detalhes que Teket tinha economizado para seu retorno.

Sozinho em casa, acendi o fogo, coloquei uma panela de água em cima, mergulhei ali dentro o chá, sentei-me e abri o bilhete de Bett.

De volta ao barco. Rabaul uma loucura. Senti sua falta.
Onde você está? Ninguém sabe me dizer. Eu deveria estar
preocupada? Venha me encontrar, querido.

Quatro meses antes, eu já estaria de volta na canoa, indo direto para sua lancha. Soprei meu chá. Eu iria, é claro. Eu sabia disso, mas iria por um motivo diferente agora. E Bett sentiria. Eu sabia como as coisas iam se desenrolar, nada dito, tudo claro.

Eu iria pela manhã. Depois do chá, abri o zíper da minha bolsa. Wanji tinha lavado minhas roupas. As camisas estavam dobradas com perfeição, como se estivessem prontas para a prateleira de uma loja. Por um lado eu ficava enojado com o uso que Nell e Fen faziam dos nativos, o modo como chegavam feito uma corporação e contratavam os locais, distorcendo o equilíbrio de poder e riqueza e, portanto, seus próprios resultados. Mas, por outro, eu via quão eficiente era isso, quanto tempo havia disponível quando não era preciso preparar as refeições nem lavar ou esfregar a roupa, o que eu vinha fazendo sem nenhum tipo de ajuda nos últimos dois anos. Na noite anterior, nós três tínhamos trabalhado juntos no escritório deles, datilografando as nossas anotações, enquanto Wanji buscava água, o menino da caça chegou com dois pombos e Bani os cozinhou em molho de limão. O molho era tão picante que fez as bochechas dela brilhar, e tive que apertar minhas mãos uma na outra para não estendê-las e tocar sua pele.

Fechei a bolsa e voltei para o rio. Teket, ainda na praia, não se surpreendeu. Ele sabia o que um pedaço daquele papel bege podia deslanchar. Sabia que podia esperar que eu estivesse de volta à hora do pôr do sol no dia seguinte, mais sangue na minha pele e braços e pernas soltos como os de um menino.

Bett estava na casa do leme, comendo algo amarelo numa lata. Olhou fixamente em minha direção, prestando atenção no ruído do motor, e quando por fim o reconheceu, ela passou por baixo da portinha e acenou da proa.

Eu não devia ter vindo. Se houvesse alguma maneira decente de fazer a volta com meu barco e voltar na mesma hora, teria feito.

Houve um marido em determinado momento. Eles fizeram faculdade de engenharia juntos em Londres e vieram para cá para trabalhar numa ponte em Moresby, mas quando a ponte foi concluída, ele fugiu para Adelaide com uma garota e Bett assinou um contrato para uma outra ponte em Angoram e comprou aquele barco para ir até lá. Morava nele desde então. Suspeitava que ela estava perto dos quarenta anos, embora nunca discutíssemos nossa idade.

Amarrei a corda da minha canoa na popa da lancha de Bett, e ela me deu a mão para me ajudar a subir. Ela usava uma camisa branca e limpa, e tinha cheiro de lírio. Um cheiro novo.

— Você não estava mesmo com pressa.

— Voltei hoje de manhã.

— De onde?

— Lago Tam.

— Estava caçando?

Eu era um péssimo mentiroso, mas disse que sim.

— O lago Tam é bom para caçar?

Ela sentiu alguma coisa, talvez o fato de que eu já não tivesse tirado todas as suas roupas. Levei a mão, desanimado, à sua blusa.

Ela me observou desabotoá-la sem se mover. Gostei disso. Não queria que ela me tocasse e descobrisse meu pouco entusiasmo. Mas quando abri a camisa e toquei seus mamilos com as pontas dos meus polegares e senti o peso dos seus seios em minhas mãos, meu corpo voltou-se para aquela mulher, aquele corpo, e senti com alívio minha determinada ereção.

Ela nunca me levava, naquele momento inicial de boas-vindas, para sua cama, mas me recebia ali mesmo *en plein air*, em torno das cordas e ferramentas e caixas de armazenamento. Ela estava quente e familiar, e embora eu não estivesse no meu normal, por fim gritei por cima do seu ombro em direção às árvores, que sacudiram com os animais correndo devido ao som. Rimos de um alto e assustado *eeeeeeeoooooooooeeeeeee*, e nossos peitos se colavam e descolavam com ruído.

Acreditava que se pudesse fazer aquilo mais vinte vezes conseguiria tirar Nell Stone por completo do meu sistema.

Ela deslizou para o chão, e nos apoiamos juntos na caixa. Espantamos os insetos de nossas virilhas, como macacos. Perguntei sobre sua viagem para Rabaul, e ela me disse que tinha conhecido o sobrinho de Shaw, que era um oficial mais ao sul, e tentamos imaginar o tio dele ambientando uma peça nos Territórios. Eu disse que os eventos da semana em Nengai seriam material mais do que suficiente e lhe contei do ladrão coberto de óleo e de Winjun--Mali e sua visita ao mosquiteiro de Koulavwan.

— Por que ninguém me visita no meio da noite? — quis saber ela. — Os nativos só passam remando educadamente como se o barco fosse um tronco sem nada de especial.

— Barnaby tem um barco quase idêntico.

— O dele é verde.

— Eles não vão se aproximar do que acreditam pertencer a um funcionário do governo. Mas se você ficasse sentada aqui fora assim, provocaria algum interesse.

— Você acha? — Ela rolou o corpo nu sobre o meu. Não havia nada mais a dizer, então eu a beijei e ela abriu as pernas, e nos movimentamos com vigor um de encontro ao outro sobre a madeira áspera do convés. Em seguida, ela entrou e voltou com cigarros e roupões de banho, e fumamos até a hora do jantar.

Ela preparou uma perca-gigante na grelha, localizada na proa, e comemos com mostarda e uma garrafa de champanhe que ela comprara em Cooktown. Do outro lado do rio houve um movimento súbito e uma grande agitação na água. Observei, no crepúsculo, dois crocodilos brigando. Vi seus narizes altos para fora da água, mandíbulas abertas, e em seguida o que estava à esquerda afundou os dentes na pele dura do pescoço do outro, e ambos sumiram debaixo d'água, que fechou sobre eles depois de um tempo, tornando-se novamente plana.

— O que foi isso? Crocodilos? — Ela apertava os olhos. Eu sabia que Bett tinha uma visão péssima, mas nunca me perguntara onde estariam seus óculos, nem pensei em lhe oferecer os óculos de Martin.

Saí antes do nascer do sol. A água estava opaca e as margens, silenciosas. Ela me deu, antes da partida, uma caneca de chá e uma caixa de caramelos. Normalmente me dava uma garrafa de uísque, e senti que os doces eram um insulto, uma espécie de rebaixamento, mas chupei um após o outro ao longo de todo o caminho de volta.

16

FIQUEI LONGE DO LAGO TAM por várias semanas, período em que o meu trabalho caminhou bem. Comecei convidando as pessoas a minha casa, não a mesma quantidade que Nell convidava todas as manhãs, mas pequenos grupos. Recebi a família inteira de Teket para jantar um porco selvagem que tínhamos abatido e peras enlatadas sobre as quais Teket precisou convencê-los de que eram seguras de comer e não carregavam nenhuma maldição. Sua avó gostou muito das peras e de seu suco doce, e levaram para casa as latas vazias como se eu tivesse dado cem libras a cada um. Recebi Kaishu-Mwampa, a velha que não falava comigo, e sua sobrinha-neta para o chá. Elas não gostaram, e eu disse que era melhor com leite e elas riram quando tentei descrever o que era leite porque nunca tinham visto uma vaca. Poucos dias depois, Tiwantu anunciou que haveria um Wai tradicional e completo pelas realizações de seu filho, depois da próxima lua cheia. Tinha, ali, a minha própria pequena euforia.

As coisas poderiam ter continuado assim — meu trabalho em Nengai, algumas viagens curtas ao lago Tam — até julho, quando planejava ir embora. Mas no dia seguinte ao que Tiwantu fez o anúncio, Teket voltou do comércio com um bilhete escrito com a letra de Nell.

17

Eles despertaram com um grito longo, seguido por uma enxurrada de outros gritos. Ela não tinha ideia de que horas eram. O céu estava escuro, sem um traço de luz.

Numa crise, Fen tornava-se ainda mais rápido e felino. Ele desapareceu com um único movimento escada abaixo. Ela correu para alcançá-lo. O tumulto vinha da estrada das mulheres. Fen disse alguma coisa, mas ela não conseguia ouvi-lo.

Quando viraram a esquina, era como ela temia, uma massa de corpos gritando. Eles pararam a uns cinco metros da multidão, que estava voltada para dentro, em direção à casa de Malun. No escuro, ela conseguiu ver as costas compridas de Sanjo e os braços grossos de Yorba e a cabeça pequena de Amun, mas apenas brevemente. Estavam todos em movimento, agitados e gritando tão alto que isso afetou sua visão. Muitos tinham rasgado os colares, pulseiras, cintos, braçadeiras e faixas de cabelo, jogando-os no chão enquanto se abraçavam, choravam, gritavam e abriam caminho em direção ao centro, ao que estava acontecendo através do emaranhado de corpos.

Fen pegou a mão dela e avançou. Agarrou-a com mais força e abriu caminho em meio à multidão.

— Nós temos que... — começou ele, mas Nell não ouviu o resto.

Depois suas mãos se soltaram. Todo mundo estava fazendo força para chegar ao centro, e ela foi empurrada e impelida devagar, com eles. Tentou resistir, manter-se firme em seu lugar, mas não adiantou. Ela não tinha certeza se queria ver o que estava acontecendo. Entretanto era empurrada naquela direção, um grande músculo tam a fazia avançar. Ela não conseguia entender por que reconhecia tão poucas pessoas, porque ninguém a reconhecia. As pessoas estavam histéricas, e o hálito e o suor de tantos corpos frenéticos tinham um cheiro azedo, como aquele que se devia sentir quando se é enterrada viva. Nell tinha certeza de que haveria um corpo morto no centro. Esperava que não fosse uma criança. Por favor, meu Deus, chega de crianças mortas. Não sabia ao certo se estava gritando isso em voz alta. Sentiu gosto de vômito e sangue, mas não achava que eram seus. Mais adiante, o fogo tremeluzia. E então ela os viu, Malun e um homem de calça verde. Estavam de pé, mas ele tinha o corpo dobrado e ela o segurava com muito esforço, ele pesava como se fosse um cadáver. Porém não estava morto. Havia cicatrizes compridas e profundas em toda a extensão das costas nuas, mais recentes e muito mais cruas do que as cicatrizes de iniciação, lanhos sem qualquer padrão, contudo, ele não estava morto.

Venha assim que receber isto, dizia o bilhete de Nell para mim. Xambun voltou.

18

Na quarta noite da celebração da volta de Xambun, Fen voltou para casa nu e lambuzado com um óleo que cheirava a queijo rançoso, alegando que tinha dançado com Jesus, sua trisavó e Billy Cadwallader.

Nell estava em sua máquina de escrever, datilografando uma carta para Helen.

— Quem é Billy Cadwallader? — perguntou.

— Está vendo? É por isso que sei que foi real. Não daria para inventar um nome como esse. Era só um garoto. — Ele olhava para a porta para se certificar se os parceiros de dança não o seguiram até em casa. Seu cabelo estava cheio de contas de argila pintadas, e cinzas das fogueiras grudaram no óleo em sua pele. Fen plantou os pés bem afastados para ficar em pé, mas ainda balançava. Ele era puro músculo e osso, como um nativo. Nunca recusava um alucinógeno; bebia, comia, inalava ou fumava o que quer que lhe fosse oferecido. — Sabe, eu acho... — Ele cambaleou, as contas chacoalhando, sorrindo para Nell como se só então se desse conta de que ela estava na sala. — Acho que talvez a minha mãe, sim, talvez ela.

— Soubesse quem era o garoto?

Ela não estava gostando da expressão em seus olhos.

— Sim. — Fen se aproximou dela, e o cheiro era irrespirável. Ele parecia estar lutando para encontrar a palavra certa, ou qualquer palavra. — Sexo — declarou ele finalmente. — Gosto de sexo, Nell. Sexo de verdade.

Felizmente o seu pênis não estava escutando.

— Nada a ver com... — Ele fez um grande esforço para encontrar a palavra e não conseguiu. Filhos, ela supunha.

Ele virou as costas, como se fosse ela quem cheirasse mal. Depois se virou de novo, de súbito, reparando nela outra vez.

— Trabalhando, Nell Stone? Escrevendo, escrevendo, escrevendo, tanta coisa para escrever nessa máquina, tanto a dizer. Deve ser cansativo ser Nell Stone o tempo todo. — Ele parecia ter atingido um veio de palavras. — O ruído da porra dessa máquina de escrever é o ruído da porra do seu cérebro. — Fen bateu com o punho sobre as teclas. As letras voaram e se entrelaçaram na volta. Antes que Nell pudesse avaliar o dano, ele empurrou a máquina de escrever da mesa. Caiu de lado. O braço prateado se partiu.

Ele se virou e saiu de casa, em movimentos que não eram seus, enquanto descia a escada aos solavancos, como se alguém o puxasse com cordas. Uma vez, em seu primeiro mês juntos em campo, um ancião anapa tinha dito a ela que não era seguro ficar sozinha com o marido e ofereceu-se para ser seu irmão. Na época, ela e Fen riram daquilo. Mas ela precisava de um irmão, na verdade. Precisara de um com os mumbanyo. Talvez ainda tivesse o seu bebê se tivesse tido um irmão lá.

Ela apagou a luz e tentou dormir. Seu coração batia rápido demais. Tentava respirar fundo, mas o coração não se acalmava. Temia que ele voltasse.

Levantou-se e vestiu suas roupas sujas. Wanji não lavava roupa desde três dias antes da chegada de Xambun. Tinha menos pessoas na praia do que ela imaginara, só umas cinquenta, cerca de vinte dançando e outras trinta esparramadas por ali. Todos os que dançavam eram homens, com contas no cabelo como as de Fen e cabaças de pênis especiais, cerimoniais, elaboradamente curvas, amarradas. A dança era motivada por essas cabaças, fazendo-as saltar, virar e criar movimentos na direção das mulheres, que estavam deitadas por ali em grupos que só observavam parcialmente, confusas mas saciadas, como homens que tivessem passado tempo demais em um clube de striptease. E ali estava Fen, em traje de gala, girando, batendo a cabaça contra a de seu parceiro, seus movimentos não eram fluidos como os dos outros. Todos os flautistas tinham ido para a cama, e um homem com um tambor estava inclinado para um lado e só batia ocasionalmente. Algumas mulheres cantavam ou marcavam o tempo com pedras ou paus. A maioria estava com as cabeças juntas, conversando, quase não assistiam. Xambun não estava em lugar nenhum da multidão.

O clima que Fen tinha levado para casa estava ampliado ali. A celebração se transformara. Os homens estavam tensos, dopados, alguns mal conseguiam se manter de pé, outros se atiravam para os lados como se tentassem escapar de seus próprios corpos. Era como um desespero mudo, não como a fúria crescente das cerimônias mumbanyo, quando ela temia que eles chegassem ao ponto de esfaquear uns aos outros, nada homicida daquele jeito, mas sim suicida, como se a falta de interesse das mulheres, o desaparecimento de Xambun e a falta de chuva fossem culpa deles.

Ela se sentou ao lado de uma mulher chamada Halana, que lhe deu um pouco de kava e taro. Ela abriu seu caderno. Era a quinta noite. A essa altura, já tinha visto tudo. Não havia mais nada a acrescentar. Ouviu Boas a repreendendo: tudo é material, até mesmo o seu próprio tédio; você nunca vê nada duas vezes — nunca pense que já viu isso antes, porque não viu. Estou trabalhando, ela disse a si mesma, um de seus truques para voltar a ver, ver melhor, ver além. Halana a fitava. Imitou Nell segurar o lápis, mastigando a ponta, depois fingiu comer o lápis todo, o que fez suas amigas irromper em gargalhadas.

A dança continuava, sem nenhum senso de forma, de início ou fim. Em algum momento, Fen sorriu para ela. Sua raiva tinha passado. Ela sentiu-se adormecer com os olhos abertos. E então percebeu, à esquerda, para além da dança e perto do rio, uma centelha de luz. Tentou ver o que era. Um pequeno lampejo cor de laranja brilhou logo acima da rocha que se projetava a partir da costa. Um cigarro? Levantou-se e se aproximou de forma casual, como se andasse pelo caminho que levava a sua casa, depois desviou para o mato em direção à pedra. Através das folhas, viu que estava certa: era um cigarro e, debruçada sobre ele, a forma quase imperceptível de um homem.

A solidão não era algo que se via entre as tribos que tinha estudado. Desde cedo as crianças eram advertidas a não ficarem sozinhas. Era assim que

EUFORIA *151*

sua alma era roubada por espíritos, ou seu corpo sequestrado por inimigos. Era quando você ficava sozinho que o seu pensamento se voltava para o mal. A cultura muitas vezes tinha provérbios contra isso. *Nem mesmo um gambá anda sozinho*, era o que os tam mais repetiam. O homem na pedra era Xambun, não de cócoras, ao modo como outro tam estaria, mas sentado, os joelhos ligeiramente dobrados e o corpo curvo sobre eles, os olhos fixos num ponto do outro lado do rio. Seu corpo tinha ficado carnudo e com formato de pera por causa do arroz e da carne de que se alimentavam os mineiros. Sapatos faziam mais barulho do que os pés descalços — Xambun saberia que era ela —, mas ele não se virou. Levou o cigarro à boca. Ainda usava a calça verde da mina, mas sem adornos, sem contas, ossos ou conchas.

Um informante assim no campo, um homem que foi criado na cultura mas removido por um tempo, de modo que é capaz de ver o seu povo de um ângulo diferente, com a capacidade de contrastar seus comportamentos a outro conjunto de comportamentos, é inestimável. E um que foi exposto a uma cultura ocidental — ela não conseguia pensar em alguém que já tivesse tido acesso a esse tipo de informante num lugar tão remoto.

Queria se aproximar dele. Talvez nunca mais voltasse a ter essa oportunidade. E, no entanto, sentia sua necessidade de quietude. Sentia que já conhecia sua história: o menino herói, as falsas promessas dos recrutadores, o tratamento na mina, como se fosse escravo, a fuga perigosa de volta para casa e o esgotamento ao tentar esconder tudo de sua família, para junto da qual regressava gloriosamente. Mas ela estava ciente de que a história que você acha que conhece nunca é a real. Queria a história real dele. O que diria sobre tudo isso? Podia imaginar a possibilidade de escrever um livro inteiro apenas sobre ele.

Nell não se mexeu, mas ele se virou de repente, olhou diretamente para ela e lhe disse para ir embora. Só quando estava na metade da escada de sua casa foi que ela se deu conta de que Xambun falara aquilo não em tam ou em pidgin, mas em inglês.

19

15/3 A CELEBRAÇÃO DO RETORNO de Xambun não termina. Todas as manhãs acho que com certeza eles pescaram todos os peixes e abateram todas as aves gordas e porcos selvagens, certamente exauriram seus próprios corpos, se não sua fonte de alimento. E todas as noites penso que certamente amanhã tudo voltará ao normal, as mulheres vão sair para o lago no nascer do sol, meus visitantes matinais vão voltar, os comerciantes vão sair, mas isso nunca acontece. Eles dormem o dia todo porque ficaram acordados a noite toda. Pouco antes do pôr do sol, os tambores recomeçam, as fogueiras se acendem e tudo prossegue por mais uma noite: comida, bebida, dança, gritos, cantos, choro.

Alguém da aldeia vizinha acaba de voltar do litoral e trouxe várias novas danças de praia. Até agora, danças de praia eram proibidas pela geração mais velha aqui, mas todo mundo aprendeu esta semana. Levando em conta que sua dança habitual inclui balançar o pênis com força e depressa, imitando a cópula com grande precisão e demoradamente, as novas danças parecem ser tão inofensivas quanto uma brincadeira de criança. Os homens pintaram uns aos outros com um desenho intrincado que eu não vi nem mesmo em sua cerâmica mais cara. Todo mundo está enfeitado em suas mais extravagantes conchas, cordas e mais cordas de conchas, e é preciso gritar para se sobrepor ao barulho que fazem.

Já completei cinquenta cadernos em cinco dias e ainda me sinto a ponto de morrer de tédio. Sei que sou um bicho estranho; o frenesi, as visões e a fornicação pública me cansam. Sei que como antropóloga eu deveria viver à espera dessas oportunidades de ver o simbolismo da cultura sendo exibido. Mas não confio nas multidões, centenas de pessoas juntas sem cognição e com os impulsos mais básicos apenas: comida, bebida, sexo. Fen afirma que, se você deixar de lado o seu cérebro, encontra outro cérebro, o cérebro do grupo, o cérebro coletivo, uma forma contagiante de conexão humana que perdemos ao abraçar o individual, exceto quando vamos para a guerra. O que é exatamente o meu ponto.

Sem mencionar a minha impaciência para chegar perto de X, para falar com ele, para assaltá-lo, como Bankson diria. Malun promete que vai me conseguir uma entrevista, logo que as cerimônias acabarem. Ela não para de nos agradecer, e eu não consigo convencê-la de que não tivemos nada a ver com o retorno dele.

Gostaria que B não tivesse ido embora antes da chegada de X. Seria útil ter alguém com quem conversar, alguém que não esteja em outro planeta graças às sementes de glória-da-manhã, algo chamado honi e sabe-se lá mais o quê. Dei a Tadi um bilhete para ser entregue aos kiona quando ela for para o mercado, mas ela não foi. Ninguém sai de perto do lago faz mais de uma semana. Passei a pensar nesta celebração em honra de Xambun como um animal selvagem que sai para caçar mas talvez nunca vá embora.

20

Já tinha acabado quando cheguei. Desliguei o motor e não ouvi nenhum barulho de comemoração vindo de nenhuma parte da aldeia. Na praia, corvos e urubus lutavam pela melhor posição nas costelas de um javali, e moscas saqueavam talos de taro e cascas de frutas nas proximidades. As fogueiras estavam apagadas, havia miçangas e penas parcialmente enterradas na areia batida, e até mesmo o ar parecia exausto.

O lago estava bem mais raso que da última vez em que estive aqui, e o calor tinha uma nova densidade. Arrastei minha canoa até o mato e carreguei o motor e um tanque extra de gasolina pelo caminho.

Não encontrei ninguém até chegar à casa deles. Reconhecia o silêncio, a quietude exausta de uma aldeia esgotada em todos os sentidos. Eu não estava aborrecido por ter perdido as festividades. Tinha certeza de que Nell fizera anotações impecáveis. Entrevistar Xambun seria o que renderia as informações mais importantes.

Da abertura de uma das casas dos homens saía um par de pernas, como se o sujeito não tivesse conseguido colocar o corpo todo para dentro antes de desmaiar. Isso me fez tomar consciência das minhas próprias reservas de energia. Fazia muito tempo que não me sentia tão em forma, e ri com a lembrança de ter caído no chão da última vez em que estivera aqui. Escondi o motor e a gasolina debaixo da casa deles e voltei para a praia, para buscar a grande mala que tinha trazido. Ao pé da escada chamei baixinho, com a intenção de não perturbá-los caso também dormissem. Não houve resposta, então subi. Ambos estavam em suas máquinas de escrever no mosquiteiro.

Nenhuma das fotografias tiradas de Nell Stone, as que se encontram nos livros didáticos e nas duas biografias, mesmo as que foram feitas no campo, jamais capturou como ela realmente era. Não é possível ver a energia, a alegria transbordante que você percebe quando entra pela porta. Se eu pudesse ter qualquer foto de Nell, seria uma do momento em que ela me viu naquele dia.

— Você veio.

— Só vou ficar três meses — brinquei, levantando a mala grande, que parecia ainda maior dentro da casa.

Fen olhava para ela agora, e seu rosto perdeu a expressão despreocupada. Nell me deu um beijo na bochecha, que acabou antes que eu pudesse registrá-lo. Em seguida, ela recuou. Seu cheiro de algum modo era como o do jardim atrás da Hemsley House, zimbro e laburno.

— Você parece um cavalheiro antropólogo. Tudo de que precisa é… Espere! Espere! — Ela deu um pulo, correu de um mosquiteiro a outro e voltou com um chapéu, um cachimbo e uma câmera. — Venha. Está muito escuro aqui.

— Nell, ele acabou de chegar, pelo amor de Deus! — disse Fen, à guisa de saudação, de sua cadeira. Sua aparência era horrível, anéis de um azul muito escuro sob os olhos e a pele quebradiça como a de um velho. A parte da frente da camisa colada ao peito, ensopada de suor.

— É um clássico — disse ela. — Ele pode colocar na capa de seu livro de memórias.

Ela me fez voltar a descer a escada com a mala e ficar parado diante do pé de tamarindo em frente à casa. Pegou uma comprida folha caída na estrada e colocou sobre o meu ombro.

— Agora coloque o cachimbo na boca.

Apertei os dentes sobre o cachimbo e fiz uma careta, minha melhor imitação de um velho mestre encarquilhado que tivera em Charterhouse.

— Isso! — Porém ela estava rindo demais para tirar a fotografia.

— Ah, céus, vou ter que fazer isso. — Fen desceu e tirou três fotos minhas. Então colocamos Nell de chapéu com as malas e cachimbo, e ele tirou mais algumas. Um homem passou correndo por nós, e Fen o chamou para pedir seu bastão de cavar e seus pesados colares. Ele entregou esses itens com relutância e ficou olhando preocupado enquanto Fen posava com eles.

Nell estava em plena saúde. Pelo que eu podia ver, suas lesões estavam curadas, ela mancava menos. Os lábios estavam com um tom intenso de vermelho, como os de uma criança. A dieta tam claramente lhe convinha; ela estava mais redonda, e sua pele parecia suave como sabão. O impulso de tocar seu corpo e toda a vida que havia nele era algo que eu precisava reprimir regularmente.

— Como estão os seus guerreiros? — Fen perguntou enquanto voltávamos para dentro da casa. Era uma pergunta retórica, feita por alguém que estava pensando em outra coisa, do modo como meu pai poderia ter me perguntado sobre a escola quando eu voltava para casa num feriado, sua mente num conjunto de células ou penas da cauda de algum pássaro. Eu disse a eles que os kiona tinham me prometido uma Wai.

— Fantástico! — disse Nell. — Podemos ir?

— Claro.

Havia muito tempo que eu não tinha algo para aguardar ansiosamente.

— A festa acabou por aqui — informou Fen.

— Vocês já conseguiram entrevistá-lo? — perguntei.

— Fen acha que devemos ir com calma, esperar que ele venha até nós.

— Sério? —Aquilo me surpreendia. Não havia nada no estilo de assédio etnográfico de Nell que permitisse fingir uma calma inexistente. Seu método era intenso e rápido, e meu primeiro pensamento foi suspeitar que mentiam para mim, e senti vergonha disso.

Estávamos dentro de casa agora, e Fen servia bebidas, um suco de cereja fermentado. Ele deu uma risada.

— Não que tenhamos escolha.

— Ele me mandou embora.

— Precisamos lhe dar tempo — disse Fen. — Ele nos associa à mina agora.

— Ele precisa falar desse assunto com a gente, com as pessoas que entendem a situação pela qual passou.

— Nellie, você não sabe qual foi a situação pela qual ele passou.

— Claro que sei. Ele foi um criado contratado pela ganância ocidental.

— Onde? Em que mina? Por quanto tempo? Ele pode ter passado três meses lá, até onde sabemos. E tem esse sujeito, Barton, que administra Edie Creek. Ele é um bom sujeito. Aposto que dirige uma instalação decente, já que Xambun estava lá.

— Pelos meus cálculos, ele se foi há mais de três anos. Malun tem todas as suas frondes...

— Suas frondes! — Fen se virou para mim. — Quando chegamos, Malun tinha metade das frondes que tem agora. Não há nenhuma maneira de saber quanto tempo ele ficou fora.

— Barton não é um bom sujeito. Ele dá festas de crocodilo, Fen. — Eu não sabia o que ela queria dizer com aquilo. — Ele aposta no crocodilo, e seus empregados morrem.

— Isso é besteira, e você sabe. Mas o que tem aí dentro, Bankson? Acho que você não trouxe nem mesmo uma mochila da última vez.

— Minton veio com o correio e tinha algumas coisas para vocês dois.

Abri a mala. Colocara as cinco cartas de Fen no tecido do bolso lateral. As cartas de Nell — 147 no total — ocupavam o restante do espaço.

— Schuyler Fenwick. — Entreguei a Fen o magro pacote de cartas. — Desculpe, amigo.

— Não se preocupe. Estou acostumado.

Ela também estava, pelo visto. Não houve a surpresa ou a comemoração que eu previra, e ela pegou a mala e começou a classificar sua montanha de correspondência com um ar metódico: família para a esquerda, trabalho para a direita, amigos no meio. Mal se detinha em alguma das cartas, só verificava o remetente e colocava numa pilha. Ocasionalmente, um nome provocava um leve sorriso, mas Nell parecia todas as vezes esperar que fosse outra pessoa. Fen levou as dele para sua sala de trabalho e as abriu sobre a mesa.

Eu me instalei no sofá e peguei uma revista na pilha de Nell. *The New Yorker*, que nunca tinha visto. Na capa havia o desenho de uns turistas num café em Paris. Estava datada de 20 de agosto de 1932, e a perspectiva era achatada, com as mesas quase flutuando no ar, os rostos geométricos, ao estilo de Picasso. Saía fumaça de um cigarro num arabesco preto. Finalmente senti o peso da viagem de sete horas sob o sol, e, embora eu quisesse abrir a revista, minhas mãos estavam pesadas e a seguravam fechada. Era um belo desenho, embora fosse provável que eu tivesse achado isso porque fazia muito tempo que não via uma obra de arte ocidental. Encheu-me de saudade também: o menu, as garrafas de vinho, o xadrez vermelho e branco das toalhas de mesa. Um garçom se aproximou por trás de mim. Anotou o meu pedido. Pombo, eu disse. Então ele se virou para Nell, que disse tombo, e nós rimos e eu acordei com um estremecimento.

Fiquei preocupado, perguntando-me se teria rido alto, mas Nell lia uma carta e não me ouviu, fosse qual fosse o caso. Eu ainda podia sentir no peito e na garganta uma grande onda de calor que queria escapar. Pombo e tombo. Eu tinha uma pequena ereção por baixo da revista.

— Bankson! — Fen me cutucou. — Quero lhe mostrar uma coisa.

Pus-me de pé, tonto, e o acompanhei lá para fora e para baixo.

— Melhor não ficar por perto enquanto ela lê tudo isso — disse ele.

— Por quê?

Ele meneou a cabeça.

— Ela agora recebe cartas de cada maluco dos Estados Unidos. Todo mundo quer pedir conselho, pedir sua aprovação. O nome dela em qualquer coisa de repente se tornou uma espécie de selo mágico dourado. E depois também há Helen.

Fen tinha parado abaixo da casa cerimonial com o imenso rosto mal-encarado lá no alto, a língua negra e espinhosa de cobra pendurada quase dois metros para fora da boca.

— Quem é Helen?

— Outra discípula de Papai Franz Boas. Mentalmente desequilibrada. Estados de espírito muito, muito sombrios. Precisei dizer a Nell que parasse de vê-la. Nell escreve trinta cartas para cada carta dela. Mas nunca aprende. Sempre teme o pior. Você não a viu remexendo naquela mala em busca de cartas de Helen? Acho que dessa vez não tinha nenhuma.

Mas havia um pacote, eu queria dizer. Um retângulo pesado com o nome e o endereço de Helen no canto superior esquerdo.

— Sinto muito, então, por ter trazido a correspondência.

— Melhor acabar logo com isso. — Ele disse e chamou os homens lá dentro. Depois que subimos e passamos por baixo da boca do rosto hediondo, havia uma segunda entrada, mais estreita do que a primeira, vermelha em ambos os lados. Vi que era a parte inferior de outra escultura, dessa vez de uma mulher com a cabeça raspada e seios grandes que se erguia acima de nós. Sua cintura era fina, e as pernas se afastavam; a abertura pela qual estávamos prestes a passar era uma enorme vulva escarlate. Fen passou sem fazer nenhuma observação.

Eu me demorei ali, examinando o modo como tinha sido construída.

— Olhe — ele me disse —, respeito o sigilo que eles querem manter. Nenhuma mulher jamais entrou nesta casa. Então não fale a Nell sobre nada do que vir aqui. Vai deixá-la toda animada, sem motivo.

O interior de uma casa cerimonial dos homens não é muito diferente de um clube em Cambridge. Há ali a mesma conversa em voz baixa, o mesmo agrupamento, a mesma sensação de que se está à vontade. Mas não para quem não é membro. Até mesmo Fen, que não parecia dar a mínima quanto a se ajustar ou não, que se comportava como se o mundo devesse se adaptar a ele, caminhou desconfortavelmente no meio da sala comprida, seus olhos se acostumando à penumbra, à procura de um homem chamado Kanup. Kanup era quem negociava a arte tam, quem decidia o que seria guardado e o que seria vendido, quem definia os preços, colocava as obras nas canoas e supervisionava os retornos. Ele vivera com uma mulher kiona por um bom tempo e, logo que Fen o encontrou, Kanup começou a falar utilizando termos grandiosos sobre a arte tam e por que ela era superior à arte kiona e à arte de todas as outras tribos na região. Kanup era o tipo de sujeito que queria sua atenção, e conseguia. Seu kiona era excelente, e eu fui atraído tanto pelo seu bilinguismo absoluto como pelo seu conhecimento. Fiz minhas anotações como fazia todas as minhas anotações no campo, com o máximo de concentração e completa falta de certeza quanto à sua futura utilidade. Fen desapareceu rapidamente em algum lugar no fundo escuro da ampla sala. Depois de um tempo, tomei consciência de vozes se elevando numa discussão atrás de mim. Estava preocupado que minha presença naquela casa estivesse causando o problema, mas quando fui capaz de me desviar do olhar firme de Kanup sobre mim, vi que o seu foco estava no fundo da sala, na alcova escura onde Fen se encontrava. Eu não conseguia ver o que ele estava fazendo ou com quem estava.

— O que estava acontecendo lá atrás? — perguntei a ele no caminho para casa.

— Nada.

— O que você estava fazendo?

— Nada. Descansando. Esperando por você. — Mas Fen estava mentindo e não fazia grande esforço para esconder.

•

21

QUANDO VOLTAMOS PARA CASA, as luzes tinham sido acesas e Nell estava no chão, num círculo de cartas abertas, um grande calendário em seu colo.

Fen caiu no sofá atrás dela.

— Já ganhou seu prêmio Nobel, Nellie?

— A esposa de Stálin morreu misteriosamente, e John Layard está com Doris Dingwall!

— Pensei que ele estivesse em Berlim com os poetas — eu disse, sentando-me numa cadeira no canto.

— Aparentemente ele ficou muito deprimido, fracassou numa tentativa de suicídio, depois foi para o apartamento de Auden, para que Auden acabasse com ele. Leonie diz que Auden ficou muito tentado, mas acabou levando-o para o hospital. Então ele voou de volta para a Inglaterra, onde roubou Doris de Eric.

Doris e Eric Dingwall eram antropólogos do University College em Londres e conhecidos por seu casamento aberto.

— O que vamos fazer em novembro? — ela perguntou a Fen.

— Não tenho a menor ideia. Por quê?

— Pediram-me para dar a palestra de abertura no Congresso Internacional. — Ela estava tentando manter, por Fen, um tom de voz moderado.

— Isso é fantástico! — comentei, experimentando certo entusiasmo americano. — Uma grande honra.

— E me pediram para ser curadora assistente do museu. Vão me dar um escritório na torre.

— Mas que maravilha, Nellie. Como está a nossa conta bancária?

Ela lhe dirigiu um sorriso cauteloso.

— Muito saudável.

— Isso é o que eu acho que é? — perguntou Fen. Ele bateu no pacote de Helen no chão com o dedo do pé. — Você não abriu.

— Não.

Fen me dirigiu um olhar afiado, como se eu soubesse o que aquilo significava. Eu não sabia.

— Vamos, Nellie. — Ele se abaixou e pôs o embrulho no colo dela. — Vamos dar uma olhada. Além do mais, podemos usar isto. — Ele puxou o grosso barbante cinza do embrulho.

Sob o papel pardo do correio havia uma caixa. Dentro da caixa havia um manuscrito magro, não mais de três centenas de folhas. As folhas eram lisas, estavam perfeitamente alinhadas. Ficamos ali com certa reverência pelo manuscrito, como se ele pudesse falar ou pegar fogo. Nell já tinha feito isso, apanhado suas centenas de cadernos e comprimido magicamente numa pilha de folhas limpas e soltas, apanhado milhões de detalhes e encaixado numa espécie de ordem para compor um livro, mas Fen e eu, não. Desse ponto de vista, parecia uma transformação impossível.

No topo da pilha havia um bilhete escrito em letras pequenas e bem próximas.

Cara Nell,

Finalmente. Espero que você e Fen tenham tempo para dar uma olhada. Não estou com tanta pressa. Vou entregá-lo hoje a Papai e tenho certeza de que ele vai me mandar rever durante o verão. Se Fen não gostar da minha apresentação dos dobu, ele precisa me dizer com honestidade e sem rodeios. Acabei de receber a sua primeira carta com os mumbanyo. Eles parecem terríveis. Tenho certeza de que a essa altura você já os domesticou.

Todo o meu amor,

H

Ambos olharam para o bilhete por um longo tempo, o tempo necessário para ler uma página inteira. Não havia imobilidade no silêncio — era o oposto da imobilidade. Como se os três, Nell, Fen e Helen, estivessem tendo uma conversa que eu não conseguia ouvir.

— Vamos dar uma olhada? — sugeri. — Vou fazer chá.

— Hora do chá! — disse Fen com a voz de uma senhora de Cambridge. — Não demore!

— Ler, todos nós? Juntos? — perguntou Nell, saindo de seu transe.

— Por que não?

Eu ansiava por aquilo. Desejava muito uma nova ideia, um novo pensamento na minha cabeça. Preparei o chá com rapidez, movendo-me ao redor de Bani o mais discretamente que pude naquele pequeno canto da casa.

Nell começou a ler assim que coloquei a chaleira e as xícaras em cima do baú. Nas primeiras páginas, Helen declarava ser a falta de compreensão dos costumes de outros povos por parte da civilização ocidental o maior e mais grave problema social do mundo. Lá pela página vinte, ela já trouxera para sua escrita Copérnico, Dewey, Darwin, Rousseau e o *Homo ferus* de Lineu, varrera o mundo todo algumas vezes e afirmara que a noção de hereditariedade racial, de uma raça pura, é bobagem, que a cultura não é biologicamente transmitida e que a civilização ocidental não é o resultado final de uma evolução da cultura, nem é o estudo das sociedades primitivas o estudo de nossas origens.

Nesse primeiro capítulo ela expusera em linguagem simples e honesta a maioria dos princípios que a nossa geração de antropólogos sentia mas jamais expressou por escrito de forma tão clara. No entanto era impossível parar por aí. Revezamos a leitura. Devoramos suas palavras. Era como se ela tivesse escrito o livro para nós e somente para nós, uma mensagem que dizia: Sigam em frente. Vocês conseguem. Isso é importante. Vocês não estão perdendo seu tempo.

A mais inebriante das drogas não teria um efeito mais forte sobre mim. Alguns capítulos depois, Bani estava de pé, falando alto, perto de nós. Aparentemente, tentava nos dizer que o jantar estava pronto. Levamos o livro conosco para a mesa, que tinha sido posta com toalha e pratos de comida. Fen assumiu a leitura, comendo entre as frases, e eu achei que não aproveitamos a refeição suficientemente, pois Bani foi embora sem se despedir ou lavar a louça.

Fen continuou lendo, em pé na pequena área da cozinha, enquanto Nell e eu lavávamos os pratos. Quando ele chegou à parte onde Helen acusa Malinowski de tratar seus trobriand como primitivos genéricos, ele leu aos gritos. E então ergueu o rosto da página, os olhos em chamas.

— Estou delirando ou ela acaba de derrubar Frazer, Spengler *e* Malinowski nessas três páginas?

Nós três rimos alto, como uma pessoa só. Estávamos tontos com sua iconoclastia, sua coragem, sua ambição. Fen continuava lendo. As sociedades primitivas, ela admitia, eram mais fáceis de estudar do que a nossa civilização ocidental, mais complexa, assim como o besouro era mais fácil para Darwin, ao estabelecer suas teorias, do que o ser humano.

— Bobagem! — Nell gritou para a página. — Discutimos o besouro um milhão de vezes. E eu sempre ganho. Mas ela coloca isso aí do mesmo jeito. — Ela puxou um lápis curto de algum lugar em seu cabelo e se adiantou para riscar as últimas frases.

— Espere aí. — Fen a bloqueou. — Deixe ela falar até o fim antes de começar a suprimir tudo.

Voltamos para o sofá, e eu levei um jarro de "vinho" kiona, que tinha gosto de borracha adoçada. Fen passou o manuscrito para mim, e comecei a ler. Essa seção era sobre os zuni do Novo México, que esculpiram uma existência e uma "atitude em relação à existência" em completo desacordo com o resto das tribos da América do Norte, que muitas vezes usavam drogas e suco fermentado de cactos para ter "experiências religiosas".

— Eu mesmo estou me sentindo um pouco religioso — comentou Fen. — Esta coisa horrorosa é forte.

Nell não disse nada — fazia anotações num bloco, mas seu copo estava meio vazio e suas bochechas brilhavam. A parte superior do lápis estava molhada e mastigada.

Outras tribos dançavam até sua boca espumar ou terem convulsões ou visões, mas os zuni simplesmente dançavam para alterar metodicamente a natureza.

— O bater incansável de seus pés reúne a névoa no céu e a amontoa nas nuvens de chuva. Obriga a chuva a cair sobre a terra.

Nell balançava a cabeça enquanto eu lia.

— Lindo! — disse ela.

— Terrível! — Fen se pôs de pé num salto, apontando para a página. — É exatamente isso. Essa é a fronteira que ela não pode cruzar. Helen perde toda a sua autoridade exatamente aí.

— Ela está nos levando para o momento — explicou Nell. — Para o coração da cultura.

— É uma farsa. Ela sabe muito bem que o bater dos pés não traz chuva.

— É claro, Fen. Mas ela está capturando tudo ali como os zuni veem, narrando a partir do ponto de vista deles.

— Isso é apenas desleixo. Está atendendo a um público de massa, e não aos acadêmicos. Ela é boa demais para cometer esse erro.

Esse último comentário calou Nell.

— O que você acha, Bankson? — perguntou Fen. — Sim ou não para "Obriga a chuva a cair sobre a terra"? O bom cientista pode ter licença poética?

Optei por continuar lendo. Era a parte sobre os dobu. Fen era o único antropólogo que já tinha estudado os dobu, de modo que todo o retrato que Helen tinha daquela cultura vinha de sua monografia publicada na revista *Oceania* e de uma série de entrevistas que ela fez com ele em Nova York. Eu me preparei para os protestos de Fen, mas ele aplaudiu Helen conforme ela enveredava numa descrição perturbadora de uma sociedade sem lei cujas principais virtudes eram má vontade e traição. Em vez de uma praça de dança comunitária e aberta, o centro da aldeia era um cemitério. Em vez de jardins comunitários, cada família plantava seu próprio inhame em terreno privado rochoso e contava com a magia e apenas a magia para o seu crescimento, acreditando que os tubérculos vagavam à noite abaixo do solo, e apenas feitiços e contrafeitiços iriam seduzi-los a voltar para casa — que o crescimento de seu jardim dependia unicamente da magia, e não da quantidade de sementes plantadas.

— Isso não pode ser verdade — disse Nell, batendo na página.

— Você está duvidando de sua querida amiga Helen ou de seu amado marido, ou de ambos?

— Isso não estava em sua monografia. Você disse isso a ela?

— É claro que sim.

— E você realmente acredita que os dobu não viam uma correlação entre o número de sementes e a fartura da colheita?

— Correto.

Eu me apressei para continuar a leitura. Por nunca haver comida suficiente e muitas vezes eles estarem meio morrendo de fome, os dobu tinham desenvolvido um grande número de superstições em torno do cultivo. Eles também achavam que o inhame não gostava de jogos, canto, riso, ou qualquer forma de felicidade, mas que fazer sexo na horta era essencial para o seu crescimento. As esposas eram sempre culpadas pela morte de seu esposo, e acreditava-se que as mulheres eram capazes de deixar seus corpos adormecidos e realizar atos mortais; por conta disso, elas eram terrivelmente temidas. Eram também profundamente desejadas, e nenhuma mulher sem um acompanhante estava a salvo de avanços masculinos. Eles eram pudicos e relutavam em discutir sexo, porém o praticavam muito e relatavam grande satisfação. Satisfação sexual mútua era importante para os dobu. Eu podia sentir minha pele queimar enquanto lia. Felizmente Fen estava concentrado demais nas palavras de Helen para implicar comigo por causa disso. Uma de suas magias mais importantes era o feitiço da invisibilidade, usada sobretudo para o roubo e o adultério.

— Eles me ensinaram um — disse Fen. — Ainda sei de cor. Pode ser útil algum dia.

— Os dobuan — Helen concluía — vivem sem repressão os piores pesadelos que o homem tem com a má vontade do universo.

— Acho que são as pessoas mais assustadoras sobre as quais já li — concluí.

— Fen estava um pouco instável quando o conheci. Seus olhos estavam deste jeito. — Nell abriu as pálpebras o máximo possível.

— Temi minha mente todos os dias durante dois anos — acrescentou ele.

— Eu não teria durado a metade disso — eu disse, mas ocorreu-me que os dobu, pela descrição, eram muito parecidos com Fen: a tendência paranoica, o humor negro, a desconfiança do prazer, os segredos. Não pude deixar de questionar a pesquisa. Quando somente uma pessoa é especialista num determinado povo, aprendemos mais sobre o povo ou sobre o antropólogo quando lemos a análise? Como de costume, descobri-me mais interessado nessa interseção do que em qualquer outra coisa.

Em algum momento, Fen trouxe latas de sardinha e damascos, que comemos com os dedos, nossos estômagos subitamente vorazes como nossas mentes. A essa altura, nós três estávamos com nossos cadernos nas mãos, fazendo anotações para Helen e anotações para nós mesmos, e tudo ficou manchado enquanto tentávamos ler, escrever, discutir e comer ao mesmo tempo.

Olhando para os nossos rostos, alguém poderia achar que estávamos todos febris e meio loucos, e talvez fosse isso mesmo, mas o livro de Helen fez com que nos sentíssemos capazes de rasgar as estrelas do céu e escrever o mundo de novo. Pela primeira vez vislumbrei como escrever um livro sobre os kiona. Cheguei a fazer um pequeno esboço de como ele poderia ser. E essas poucas palavras em meu caderno me davam a impressão de que muitas coisas eram possíveis.

Havia uma pálida luz violeta no céu quando Fen leu as últimas páginas, a investida final de Helen para a compreensão de que cada cultura tem seus próprios objetivos únicos e orienta a sua sociedade na direção deles. Ela descrevia o conjunto de potencialidades humanas como um grande arco, e cada cultura como uma seleção de traços desse arco. Essas últimas páginas me levaram a lembrar dos momentos finais de um espetáculo de fogos de artifício, muitos rojões soltos ao mesmo tempo, explodindo um após o outro. Ela alegava que, por causa da ênfase ocidental na propriedade privada, a nossa liberdade era restringida muito mais que em muitas sociedades primitivas. Dizia que muitas vezes era tabu numa cultura ter uma discussão real dos traços dominantes; em nossa cultura, por exemplo, não era permitida uma discussão real do capitalismo ou da guerra, sugerindo que essas características dominantes tinham se tornado compulsivas e infladas demais. Homossexualidade e transes eram considerados anormalidades agora, enquanto na Idade Média as pessoas tinham sido santificadas por seus transes, considerados o estado mais elevado do ser, e na Grécia Antiga, como Platão deixa claro, a homossexualidade era "um dos principais meios para viver uma boa vida". Ela alegava que a conformidade criava desajuste e a tradição podia virar psicopatia. Suas últimas frases pediam a aceitação do relativismo cultural e a tolerância das diferenças.

— Escrito por alguém que definitivamente não se conforma às regras. — Fen largou a última página. — E é também paranoica. Ela fica um pouco histérica no final, como se o mundo inteiro estivesse prestes a escorrer ralo abaixo.

Nell me surpreendeu olhando para ela.

— O quê?

— Parece que você está tentando seguir umas nove vertentes de pensamento.

— Acho que devem ser umas quarenta e três. Vamos para cama antes que as nossas cabeças explodam. — Ela desceu a escada para colocar uma folha de bananeira sobre o degrau mais baixo, o que desencorajava os visitantes. — Muito bem. O negócio está fechado até segunda ordem.

Fen esvaziou o resto do vinho de borracha na boca. Escorreu pelo seu queixo, e ele limpou com as costas da mão. Tirou a camisa, esfregou as axilas com ela e jogou-a numa pilha para Wanji.

— Para Bedfordshire, minha senhora — disse ele com o meu sotaque, tomando-a pelo braço enquanto eles iam para o quarto. — Boa noite.

Fui para a minha esteira no escritório, sentindo-me de certa maneira como o animal de estimação da família que tinha sido posto do lado de fora para passar a noite. Fiquei acordado enquanto os animais despertavam primeiro, quebrando galhos, tropeçando nas folhas e gritando, depois os seres humanos, tossindo, gemendo, choramingando, gritando. A risada das mulheres indo para suas canoas e seus remos no rio e suas canções que chegavam através da água. Gongos, repreensões e risos, o mergulho das gaivotas na água e as raposas-voadoras batendo contra as árvores. Por fim adormeci. Sonhei que estava num bloco de gelo, de cócoras, feito um nativo, esculpindo um grande símbolo no gelo. Mas ele estava derretendo, e embora eu esculpisse fundo — algo com duas linhas cruzadas no meio, um glifo representando parágrafos inteiros de pensamento —, o gelo se transformava em lama, e meus pés escorregaram no mar.

Acordei ouvindo o ruído de alguém escrevendo, o lápis raspando e o sussurro macio da mão que acompanhava. Virei de lado, esperando ver Nell na mesa da cozinha, mas era Fen. Ele não parou. Não notou que olhava para ele. Estava inclinado bem perto do papel, e seu rosto contorcido de concentração; prendeu a respiração por muito tempo e depois expirou ruidosamente pelo nariz. Se eu não soubesse, teria imaginado que ele estava sentado na privada. Quando vieram ruídos do quarto, ele parou, juntou seus papéis e saiu de casa com eles.

Nell saiu vestindo o que devia ter usado para dormir, calça larga de algodão e uma camisa verde-clara. Preparou canecas altas de café com leite em pó e sentou-se onde Fen estava antes. Eu não sabia se eram dez horas da manhã ou quatro da tarde. A luz entrava em feixes e manchas disformes, não vinha de uma direção específica. Eu me sentia como um menino de férias da escola. Ela sentou-se com os dois pés em cima da cadeira, a caneca num dos joelhos. Sentei-me diante dela, a cópia de Helen entre nós.

Ela dobrou um canto das páginas com o polegar, em seguida deixou que o papel voltasse lentamente para o lugar.

— Ela estava sempre escrevendo um livro, mas depois de um tempo comecei a imaginar que nunca fosse terminar. Achei que a havia ultrapassado nesse quesito. E agora... isso faz o meu parecer o caderno de colagens de uma criança, com lembranças de uma viagem a Cincinnati. O pensamento dela aqui às vezes causa vertigem. Enquanto eu recolhia pedrinhas, ela construiu uma catedral inteira.

Eu ainda sentia a tensão do sonho em meu corpo, o símbolo que estava tentando gravar no gelo que derretia. Pareceu-me muito engraçado que ela aspirasse a criar uma catedral e eu estivesse lutando para gravar um símbolo.

— Você está rindo de mim e dessa autocomiseração.

— Não. — Pensei na história que ela me contou sobre ficar sem saliva no armário. Podia ver aquela menina de quatro anos de idade muito claramente agora.

— Está, sim.

— Não, não estou. — Mas não eu conseguia parar de sorrir. — Eu me sinto assim também.

— Não se sente, não. Olhe só para você. Você está todo altivo e descontraído, sustentando esse grande sorriso.

— Acho que Fen talvez tenha começado a catedral dele esta manhã.

— Ele estava escrevendo?

— Páginas e mais páginas.

Ela pareceu surpresa, mas nem um pouco impressionada.

— Ele persegue essas coisas que não são nada, no fim. E agora Xambun está aqui, e Fen não quer me ajudar com ele. Não posso entrar na casa de um homem. Quanto mais insisto nisso, mais ele resiste, e poderíamos sair daqui em cinco meses sem ter chegado a entrevistá-lo.

— Eu poderia tentar falar...

— Não, por favor, não. Ele saberia que conversamos sobre isso, o que tornaria tudo pior.

Eu queria ajudá-la, oferecer-lhe algo. Falei-lhe sobre a segunda porta de entrada da casa dos homens que tinha visto no dia anterior tão delicadamente quanto pude.

— Você está dizendo que passa através dos *lábios vaginais* dela? — Nell perguntou, já estendendo o braço para pegar seu caderno. — Este é o tipo de coisa que ele deliberadamente esconde de mim.

— Talvez esteja respeitando os tabus.

— Fen não dá a mínima para tabus. Nem deveria. Estamos tentando entender essa cultura juntos, e tenho um parceiro que retém informações.

Ela apontou um lápis e me fez contar mais uma vez, com mais detalhes. Fez muitas, muitas perguntas, o que levou a uma discussão sobre a vulva e a forma como várias tribos do Sepik usavam a imagem. No final, senti que eu tinha dado a ela se não uma conversa com Xambun, pelo menos algo que poderia usar. Mudou seu humor, e senti quão estimulante seria fazer trabalho de campo com aquela mulher. Nossa conversa voltou ao manuscrito sobre a mesa. Relemos o primeiro capítulo, fazendo anotações nas margens. Reescrevemos o início e fomos para o escritório, onde ela poderia datilografá-lo. As mesas estavam lado a lado, e eu li em voz alta o que tínhamos escrito enquanto ela datilografava. Passamos para o próximo capítulo, nós dois lendo em silêncio agora, parando em certas passagens, muitas vezes nas mesmas, e anotando um comentário para Helen. Várias crianças ignoraram a grande folha de bananeira sobre a escada e subiram até a casa mesmo assim. Estavam sentadas fora do mosquiteiro nos observando, tentando de vez em quando imitar os sons estranhos que fazíamos.

Fen voltou a tempo para o capítulo sobre os dobu. Não gostou do que viu, nós dois sozinhos, trabalhando no livro de Helen, e ficou de mau humor até Nell o convencer a contar a história do homem dobu que acreditava que seu feitiço de invisibilidade estava funcionando perfeitamente e se esgueirava para dentro das casas de mulheres até ser golpeado com um bastão de cavar todas as vezes que tentava cruzar a porta. Em seguida, ele descreveu o feitiço de amor que uma curandeira tinha lançado nele um dia antes de sua partida. Não havia dúvida de que Fen acreditava ser esse feitiço totalmente responsável pela rapidez com que se apaixonou por Nell no navio de volta para casa.

Nell saiu para fazer suas visitas, e Fen e eu pegamos os últimos momentos de uma escarificação numa casa cerimonial. O iniciado, um menino de não mais de doze anos, chorava, e um grupo de garotos mais velhos o segurava sobre um tronco enquanto alguns homens cortavam sua pele, fazendo centenas de pequenas fendas nas costas e nos ombros. Derramavam uma mistura cítrica em cada ferida, para que a pele inchasse e as cicatrizes ficassem pronunciadas e texturizadas como pele de crocodilo. Seu sangue tinha encharcado o tronco em estrias escuras. Quando terminaram, pintaram-no com azeite e açafrão, untaram com argila branca e o carregaram chorando e meio inconsciente para um período de reclusão até que ele se curasse.

Fen e eu caminhamos até a praia. Eu já tinha visto dezenas de escarificações, mas nem por isso a cena se tornava mais fácil. Minhas pernas pareciam esponjosas, e meu peito queimava. Sentamos na areia, e não sei se trocamos alguma palavra.

Naquela noite, nós nos reunimos para a bênção das cabanas de armazenamento de alimentos, que estavam quase vazias depois de todas as festividades para Xambun. Estávamos todos reunidos na pequena área em torno das cabanas de alimentos, mas ninguém ficou a menos do que um metro e meio de distância de mim ou Fen, enquanto Nell tinha uma menininha nos braços, outra criança em suas costas e várias ao redor de suas pernas. Os adultos usavam as plantas totêmicas de seu clã. Um par de inhames foi levado para cada cabana e abençoado. Cada tubérculo recebeu o pedido de que procriasse.

Antepassados foram invocados em longas músicas e orações. Eu estava com calor, cansado de ficar em pé e ainda enjoado por causa da escarificação. Em algum lugar no meio do mato estava aquele garoto, sozinho numa pequena cabana, chorando e cego de dor.

Fen me cutucou, e eu segui seu olhar até um homem à margem da multidão. Mesmo que não soubesse nada a seu respeito, teria dito que ele era diferente. As pessoas estavam perto dele, os homens de sua idade e uma garota de idade próxima, mas ele parecia mais sozinho, mais psiquicamente distante do que qualquer nativo que eu já vira. No final da cerimônia, foi chamado para ficar na porta de uma cabana de armazenamento, porém não se mexeu. A multidão pediu que fosse, mas por fim uma guirlanda de tubérculos foi trazida para ele e colocada em volta do seu pescoço. Ele levantou a cabeça brevemente. Parecia estar se controlando muito para não arrancar o colar pesado. Ele deveria cantar a oração final, contudo não o fez, e depois de alguns momentos, Malun se adiantou e cantou por ele.

Falamos sobre ele no caminho de volta para casa. Nell concordava comigo sobre sua disposição, mas Fen achava que estávamos exagerando. Para ele, Xambun parecia-se com qualquer jovem que voltou para casa depois de ter sido afastado por um longo tempo: levemente desorientado, tentando descobrir seu novo caminho. Nell queria começar a entrevistá-lo imediatamente. Queria que Fen fosse encontrá-lo numa das casas dos homens, entretanto Fen a convencera de que Xambun precisava de mais alguns dias para se acomodar, de que obteriam melhores informações quando ele tivesse voltado ao ritmo de sua antiga vida.

22

EU TENHO UM BIÓGRAFO AGORA, um jovem que aparece vestindo camisas para fora da calça e óculos grossos. Minha mãe lhe prepara chá, e ele continua me fazendo perguntas. É essa a que ele parece querer investigar ao máximo, a pergunta que traz de volta visita após visita, às vezes guardando-a para o fim, ou fazendo-a logo no início, ou enterrando-a no meio, achando que conseguiria me enganar. Como foi que vocês inventaram a Grade? Tenho pensado muito nos motivos pelos quais não respondo. Em parte é vergonha — embora essa palavra não chegue a capturar a profundidade do que sinto — o que me impede de responder. Em parte é que a nossa inocência, a nossa total ignorância do que aguardava a Alemanha e o mundo, é agora quase impossível de compreender. E em parte ainda me pergunto: Se não tivéssemos inventado a Grade, não tivéssemos tido essa experiência juntos, e se eu não tivesse ficado, mas voltado para junto dos kiona, os outros eventos teriam acontecido?

Foi tarde na terceira noite da minha estadia no lago Tam que tudo aconteceu, aquela mudança em todas as nossas estrelas.

Estávamos de volta à mesa da cozinha. Tínhamos examinado o livro de Helen outra vez, coberto as margens de notas em três caligrafias diferentes.

— Continuo achando que há uma forma de mapear tudo isso — começou Nell. Eu tinha visto como suas anotações estavam cheias de desenhos e diagramas.

— O que você quer dizer?

Mas eu sabia, claro. Eu tinha visto. Tinha sonhado.

— Mapear o arco? — quis saber Fen.

— Orientação — ela e eu dissemos ao mesmo tempo, exatamente essa palavra. *Orientação.*

— A ideia de que as culturas têm uma forte atração numa direção, em detrimento de outras.

Eu desenhava a primeira linha enquanto ela falava.

Em detrimento de outras direções. Eu sentia como se as palavras dela arrancassem tudo aquilo para fora de mim ao mesmo tempo que meu eixo puxava as palavras dela. Eu não tinha certeza se estava pensando meus próprios pensamentos ou os dela. E ainda assim sentia o gelo derretendo, o senso de urgência. Dividi a linha. Assim como eu desenhara no meu sonho. Fen, de alguma forma compreendendo perfeitamente, apontou para o alto da folha, acima da parte superior da linha vertical.

— Mumbanyo.

E depois para a parte inferior.

— Anapa.

Nós nos debruçamos sobre aquele pedaço de papel, cada um com seu lápis, gritando e preenchendo os quatro pontos cardeais com nomes de tribos e depois países. Se paramos naquele momento e sugerimos critérios, definimos cada direção da bússola, não tenho nenhuma lembrança disso. Na minha memória, nós nos dedicamos instintivamente àquela tarefa, em pleno acordo de que os americanos eram do norte como os mumbanyo e que os italianos pertenciam ao sul como os anapa. A oeste estavam os zuni, e a leste, os dobu e as outras tribos norte-americanas dionisíacas. Tivemos que acrescentar o sudeste para os baining e o nordeste para os kiona. Saímos correndo do quarto e acrescentamos uma folha a cada um dos quatro lados do papel inicial, colando-as com seiva de figo e depois correndo para colocar nossas ideias no papel. Estávamos os três muito próximos, braços sobrepostos, com mau hálito e dois anos de imundície, e eu sentia como se estivesse de volta à Inglaterra com meus irmãos, incluído em algum projeto urgente deles, fazendo uma casa de passarinho ou o pano de fundo para uma das elaboradas peças de Martin.

Com o tempo, chegamos a definições para cada ponto de nossa bússola. As culturas que colocamos no vetor norte eram agressivas, possessivas, fortes, bem-sucedidas, ambiciosas, egoístas. O id da Grade, disse Nell. Em contrapartida, as culturas do sul eram compreensivas, carinhosas, sensíveis, empáticas, avessas à guerra. No oeste estavam os gestores apolíneos que valorizavam a eficiência sem peso emocional, o pragmatismo, a extroversão, enquanto os orientais eram espirituais, introvertidos e estavam sempre em busca de algo, interessados nas perguntas da vida mais do que nas respostas.

O temperamento de Fen não o deixou se dissolver por tempo indeterminado em nosso pensamento coletivo; participou por algum tempo, depois nos empurrou para longe, como se precisasse de ar. Quando Nell tentou alinhar uma das funções de Jung da consciência para cada quadrante, Fen afastou com um golpe o lápis dela da página.

— Você não entende nada disso.

— Explique-me, então.

— É muito mais complexo do que temos aqui. Há dezesseis combinações de dominação.

Ela virou para uma nova página em seu caderno.

— Quais são elas?

Mas ele não queria lhe dizer.

— Vocês não colocaram os tam. — Tentei aliviar a tensão.

— Vá em frente! — Nell insistiu.

Ele balançou a cabeça.

— Fen. Continue.

A omissão fora deliberada.

— De que importa minha opinião? A sua é a que conta.

— Do que você está falando?

— Eu estou falando... — Ele passou as duas mãos em torno do lápis. — Estou falando da farsa de fazermos isto juntos quando nós dois sabemos que o que você pensa sobre os tam é o que as pessoas vão saber sobre os tam. —

Ele se virou para mim. — Ela acha que conhece os homens tam. Acha que são vaidosos e fofoqueiros como as mulheres ocidentais. Acha que encontrou uma grande troca de papéis sexuais, mas não passa tempo algum com os homens. Não faz canoas nem constrói casas com eles como eu. Ela não dá a mínima para as minhas anotações.

— Você *não tem* anotações! Não me deu quase nada.

— Dezoito páginas num dia sobre linhas de herança sexual cruzada.

— Que eram baseadas numa premissa falsa. — Ela abaixou os olhos para a nossa folha de papel e respirou fundo para se acalmar. — Você vai escrever o seu próprio livro, Fen. Vai escrever o que vê e...

— E quem vai ler? Quem vai ler *esse livro*, quando há um de *Nell Stone* sobre o mesmo assunto? — Ele atirou o lápis do outro lado da casa. — Estou fodido se escrever, estou fodido se não escrever. — Ele afundou na cadeira.

— Você certamente estará fodido se não fizer o trabalho que viemos fazer aqui. E eu estarei fodida também. — Nell bateu com o lápis dele de volta na mesa. — Você fala dos homens tam e das mulheres tam.

Ela esperou que Fen fosse primeiro. Demorou um pouco, um tempo incômodo e silencioso, porém depois ele se levantou e colocou os homens tam no nordeste, agressivo mas artístico. Ela colocou as mulheres tam no noroeste.

E isso levou a uma nova rodada de mapeamento ao separarmos homens de mulheres, descobrindo que, enquanto o *ethos* masculino de hábito representava a cultura em geral, dentro de uma cultura as mulheres equilibravam o ideal.

— É uma espécie de termostato embutido — observou Nell.

Fen tentou resistir, continuar de mau humor, contudo estava tão atraído pela ideia quanto nós. Falamos de mulheres que conhecíamos, da forma como elas trabalhavam contra as normas ocidentais agressivas do sexo masculino. As horas se passaram. Em algum momento antes do amanhecer o céu roncou, e fomos lá para fora para ver se era isso mesmo, o início das chuvas de verdade, mas não era. O calor estava intenso e úmido e concluímos que dar um mergulho antes de dormir poderia nos fazer bem.

Enquanto estávamos tropeçando de volta no caminho da praia, um de nós questionou:

— Poderia funcionar para indivíduos?

Assim, corremos o resto do caminho de volta, esforçando-nos para criar outra Grade. Eu ainda tenho essa folha velha de papel, enrugada pela água do lago que escorria dos nossos cabelos.

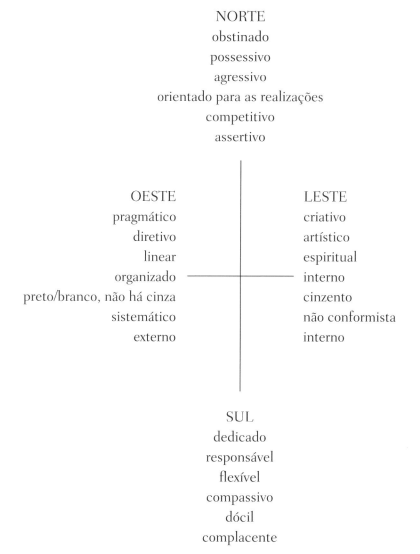

NORTE
obstinado
possessivo
agressivo
orientado para as realizações
competitivo
assertivo

OESTE
pragmático
diretivo
linear
organizado
preto/branco, não há cinza
sistemático
externo

LESTE
criativo
artístico
espiritual
interno
cinzento
não conformista
interno

SUL
dedicado
responsável
flexível
compassivo
dócil
complacente

Era fácil encaixar as pessoas. Começamos com famosas personalidades fortes: Nijinsky, sonhador e etéreo, a leste, e Diaghilev, severo, carregando sua bengala, a oeste; Hoover ao norte e Edna St. Vincent Millay ao sul. Adicionamos colegas, amigos, parentes. Enquanto Fen e Nell discutiam se alguém chamado Leonie iria para o nordeste ou para o leste, apenas, coloquei Martin ao lado de Helen a leste e John ao lado da mãe de Nell, a noroeste. Nell, entretanto, percebeu meus movimentos.

— E quanto à sua mãe? — ela perguntou.

— Norte até o osso.

Ela riu, como se suspeitasse.

— O que nós somos, então? — Fen perguntou. — Temos que nos colocar aqui.

— Você é do norte, eu sou do sul e Bankson também é do sul.

— Ah, que ótimo — comentou Fen.

— Eu deveria me sentir insultado? — eu disse rapidamente, na esperança de dispersar o mal-estar.

— Na verdade, não. — Ele apontou para o sul. — Ser sulista é ser perfeito, na mente de Nell. Olha quem está lá com você: Boas, a avó dela e sua irmãzinha que morreu antes de dizer uma palavra.

— Pare com isso, Fen.

— Desculpe se não sou um idiota sensível capaz de entender todos os seus pensamentos e cuidar de cada corte e picada de inseto.

— Não se trata de nós aqui, Fen.

— Uma ova que não.

— Vamos nos ater a... — Nell começou, mas ruídos frenéticos no teto de palha acima de nós a interromperam. Ratos fugindo de algo.

— Cobra! — atestou Fen. A serpente deslizou rapidamente para baixo de uma coluna e foi embora.

— Odeio cobras — confessei. Na verdade meu estômago azedara só de ouvir o ruído.

— Eu também — disse ela.

— Sulistas covardes — retrucou Fen.

E ficou tudo bem por um tempo depois disso.

Continuamos a trabalhar. O sol subiu no céu e voltou a descer. Acreditávamos que aquela era a gênese de uma grande teoria. Podíamos ver a nossa Grade desenhada nos quadros-negros universitários. Parecia que colocávamos em ordem um mundo desorganizado e sem rótulo. Era como uma decodificação. Uma libertação. Nell e eu falamos sobre nunca nos sentir alinhados à nossa cultura, a seus valores e expectativas. Por longos períodos, era como se rastejássemos um no cérebro do outro. Falamos de modo abstrato sobre relacionamentos, que temperamentos iam bem juntos. Nell disse que opostos funcionavam melhor, e apressei-me a concordar, apesar de não acreditar e de esperar que ela também não acreditasse nisso. Ela disse que os sulistas eram menos possessivos com seus amantes, mais inclinados à poligamia.

— É o que a turma dela chama de amor livre — declarou Fen. — Vários parceiros. Você também gosta disso, Bankson?

— Não. — Essa era a única resposta que eu podia lhe dar naquelas circunstâncias.

— Muito bem, então aqui está um sulista possessivo — disse ele a Nell.

Mais tarde, quando Fen foi para a casa de merda, como ele a chamava, ela perguntou:

— Você acha que é natural o desejo de possuir outra pessoa?

— Natural? Não foi você quem me avisou para tomar cuidado com essa palavra? — Quando Fen estava por perto, eu era capaz de conter a minha atração por ela, porém sempre que ele saía eu sentia que a atração ocupava o cômodo inteiro.

Ela sorriu, mas estava falando sério.

— Instintivo, então; biológico? Por que há tantas tribos que compartilham tudo, comida, abrigo, terra, renda, mas suas histórias sempre giram em torno do irmão de alguém ou seu melhor amigo roubando sua mulher?

— É verdade. O mito de criação dos kiona é sobre um crocodilo que se apaixona pela mulher do irmão, e os dois fogem juntos para criar uma nova tribo.

— Alguma vez você já sentiu isso, o impulso de possuir alguém?

— Sim. — Entretanto, eu não podia dizer a ela o quão recentemente.

— Talvez eu não seja tão sulista, afinal de contas. — Então, para me desviar dela, contei-lhe a respeito de Sophie Soules, uma garota francesa de quem fui noivo por um breve período no verão depois que Martin morreu; quando rompi com ela, seu pai me fez escrever uma carta atestando sua virgindade.

— Uma carta atestando que não a havia possuído. Era verdade? — Ela *era* mesmo intrometida.

— É claro — eu fiz uma pausa — que não era verdade.

Ela riu.

— Ela era vinho ou pão para você?

— O que quer dizer com isso?

— É de um poema de Amy Lowell que todos adorávamos na faculdade. Vinho é emocionante e sensual, pão é familiar e essencial.

— Vinho, eu acho.

— Será que teria se transformado em pão?

— Não sei.

— Nem sempre isso acontece.

— Não, acho que não.

Ela rolou um lápis sob a palma da mão em cima da mesa e então olhou para mim.

— Helen e eu fomos amantes.

— Ah.

Aquilo explicava algumas coisas.

Ela riu do meu "ah" e me contou que tinham se conhecido durante a primeira aula de antropologia com Boas. Helen, uma década mais velha, era assistente dele e aluna de pós-graduação. A conexão foi instantânea, e, apesar de Helen ser casada e morar numa casa em White Plains, ficava na cidade muitas noites por semana. Helen a incentivara a estudar os kirakira, mas escreveu cartas furiosas acusando Nell de abandoná-la. Em seguida, surpreendeu-a indo esperar o barco em Marselha com a notícia de que tinha deixado o marido.

— Mas você tinha conhecido Fen.

— Eu tinha conhecido Fen. E foi horrível. Antes de Helen, eu teria dito que o desejo de possuir outros é mais masculino que feminino em nossa cultura, mas acho que o temperamento conta. — Ela bateu com o lápis na nossa Grade.

— Ela era pão para você?

Nell meneou a cabeça lentamente.

— As pessoas são sempre vinho para mim, nunca pão.

— Talvez seja por isso que você não quer possuí-las.

Fen só voltou depois de mais de uma hora, e quando chegou seu rosto estava corado e brilhante, como se tivesse ficado fora no frio. Nenhum de nós dois lhe perguntou onde tinha estado. Continuamos a trabalhar na Grade até que Fen ergueu os olhos e disse:

— Eu me pergunto o que o bebê será.

— Fen.

— Que bebê? — perguntei.

— Nosso bebê. — Ele se inclinou para trás, profundamente satisfeito com a minha surpresa.

Tudo me parecia muito desagradável, e eu não conseguia olhar para nenhum dos dois, nem pensar sequer em uma única palavra para dizer.

— Então você ainda não contou a ele, Nellie? Não queria deixá-lo preocupado?

Era assim que Nell me via, como alguém que se afligia por ela desnecessariamente? Era isso que um homem "sulista" significava para ela? Por fim consegui pronunciar algum tipo de parabéns, pedi licença e saí da casa.

Desci a estrada dos homens. Um grupo de porcos brigava por um pedaço de comida debaixo de uma das casas e fazia um barulhão. Havia pouquíssima luz no céu, mas se era o amanhecer ou o crepúsculo, eu não tinha mais certeza. Eles me deixaram tontos. Estava a sete horas de distância do meu trabalho e fiquei fora quem sabe por quantos dias. Nell estava grávida. Ela e Fen tinham feito um bebê. Quando eu estava com eles, era fácil me convencer de que ela ainda não tinha feito sua escolha completamente. Nell tinha sua parcela de responsabilidade nisso. Seus olhos queimavam dentro dos meus quando eu tinha uma ideia de que ela gostava. Seguia cada palavra que eu dizia; voltava a elas mais tarde. Quando escrevi o nome de Martin no gráfico, ela passou o dedo sobre as letras. Eu sentia que em alguns aspectos tínhamos feito alguma espécie de sexo, sexo mental, sexo de ideias, sexo de palavras, centenas de milhares de palavras, enquanto Fen dormia, cagava ou desaparecia. Mas o tipo de sexo que ele fazia com ela produzira um bebê. O meu era inútil.

No ponto onde terminavam as casas, a estrada se dividia em três direções: em linha reta para a próxima aldeia, à esquerda em direção ao rio e à direita para a estrada das mulheres. Nesse cruzamento, mais adiante, vi dois vultos contra as árvores, um homem e uma mulher. Não estavam se tocando. Se eu não soubesse que era impossível, diria que o homem era branco, não pela cor de sua pele, que eu não conseguia ver na escuridão quase completa, mas pela maneira como ele estava inclinado, o peso na frente do corpo. À medida que me aproximava, pude ouvir que estavam discutindo, a garota em tom de súplica, e quando o homem me viu começou a vir na minha direção, até parar de repente. Ele se virou e disse algo para a garota, e eles se foram rapidamente pela estrada das mulheres. Xambun. Era Xambun. E, por aqueles poucos passos que dera em minha direção, pensou que eu era Fen.

Desci até a praia. Estava vazia, a água estranhamente distante. As canoas estavam alinhadas, inclusive a minha, no alto da praia. Os bancos de igreja de Fen. Teria ele começado a entrevistar Xambun sem dizer a Nell? Andei um pouco, depois fiquei parado no mesmo lugar por muito tempo. Algo se arrastou para dentro da minha calça, e balancei a perna para que caísse. Um escorpião. Pisei nele com força, e o estalar de sua carapaça e de seus frágeis ossos foi profundamente gratificante. Voltei depressa pela areia, na direção da casa. As lâmpadas ainda estavam acesas. Pus as mãos na escada e ouvi suas vozes. Fui para baixo da casa para ouvi-los com mais clareza.

— Dá para ver, Nell. Dá para ver bem na minha frente, e dá para ouvir na sua voz, e dá para sentir sob a minha pele. Não estou inventando nada.

— Isso é o que você faz. É por isso que você é um nortista. Quer manter as pessoas sob sete chaves. Uma conversa real com alguém e...

— Ah — ele começou em falsete —, você é um sulista, e eu sou uma sulista e ele é um idiota. Reconheço isso. Era *eu*, três anos atrás. E agora sou Helen na porra do cais.

— Você está extrapolando todo...

— Isso mesmo. Estou *extrapolando*, Nell. E de forma brilhante, como o cientista treinado que sou. Essa coisa toda é um modo de vocês dois *treparem* bem na minha frente.

— Isso é ridículo, e você sabe disso.

— Eu *nunca* vou ser um dos seus refugos, Nellie.

— Não faça isso.

— Eu não estou...

— Estou falando sério.

— Porra, Nell!

Quando entrei, Nell estava arrumando nossos papéis da Grade. Não olhou para mim.

— Aí está você — disse Fen.

— Estou indo tirar uma soneca — informou Nell.

Eu também estava morto de vontade de dormir um pouco, mas queria impedir por tanto tempo quanto possível que ele se deitasse ao lado dela. Servi uma bebida para cada um de nós e fui para o sofá, que ficava diante do quarto deles. Nell levou consigo um lampião, subiu na cama, escreveu alguma coisa brevemente e apagou a luz. Fen me viu observá-la. Estava escuro demais para enxergar qualquer coisa, mas eu já a conhecia, conhecia seus seios e sua lombar, a curva das nádegas e o nó da panturrilha. Conhecia o osso quebrado no tornozelo, as cicatrizes na pele e os dedos dos pés, redondos e curtos.

Ele me falou de uma carta que recebera de um amigo na Rodésia do Norte. O amigo lhe contara uma história sobre seus sapatos terem sido roubados e a caça por eles em toda a aldeia. Era uma longa história, com os sapatos terminando no tronco de um elefante, e Fen contou tudo sem talento.

— É engraçado — eu disse.

— É um absurdo! — ele retrucou. Mas nenhum de nós dois estava rindo.

Quando ele se levantou para ir para a cama, eu lhe disse que iria embora pela manhã. Na verdade, pensei em ir assim que eles dormissem. Ela estaria mais segura, concluí, se eu não estivesse por ali para enfurecê-lo.

Ele voltou a sentar.

— Não. Não. Você não pode ir.

— Por que não?

EUFORIA *185*

— Preciso de você aqui. Nós dois precisamos de você aqui. Precisamos continuar com essa teoria.

— Vocês não precisam de mim para isso. Não é minha área, a tipologia das personalidades.

— Não posso explicar tudo agora. — Ele abaixou a voz e olhou para o quarto. — Mas você precisa ficar. Sinto muito. Eu tenho sido... — Ele pousou a cabeça nas mãos e passou as unhas com ruído pelo cabelo. — Tenho sido horrível. Estou um pouco sem paciência. Fique só mais um dia. Metade de um dia. Vá embora amanhã à tarde. Por favor.

Estupidamente, egoisticamente, eu concordei.

23

21/3 CÉREBRO PEGANDO FOGO. Sinto como se estivéssemos desenterrando alguma coisa e encontrando a nós mesmos, conhecendo a nós mesmos, arrancando feito tinta velha camadas da maneira como fomos criados. Ainda não consigo escrever sobre isso de forma clara. Não entendo. Só sei que quando F se vai e B e eu conversamos, sinto que estou dizendo — e ouvindo — as primeiras palavras totalmente honestas da minha vida.

24

Acordei com alguém soluçando. Nell. Sentindo dor. Levantei-me da minha esteira e abri caminho através da rede. Encontrei-a sentada no chão na frente da casa, com uma garota que tremia e chorava alto em seus braços. Era a garota da noite anterior, aquela que discutia com Xambun. Nell sorriu ao me ver de roupa de baixo, mas a garota continuou chorando. Voltei para o meu quarto. A garota ainda tinha fôlego para mais algumas palavras, e Nell balbuciou algo de volta para ela. *Tatem mo shilai*, parecia. Ele vai voltar. Depois de um bom tempo elas se levantaram, Nell enxugou o rosto da garota e levou-a escada abaixo, para fora. Quando ela voltou, eu já tinha vestido minha calça e a camisa.

— Uma boa dose de drama esta manhã. — Ela disse algo a Bani, que eu não tinha visto atrás da tela da cozinha.

— Conte-me.

Passei pela rede e me sentei à mesa com Nell. Ela estava vestida de novo com a camisa verde-clara, agora riscada com as lágrimas da garota. Bani trouxe café. Agradeci, ele sorriu e disse algo para Nell.

— Ele diz que você fala como seus primos kiona.

Então ela deslizou um pedaço de papel para mim.

Bankson,

Sei que você queria voltar, mas o que são mais alguns dias no paraíso, certo? É agora ou nunca. Não se ofenda por eu não tê-lo convidado para vir comigo. Alguém precisa ficar com Nell, e você é claramente o sulista apropriado para a tarefa.

— Ele levou sua canoa — informou ela. — Aquela era Umi, a garota de Xambun. Ele rompeu com ela, disse-lhe que iria embora em breve. Mudar-se para a Austrália. E agora ele se foi com Fen. Todo esse tempo, todas aquelas vezes que Fen saía de casa, ele estava tramando com Xambun. Nem mesmo o entrevistando ele estava, mas só conspirando para conseguir aquela maldita flauta.

Pensei no modo como ele desaparecia, na forma como o seu humor mudava, como a sua atenção se alterava. A maneira como Xambun tinha começado a se aproximar de mim na noite anterior, com grande expectativa, recuando em seguida ao perceber que eu não era Fen.

— Me sinto uma idiota por não ter previsto isso — continuou ela. — Ele estava mentindo para mim havia semanas.

O que ele tinha me dito? Que conhecia o caminho, que mudaria na lua seguinte. Que ele iria pelo rio mais acima da aldeia. Ninguém o ouviria. Ninguém ia saber. Eu o subestimei completamente. Achara que sua inércia era permanente, que ele se deleitava em sua sensação de oportunidade perdida e falta de sorte.

— Ele prometeu dinheiro a Xambun, tenho certeza — disse ela. — Dinheiro para se mudar para a Austrália.

Sem um motor, levaria mais de um dia para alcançá-los. Talvez eu encontrasse uma lancha para me levar até os mumbanyo. Levantei-me.

— Vou reunir alguns homens. Vamos encontrar uma maneira de detê-los.

— A essa altura, tudo o que você faria seria entregá-los, pioraria tudo.

Continuei parado ali, indeciso, fraco.

— Fique aqui. Por favor.

Eles estavam horas à minha frente. Era a única oportunidade que eu tinha de ficar sozinho com ela. Voltei a me sentar.

— Você está preocupada com a segurança dele? — perguntei.

— Ele levou a arma. Estou mais preocupada com a dos mumbanyo.

— Não vão segui-lo de volta até aqui?

— Se chegarem a vê-lo, é possível. Mas acho que eles suspeitariam antes de outras tribos. Os mumbanyo têm um monte de inimigos.

Ela amassou o bilhete em sua mão.

— Desgraçado!

Cinco ou seis cabeças de crianças apareceram na parte inferior da porta, no meio da escada, prontas para, ao menor convite, terminar de subi-la. Ela olhou para elas com afeto. Eles eram o que fazia sentido para ela.

— Vamos voltar ao trabalho — eu disse.

Ela fez um gesto para que as crianças entrassem.

Passei o resto da manhã observando a observadora. Ela estava de volta em seu elemento, de pernas cruzadas no chão com um círculo de crianças espalhadas ao seu redor e mais três se comprimindo em seu colo. Jogavam um jogo em que você batia palmas e mantinha certo ritmo e tinha de gritar algum tipo de resposta. Ela conseguia manter o ritmo batendo sobre a coxa com a mão esquerda enquanto fazia anotações com a direita e ainda gritava uma resposta em tam quando chegava a sua vez. Quando a menina mais nova gritou sua resposta, todos desabaram no chão, rindo. Nell não entendeu, e quando um menino mais velho conseguiu parar de rir explicou a Nell, que soltou uma gargalhada, e todos caíram na risada novamente.

Depois de um tempo, ela passou para outro grupo, e depois para outro. De alguma forma, todos eles sabiam que tinham de esperar sua vez pela atenção dela — não a interrompiam quando ela estava com outro grupo. Bani trouxe lanches durante toda a manhã, de modo que a energia se manteve elevada. Assisti a tudo isso da minha cadeira diante da mesa até que, depois de uma conversa com um homem mais velho, Nell me chamou e perguntou se eu tinha ouvido falar de uma coisa chamada bolunta. Eu não tinha. Ela disse que pela descrição se assemelhava um pouco a uma Wai. E aquele homem, Chanta, tinha visto uma vez. Sua mãe era pinlau. Eu nunca tinha ouvido falar que os pinlau ou qualquer outra tribo tivessem algo parecido com a Wai.

— Ele era um menino quando viu.

— Quantos anos?

Nell perguntou. Ele balançou a cabeça. Ela perguntou de novo.

— Cinco ou seis anos, ele acha.

Tentei calcular há quanto tempo isso teria acontecido. Ele era excepcionalmente velho para a região, os traços faciais se amontoavam no meio do rosto encolhido e o lóbulo da orelha esquerda era quase horizontal por causa de uma grande protuberância que saía de seu maxilar. Careca, desdentado, com apenas o polegar e mais um dedo em cada mão, ele devia ter passado dos noventa anos. Entendeu imediatamente que, embora fosse Nell quem falasse, as perguntas eram minhas, e olhava diretamente para mim ao respondê-las, seus olhos claros, livre do glaucoma que azulava os de tantos nativos, mesmo ainda crianças.

— Era uma cerimônia?

— Sim.

— Com que frequência era praticada? — perguntei.

— Eu vi muito pouco — Nell traduziu. Ela não lhe fizera a minha pergunta. Perguntara-lhe o que ele tinha visto. Sorri diante disso, e ela deu de ombros. Perguntou de novo.

Ele não sabia. Nell recordou-lhe que ele não podia dizer isso. Ela colocara um tabu nessa resposta.

— Lembro-me de poucas coisas.

— Quais são essas pequenas coisas que você viu?

— Eu vi a saia da minha mãe.

— Quem estava usando a saia da sua mãe?

Diante disso, Chanta pareceu envergonhado.

— Diga-lhe que é comum — eu disse. — Diga-lhe que é muito comum para os kiona.

Ela disse, e Chanta olhou para um e para outro com seus olhos claros, sem saber se estávamos contando uma piada.

— Diga a ele que é verdade. Conte que eu vivi com os kiona por dois anos.

A incredulidade de Chanta só parecia crescer. Era como se ele recuasse. Nell escolheu as palavras com cuidado. Ela falou com muitas frases, apontando para mim como apontaria para um quadro-negro numa sala de aula. Usando um tom sério e cuidadoso, quase reverente.

— Vi meu tio e meu pai usando roupas de fazer a corte — declarou ele.

— Pode descrevê-las?

— Colares de búzios, adereço de madrepérola no pescoço, adornos na cintura, saias de folhas. As coisas que as garotas costumavam usar. Naqueles dias.

— E o que eles faziam vestidos assim, seu tio e seu pai?

— Andavam em círculos.

— E depois?

— Continuaram andando.

— E o que faziam as pessoas que os assistiam?

— Riam.

— Achavam engraçado?

— Muito engraçado.

— E depois?

Ele começou a dizer algo e parou. Pedimos que continuasse.

— Depois minha mãe saiu do mato. E minha tia e minhas primas.

— E o que elas estavam vestindo?

— Ossos no nariz, pintura, barro.

— Onde elas estavam pintadas?

— No rosto, no peito e nas costas.

— Estavam vestidas como homens?

— Sim.

— Como guerreiros?

— Sim.

— Usavam mais alguma coisa?

— Não.

— O que mais elas fizeram?

— Eu não vi o resto.

— Por que não?

— Fui embora.

— Por quê?

Silêncio. As lágrimas tremiam em seus olhos. Era claramente uma memória desagradável. Achei que devíamos parar.

— O que as mulheres usavam? — perguntou Nell novamente.

Ele não respondeu.

— O que as mulheres usavam?

— Eu já disse.

— Já?

Silêncio.

— Alguma coisa o incomodou na ocasião?

— Cabaças de pênis — ele sussurrou. — Elas usavam cabaças de pênis. Eu fugi. Era um garoto bobo. Não entendi. Fugi.

— As mulheres kiona usam isso também — eu disse a ele. — Pode ser perturbador.

— Os kiona? — Chanta me fitou com alívio. E então ele riu, uma risada que era como um forte latido.

— Qual é a graça?

— Eu era um garoto bobo. — E então ele começou a rir sem parar. — Minha mãe usava uma cabaça de pênis! — ele exclamou, a voz alta e aguda, e seu rosto se enrugou ainda mais até que ele virou um par de olhos molhados e a cunha lisa e preta da gengiva superior apenas. Ele parecia esvaziar o corpo de uma grande dose de tensão.

Nell estava rindo com ele, e eu não tinha certeza do que tinha acabado de acontecer: quem tinha feito as perguntas, as perguntas de quem tinham sido feitas, como arrancamos a história dele se ele não queria contar, se a manteve em segredo durante a vida toda. Bolunta. Eles *querem* contar suas histórias, ela tinha me dito uma vez, só que nem sempre sabem como. Tive anos de estudo e anos de trabalho de campo, mas minha verdadeira educação, esse método de persistência ao qual eu recorreria pelo resto da minha carreira, aconteceu naquele momento, com Nell.

Depois do almoço, ela colocou algumas coisas numa bolsa.

— Vai sair para as suas visitas agora?

— Vai ser mais breve hoje. Não vou para as outras aldeias, só às casas das mulheres daqui.

— Não mude seus planos por minha causa. Vou procurar Kanup. Andar atrás dele por aí um pouco.

— Sinto muito que Fen tenha feito isso. Fugido com a sua canoa. Deixado você preso aqui.

— Não estou preso. Poderia pagar alguém para me levar de volta, se eu quisesse ir. — Corei com a minha honestidade.

Ela sorriu. Estava linda ali de pé em uma camisa rasgada sobre uma calça larga de algodão, um saco de bilum pendurado no ombro.

— Leve cigarros com você — disse, e saiu.

Kanup estava ansioso para que eu contasse o que sabia a respeito da caçada de Fen e Xambun. Isso era o que todos eles acreditavam — que Fen e Xambun tinham ido caçar javali. Ele me levou para uma sala nos fundos da sua casa, onde, contou-me, os homens estavam discutindo essa expedição. Sentei-me numa esteira grossa de cana e distribuí cigarros, o que rapidamente conquistou muitos amigos. Chanta estava lá e caía na gargalhada toda vez que nossos olhos se encontravam. Kanup fez o melhor que pôde para traduzir, embora claramente não possuísse essa habilidade e eu só compreendesse fragmentos da longa conversa. Agora que Xambun tinha ido embora, eles se sentiam à vontade para falar dele. Alguns homens se sentiam menosprezados por não terem sido incluídos na viagem, mas em geral achavam bom ele ter ido embora. Seu espírito estava vagando, disseram. Não tinha voltado com ele. Ele tinha sido, no passado, um homem em chamas, porém o que voltou era feito de cinzas. Não é o mesmo homem, disseram, e fugiu para encontrar o seu espírito e trazê-lo de volta em seu corpo. Eles rogaram a seus antepassados, recitando seus longos nomes, e aos espíritos da terra e da água. Vi quão fervorosamente rezaram a todos os seus deuses para o retorno da alma de Xambun ao seu corpo. Lágrimas saltavam dos olhos cerrados e suor brotava nos braços. Eu duvidava que alguém um dia tivesse rezado por mim assim, ou de qualquer outra maneira, na verdade.

Não a ouvi chegar. Estava datilografando as anotações do dia.

— Adoro esse barulho — disse ela do outro lado da rede, e eu pulei.

— Espero que você não se importe. Minhas anotações perdem o sentido rapidamente se eu não escrever tudo.

— As minhas também. — Ela estava radiante e encantadora, sorrindo para mim.

— Estou quase acabando.

— Leve o tempo que quiser. Essa é a máquina de Fen, de todo modo.

Ela foi para o seu quarto e voltou com outra máquina de escrever. Colocou-a sobre a mesa ao lado. Tentei me concentrar, embora tivesse consciência de suas pernas à esquerda das minhas por baixo do tampo, de seus dedos colocando a folha na máquina e de seus lábios vibrando ligeiramente enquanto ela lia suas anotações. Depois que ela começou a datilografar, a uma velocidade furiosa que não era em absoluto surpreendente, o som ajudou minha concentração, e nossas teclas passaram a se mover juntas. Notei que ela avançava manualmente o papel ao final de cada linha. Era um belo instrumento, cinza-pombo com teclas de marfim, mas estava amassada num canto e o braço prateado estava quebrado na base.

Ela arrancou uma folha e colocou outra.

— Não acredito que você esteja escrevendo palavras reais — eu disse.

Ela me entregou sua primeira folha. Não havia parágrafos, quase nenhuma pontuação, a margem era uma faixa muito magra. *Tavi fica imóvel os olhos caídos e quase adormecendo balançando o corpo e Mudama catando cuidadosamente os piolhos jogando os insetos no fogo o ruído de suas unhas através dos fios de cabelo, concentração ternura amor paz pietà.*

Abaixei os olhos para as minhas próprias palavras: *À luz desta conversa com Chanta e da proximidade de seu Pinlau nativo dos kiona, conclui-se que havia outras tribos na vizinhança que também em algum momento praticaram algum tipo de ritual em que se travestiam.*

— Você está escrevendo uma espécie de romance de vanguarda — concluí.

— Só quero ser capaz de regressar àquele momento quando voltar a isto daqui um ano ou mais. O que acho importante agora pode não ser importante mais tarde. Se eu me lembrar da *sensação* de estar sentada ao lado de Mudama e Tavi nesta tarde, quem sabe me lembre de todos os detalhes que me parecem agora desimportantes para serem descritos.

Tentei imitá-la. Fiz uma descrição completa de Chanta, seu tumor, suas mãos sem dedos e os olhos claros e úmidos. Anotei todas as partes de nosso diálogo de que conseguia me lembrar, o que ultrapassava muito minhas anotações, embora no momento eu houvesse achado que tinha anotado tudo. Adorava o ruído de nossas duas máquinas de escrever; parecia que fazíamos parte de uma banda, tocando uma espécie estranha de música. Parecia que eu fazia parte de alguma coisa e que o trabalho era importante. Ela sempre me fazia sentir que o trabalho era importante. E então sua máquina de escrever parou, e ela me observava.

— Não pare — eu disse. — Você batendo à máquina faz meu cérebro trabalhar melhor.

Quando terminamos, comemos peixe seco e panquecas velhas de sagu. Através da porta havia longos clarões de relâmpagos. Houve um estrondo que eu pensei ser um trovão.

Ela acendeu uma espiral contra mosquitos, e nos sentamos na porta com as canecas de chá.

— Tambores — disse ela. — As batidas de Fen e Xambun. Eles estão lhes desejando segurança durante a noite.

Falei a ela sobre a conversa na casa dos homens e da esperança que eles tinham do retorno do espírito de Xambun a seu corpo. Podíamos ouvir as pessoas se reunindo perto dos tambores. Algumas mulheres passaram diante da casa, lá embaixo, os filhos se arrastando atrás delas, uma menina com uma boneca de linha que Nell devia ter lhe dado. Os relâmpagos ainda estavam reluzindo, em silêncio, atrás das colinas ao norte, onde a lua logo nasceria. Senti que o mundo finalmente tinha esculpido um lugar para mim.

Falamos da nossa Grade.

— A personalidade depende do contexto, assim como a cultura — disse ela. — Algumas pessoas trazem à tona certos traços umas nas outras. Você não acha? Se eu tivesse um marido, por exemplo, que dissesse "Você batendo à máquina faz meu cérebro trabalhar melhor", eu não ficaria com tanta vergonha do meu impulso de trabalhar. Nem sempre é possível ver quanto outras pessoas moldam você. O que você está olhando?

Eu não estava olhando muita coisa. Só tentava não olhar para ela. Nenhum sinal da lua, e o lago não estava visível, salvo nos poucos segundos em que os relâmpagos brilhavam. Mas o ar estava mudando. Senti algo que era quase um vento frio em meus braços e rosto, porém não era um vento, nem mesmo uma brisa, era apenas uma corrente de ar que parecia diferente, como se alguém a três metros dali tivesse aberto a porta de uma geladeira por alguns instantes. Estendi a mão para senti-la, e, como se eu a tivesse convidado, uma grande rajada golpeou minha mão. No mesmo instante as árvores estremeceram, e a saia de grama em torno da casa sibilou.

— Vamos descer para a areia e fazer a chuva vir — disse ela.

— O quê?

— Vamos fazer uma dança, como os zuni.

E então ela estava descendo a escada, correndo para o caminho. Eu a segui. É claro que a segui.

Nenhum de nós conhecia uma dança da chuva de verdade, mas improvisamos. Ela alegava que *ami* era a palavra zuni para *chuva*. Era trapaça, porque a chuva estava vindo, tudo mudava tão rápido, o vento tinha transformado em espuma as palmeiras lá em cima e açoitava com força a água, e o céu estava baixo e negro. Mas pisamos com força na areia chamando *Ami! Ami!* e todas as outras palavras que conhecíamos para chuva, molhado e água, e de repente tudo ficou mais escuro e mais frio e o vento forte e a memória da chuva, da chuva de verdade, veio rapidamente, alguns instantes apenas antes da própria chuva. Erguemos o rosto e abrimos os braços. Grandes gotas nos acertaram e levaram os insetos de nossa pele ao chão.

A chuva caiu com um ruído forte na água do lago, meus ouvidos levaram vários minutos para se acostumar ao barulho. Você não percebe, na estação seca, quanto fica latente, mas agora todos os sons e cheiros voltaram, agitados pelo vento e pela umidade, flores, raízes e folhas exalando seu aroma pleno. Até mesmo o lago exalava um odor pungente de turfa enquanto era escavado pela chuva. Nell parecia menor e mais nova, e eu podia vê-la com facilidade aos treze, aos nove anos, uma menina numa fazenda na Pensilvânia, e não conseguia parar de olhar. Nem notei que ela estava calada.

— Acho que devemos entrar — disse Nell.

Pensei que ela se referia a voltar para casa, mas ela se virou de costas para mim, desabotoou o vestido e o deixou cair na areia. Caminhou para a água de sutiã e calcinha americana curta, solta na coxa.

— Não sei nadar, então é melhor você vir comigo.

Tirei depressa a camisa e a calça. A água estava mais quente do que o ar, e a sensação era a mesma de tomar o primeiro banho depois de dois anos. Afundei até o pescoço e deixei meus pés flutuar à superfície enquanto a chuva martelava a água como a uma folha de prata.

Ela realmente não sabia nadar. Como eu não percebera isso antes? Remei com os braços por ali, mas ela continuou de pé, saltando na ponta dos pés. É claro que eu queria me oferecer para lhe ensinar, segurá-la como minha mãe me segurara no rio Cam, sentir o peso dela em meus braços, a borda do seu sutiã contra meus dedos, a calcinha fina e úmida ao atravessar a superfície. Podia sentir isso muito bem, mesmo sem fazê-lo realmente, e precisei nadar para longe dela e subjugar os efeitos, depois nadava de volta e a ouvia através da chuva formidável.

A chuva ainda açoitava quando corremos de volta para casa. Vestimos roupas secas, cada um no escuro dos nossos respectivos mosquiteiros. Pesquei alguns biscoitos australianos de aparência antiga das provisões, e ela perguntou se em algum momento eu ficava sem fome. Eu disse que tinha o dobro do seu tamanho, o que levou a uma discussão sobre quantos centímetros de diferença havia entre nós e a nos medirmos contra um pilar, marcando o local com um canivete e depois calculando a diferença. Estendi a fita métrica, meus dedos úmidos do banho e empoeirados com os biscoitos. Quarenta e três centímetros.

— É mais evidente assim na horizontal. Na vertical não parece tão dramático, não é?

Estávamos perto do pilar, e ela tentava trapacear ficando na ponta dos pés, o rosto erguido para cima e para a chuva que batia no sapê lá em cima. Eu não tinha certeza de como a beijaria se não a erguesse até meus lábios. Ela riu como se eu tivesse dito isso em voz alta.

Voltamos para o sofá, e de alguma forma eu lhe falei da tia Dottie, de New Forest e da minha viagem para Galápagos em 1922.

— Meu pai esperava que a viagem fizesse de mim um biólogo, mas a única coisa valiosa que descobri foi que o meu corpo adora um clima quente e úmido. Ao contrário do seu. — Quase rocei os dedos em seu braço repleto de cicatrizes ao lado do meu.

— Descendo de fartos produtores de batata da Pensilvânia, pelo lado da minha mãe. Você tem que me ver no inverno. O frio me dá energia.

Eu ri.

— Não tenho certeza se quero ver como é. — Entretanto, eu queria. Mais do que qualquer outra coisa em que conseguia pensar.

Ela me contou mais sobre seus antepassados plantadores de batatas e sua fuga da Grande Fome, que me lembrou Yeats e sua "Balada do Padre Gilligan", e acabamos recitando poemas, um após o outro.

Depois da guerra, tinha memorizado quase tudo de Brooke, Owen e Sassoon e meio que me convencido de que tinham sido escritos por John. Ou por Martin, que de fato escrevia poesia. Os poetas da guerra estavam todos entrelaçados a meus irmãos e a minha juventude, e achei que ia chorar ao final de "A dureza do coração" e na parte sobre as lágrimas não serem infinitas, mas não chorei. Nell chorou por nós dois.

Tento não voltar a esses momentos com muita frequência, pois acabei por dilacerar meu eu mais jovem quando simplesmente não beijei aquela garota. Pensei que teríamos tempo. Apesar de tudo, eu acreditava que de alguma forma havia tempo. O primeiro erro do amor. Talvez o único erro do amor. Tempo para você e tempo para mim, embora eu nunca tivesse gostado muito de Eliot. Ela era casada. Estava grávida. E isso teria feito diferença, no fim? O que isso teria alterado se eu a tivesse beijado naquela noite? Tudo. Nada. Impossível saber.

Adormecemos recitando poemas. Quem falava ou que poema era, não tenho certeza. Acordamos com os pequenos Sema e Amini cutucando-nos nas pernas.

25

A MANHÃ COMEÇOU COMO A ANTERIOR, com as crianças subindo e descendo do seu colo, jogos de mãos e explosões de riso. Bani me trouxe café, e eu trabalhei na máquina de escrever dela. Alguns meninos espiavam lá dentro através da rede. Chanta não veio, mas voltei a pensar na conversa que tivemos e anotei algumas perguntas para Teket quando eu voltasse. Subitamente, e cedo demais, Nell botou todo mundo para fora de casa.

— O que está acontecendo? — eu quis saber.

— Faltam as mães — disse Nell. — Nenhuma mulher adulta hoje. — Ela começou a preparar a bolsa que levava nas visitas. Usava o vestido azul do dia em que nos conhecemos. — Alguma coisa está acontecendo. Aconteceu mês passado, e elas não me deixaram entrar. Não vão me mandar embora dessa vez. Volto na hora do chá. — E ela se foi.

Na hora do chá talvez Fen também estivesse de volta.

Passei algumas horas entre suas estantes e as pilhas de livros. Eles tinham trazido muitos livros, romances americanos de que eu nunca ouvira falar, premiados estudos etnográficos que eu não conhecia, livros de sociólogos e psicólogos com nomes estranhos, de lugares como a Califórnia e o Texas. Era todo um universo que eu mal sabia que existia. Também tinha um monte de revistas. Li sobre a eleição de Roosevelt e algo chamado ciclotron, que provocava colisões entre os átomos acelerando partículas em círculos em mais de um milhão de elétron-volts, ponto em que eles se rompiam e formavam um novo tipo de rádio. Eu poderia ficar lendo o dia todo, mas Kanup apareceu e perguntou se eu queria pescar.

Eu o segui até o rio. O céu estava claro e o sol castigava, mas o chão estava marcado pela tempestade, repleto de folhas enormes, de nozes e frutos verdes e duros. Abrimos caminho pisoteando pilhas de escombros para chegar ao seu barco, na praia. Muitas canoas já estavam na água, homens no remo. Perguntei-lhe por que os homens estavam pescando naquele dia, e não as mulheres.

Ele sorriu e disse que as mulheres estavam ocupadas. Ele parecia saber mais, porém nada acrescentou.

— As mulheres estão loucas hoje — disse ele.

Verificamos as redes e saímos. Os homens tam nasceram e foram criados para ser artesãos: ceramistas, pintores e fabricantes de máscaras. E eram, como aprendi naquela tarde, péssimos pescadores. Discutiam e trocavam insultos. Seus dedos faziam buracos nas frágeis redes de fibra. Eles não pareciam entender como as armadilhas funcionavam. Suas vozes assustavam os peixes. Eu dei boas risadas observando-os, mas ao mesmo tempo consciente da outra margem do lago, vagamente cintilante, de onde a qualquer momento minha canoa reapareceria.

Fiquei contente quando voltamos à praia; estava ansioso para tomar chá com Nell e aproveitar o pouco tempo a sós com ela que ainda me restava. Mas Kanup queria lavar a canoa, que achava estar com cheiro de peixe, embora ele não tenha apanhado nada, e consertar um pequeno vazamento, então fomos pegar um pouco de goma de seiva na sua casa. Chamei Nell quando passamos, porém não houve resposta.

Quando voltamos para a praia, ela estava de pé até os tornozelos na água, as duas mãos protegendo os olhos, vasculhando a superfície do lago. Kanup estava falando, e ela se virou e nos viu. Seus braços caíram para os lados.

— Disseram que você tinha ido embora!

— Ido embora?

— Sim. Chanta me disse que você tinha ido embora num barco.

— Fui pescar com Kanup.

—Ah, graças a Deus! — Ela me agarrou pelas mangas da minha camisa. — Realmente pensei que você tinha ido procurá-los.

— Um pouco tarde para isso.

Kanup tinha ido até a sua canoa, mas eu não o segui para ajudá-lo, porque Nell não me deixou. Ela agarrou e examinou o tecido da minha camisa branca lisa. Havia algo diferente nela.

— Pensei que você tinha ido se encontrar com Bett — disse ela.

— Bett?

— Porque ela tem um barco.

Eu tinha me esquecido de Bett e seu barco. E de que falara a Fen sobre ela.

— Desculpe. — Ela riu, embora parecesse chorar também. Soltou as mangas da minha camisa e passou as mãos rapidamente pelo rosto. — Eu tive um dia muito estranho, Bankson.

Eu não conseguia tirar os olhos dela. Era como se realizasse algum truque, algum tipo de revelação. Nell tinha algo de cru, de exposto, como se muitas coisas já tivessem acontecido entre nós, como se o tempo tivesse saltado à frente e já fôssemos amantes.

— O que aconteceu?

— Vamos para casa.

Encolhi os ombros apologeticamente para Kanup e não soube ao certo se ele tinha entendido. Mas nada poderia me separar de Nell naquele momento. Lancei um último olhar temeroso para o horizonte. Vazio. Um pouco mais de tempo. Segui-a de perto pelo caminho.

Não tomamos chá. Ela serviu uísque, e nos sentamos um em frente ao outro na mesa da cozinha.

— Não sei se você vai acreditar em mim.

— É claro que vou.

Ela se levantou.

— Desculpe, acho que eu deveria escrever tudo primeiro. — Ela foi para sua mesa e deslizou um pedaço de papel na máquina de escrever. Esperei ouvir as teclas correndo. Nada. Ela voltou e se sentou à mesa. — Acho que talvez precise te contar.

Ela tomou um longo gole de uísque. Tinha um belo pescoço, intocado pelos trópicos. Quando colocou o copo sobre a mesa, me fitou diretamente.

— Se eu tentasse contar isso a Fen, ele não acreditaria em mim. Diria que eu tinha inventado ou mal...

— Conte-me, Nell.

— Assim que tomei a estrada das mulheres, pude senti-lo, o mesmo silêncio estranho daquela outra vez em que elas me proibiram de entrar. Fui direto para a última casa, onde saía fumaça de todas as três chaminés e todas as janelas estavam bem fechadas. Empurrei a cortina antes que alguém pudesse me deter e fui golpeada no rosto pelo ar úmido, fedorento e quente, como um banho de vapor malcheiroso. Engasguei e tentei colocar o nariz para fora da porta, respirar um pouco de ar, mas Malun me puxou para dentro, pegou a minha cesta, disse-me que era o *minyana* e elas todas decidiram que eu poderia ficar.

O *minyana*. Ela me contou que não tinha ouvido essa palavra antes. Quando seus olhos se adaptaram à sala escura, ela pôde ver as lajes redondas e negras de algo que cozinhava em pequenas quantidades de água em panelas nos fornos. A sala estava cheia de mulheres, muito mais do que o habitual, e ninguém estava consertando uma linha, nem tecendo uma cesta ou amamentando. Não havia crianças. Algumas das mulheres cuidavam das panelas no fogo, e outras estavam deitadas em esteiras ao longo de todos os cantos da sala. De súbito, as lajes negras foram viradas. Fizeram um grande estrondo. Eram pedras, pedras redondas e lisas cozinhando em panelas de barro planas. As mulheres em seguida deixaram as pedras e se afastaram do fogo, carregando pequenos vasos aquecidos. Cada mulher numa esteira formou um par com uma mulher no fogo. Uma mulher de idade, chamada Yepe, levou Nell para uma esteira.

— Tentei pegar meu caderno na minha cesta, mas ela me impediu e me fez deitar.

Yepe se agachou ao lado dela e desabotoou seu vestido desajeitadamente, inexperiente com botões. Então mergulhou as mãos no pote, que saíram dali pingando um óleo espesso, e ela as colocou no pescoço de Nell e começou uma massagem lenta, movendo-as pelas costas, esfregando, suas mãos deslizando com facilidade graças ao óleo grosso.

— A mesma coisa estava acontecendo em todas as fileiras de esteiras, as massagens se aprofundando, se acelerando, e as mulheres, você tem que entender, essas mulheres são trabalhadoras e nem um pouco mimadas; os homens tam têm muito mais lazer, ficam sentados por aí pintando suas panelas e o corpo e fofocando, essas mulheres começaram a grunhir e gemer.

Nell se levantou para pegar a garrafa de uísque e quando voltou sentou-se ao meu lado, encheu nossos copos e colocou os pés nas traves da minha cadeira.

— Você tem certeza de que quer que eu continue?

— Certeza absoluta.

A massagem se tornou erótica. As mãos de Yepe deslizaram para baixo dela e seguraram os seus seios e esfregaram os mamilos com o polegar e passaram para as suas nádegas e empurraram a carne dura para cima e para baixo e pressionaram os dedos contra o seu ânus. As mulheres nas esteiras estavam fazendo bastante barulho agora, seus corpos não mais passivos, mas pressionando contra as mãos. Algumas mulheres nos tatames tentavam colocar as mãos entre as pernas ou se virar, mas não eram autorizadas. *Bo nun*, alguém disse. Ainda não. Yepe voltou ao forno e com uma forquilha pegou pedras fumegantes das panelas e as colocou sobre uma tira de pano de casca de árvore e as trouxe de volta. As mulheres nos tatames se viraram todas ao mesmo tempo. Gritaram quando as pedras foram esfregadas com óleo.

— Bem, você provavelmente pode imaginar o resto — disse ela.

— Não posso, não. Tenho uma imaginação horrível.

— Yepe colocou uma pedra aqui. — Ela abriu alguns dos botões brancos na frente de seu vestido azul, e eu coloquei minha mão sobre sua barriga. — E moveu em círculos lentos.

Sua pele ainda estava lubrificada, ainda estava quente. Fiz círculos pequenos e lentos em sua barriga tesa, embora quisesse tocar cada osso, cada pedaço dela. Queria cada parte de Nell pressionada contra mim.

— Lentamente, ela a empurrou para cima e ao longo da clavícula. — Fiz o que ela disse, e minha mão, de passagem, roçou seus seios (sem sutiã naquele dia), que eram mais cheios do que eu tinha imaginado, e viajou pelo cume da clavícula várias vezes. — E de novo para baixo, para cima e para baixo sobre os mamilos.

Ela me observava. Eu a observava. Nossos olhos não tinham se abaixado ou se fechado. Tantas vezes o prazer de uma mulher me pareceu um mistério, a mais sutil sugestão de algo que você deveria encontrar, sem que ela soubesse muito mais que você onde procurar.

— Então ela virou a pedra de lado e a deslizou para baixo...

Eu a beijei. Ou, como Nell afirmou mais tarde, pulei para cima dela. Não havia como tocá-la o suficiente. Não me lembro de ter tirado a roupa, a dela ou a minha, mas estávamos nus e rindo do quanto tateávamos, e quando ela esticou a mão para baixo e me segurou, sorriu e disse que não era exatamente uma pedra, mas serviria.

— Que alívio — disse ela enquanto estávamos deitados juntos, grudados, insetos e sujeira sobre nossos corpos.

— É mesmo?

— Você se lembra dos elefantes de botas grandes?

— A mancha de tinta?

— Aquele era o cartão do sexo. Você deveria ver algo sexual. E você disse elefantes usando botas grandes. Isso me deixou preocupada. Escute só.

Vinham sons de todas as direções, da praia, das hortas, dos campos atrás da estrada das mulheres.

Se eu não tivesse entendido, não diria que era humano.

— Muito sexo hoje à noite — disse ela. — Os homens estão um pouco ameaçados pelas pedras, aparentemente. Na noite do *minyana* eles precisam ter certeza de que suas mulheres ainda os desejam.

— Então me dê certeza.

Naquela noite, não dormimos. Passamos para a minha esteira, conversamos e pressionamos nossos corpos um contra o outro. Ela me disse que os tam acreditam que o amor cresce no estômago e seguram a barriga quando o coração está partido. "Você está em meu estômago" era a sua expressão mais íntima do amor.

Sabíamos que Fen poderia voltar a qualquer momento, mas não mencionávamos isso.

— Os mumbanyo matam seus gêmeos — declarou ela, quando já amanhecia — porque dois bebês significam dois amantes diferentes.

Foi a única vez em que ela fez qualquer alusão a ele ou à sua gravidez.

Não ouvimos Bani chegar. Já devia fazer algum tempo que ele estava ali, tentando dar tempo aos nossos espíritos para que voltassem aos nossos corpos, pois quando nos acordou sua voz estava alta e aborrecida.

— Nell-Nell! — Seus lábios tocavam a rede fina e fantasmagórica. — *Fen di lam. Mirba tun.*

Ela pulou como se uma cobra a tivesse mordido. Bani voltou a descer a escada.

— Ele já está atravessando o lago.

— Droga.

— Sim, droga — Nell imitou o meu sotaque. Toquei suas costas enquanto ela tateava em busca do vestido, e ela parou e me beijou. Eu achei, estupidamente, que tudo ia ficar bem.

Não precisávamos ter nos apressado. Quando chegamos à praia, o barco ainda estava longe. Poderíamos ter ficado na cama, feito amor mais uma vez.

— Ele desligou o motor cedo demais. — Eu sabia que agora encontraria nele todos os defeitos que conseguisse. — Não perturbaria ninguém de tão longe. — Eu suspeitava que ele quisesse nos espionar.

Nell protegia os olhos com a mão, embora não fosse uma manhã muito clara. Não parecia haver sol algum no céu baixo e metálico. Não estava chovendo, mas a sensação era como se respirássemos água. Eu queria que ela estendesse a mão para mim, que me reivindicasse, porém ela estava rígida como um suricato, concentrada no barco, ainda uma mancha, aproximando--se lentamente da costa. Toquei a parte de trás do seu pescoço, os cabelos curtos que tinham se soltado de sua trança. Não era possível estar mais aberto e indefeso do que eu naquele momento.

— Por favor, meu Deus, não deixe que ele tenha conseguido aquela flauta — disse Nell.

Os vultos no barco ficaram mais nítidos: um sentado na popa, um de pé a meia-nau. Mas eles ainda estavam muito longe. Eu queria voltar para a cama com ela, e ter de ficar ali de pé, esperando, antes que ele a tomasse de volta me aborrecia demais. Eu também estava aborrecido com Bani por ter me roubado aqueles últimos minutos, ainda que Fen pudesse tê-la encontrado em meus braços.

Bani e alguns outros meninos estavam mais adiante na praia, conversando alto e rindo muito, revivendo, eu tinha certeza, a noite anterior, ensaiando suas histórias para Xambun.

Nell apertava os olhos. Tinha esquecido os óculos.

— O que você está vendo? — ela perguntou. — Eles estão dizendo que foi uma boa caçada. Dizem que trouxeram algo grande, um javali ou um gamo.

Por alguns momentos, era o que parecia: uma boa caçada, um animal caído sobre a proa da minha magra canoa. E então um dos amigos de Bani deu um grito. E eu vi o mesmo que ele. O vulto de pé no meio não era um homem, mas uma estaca comprida e espessa; o vulto remando na popa era Fen, e o que parecia uma carcaça de animal era Xambun atravessado diagonalmente na proa.

— O que é, Andrew? — Nell perguntou com a voz chorosa. Acho que foi a única vez que ela disse meu primeiro nome.

Envolvi-a em meus braços e lhe contei baixinho, em seu ouvido. Atrás de nós, a gritaria começou e não parou mais. As laterais da minha canoa estavam manchadas de sangue. Quando o barco chegou perto o suficiente, Bani e os outros meninos entraram no rio até o pescoço para alcançar Xambun. Ergueram seu corpo do barco e o carregaram no alto, os braços esticados, em direção à margem.

Fen repetia a mesma coisa sem parar: *Fua nengaina fil*. Eu não sabia o que significava. As pessoas se movimentavam na água e choravam alto, e Xambun foi entregue a Malun, que veio correndo e gritando pela praia. Ela desabou na areia molhada com o filho, o sangue dele não corria mais e sua pele tinha a cor da madeira que é trazida à costa pelo rio. Nell se afastou de mim e foi até ela. Passou os braços ao redor de Malun, mas Malun a afastou. Ela gritava e sacudia Xambun, lágrimas, saliva e suor saindo dela enquanto se movia, como se acreditasse que com força suficiente poderia dobrar para trás o universo.

Fen se agachou na parte rasa do rio, ao lado de Nell. Seu rosto era mais estreito do que eu me lembrava, uma lâmina cortando o ar, a testa branca, mas o resto manchado de sangue. Sua camisa estava coberta de sangue também.

— *Fua nengaina fil!* — Fen gritou para eles, como se ainda estivesse no barco e eles, a centenas de metros de distância. Falava diretamente com Malun, e lágrimas traçavam linhas pálidas através do sangue seco em seu rosto. Malun, quando registrou o que ele dizia, gritou como um animal mordido. Com os dois braços, empurrou-o para longe do corpo do filho.

— Não foi minha culpa, Nell. Eles nos atacaram de tocaia. Kolekamban nos atacou de tocaia.

Eu podia ver as feridas da flecha: uma na têmpora, outra no peito. Flechadas limpas e precisas.

Mais e mais pessoas vinham para a praia, circundando-nos, pressionando para ver Xambun. Eu mal podia respirar. Em algum lugar atrás de nós um tambor começou a soar, terrível, potente, um dobre fúnebre alto o bastante para que fosse ouvido por cada pessoa e espírito no lago. O som atravessou o meu corpo.

Agachei-me ao lado de Fen.

— Eles viram que era você? — perguntei.

Ele virou o rosto dilacerado para mim, e pareceu se abrir ali um sorriso.

— Não! Ninguém me viu. Eu estava invisível. — Ele se virou para Nell. — Usei o feitiço e estava invisível.

Mas Nell ainda estava tentando abraçar Malun, tentando estender os braços para ela e confortá-la em sua histeria.

— Eles viram que vocês levaram a flauta? — perguntei a Fen.

— Eles não podiam me ver. Só Xambun.

— Se eles o viram, virão atrás de você.

— Eles não me viram, Bankson. Nellie. — Ele pegou o rosto de Nell e virou em sua direção. — Nellie, eu sinto muito. — A cabeça dele balançou e caiu sobre o peito, e ele se levantou em soluços que ninguém podia ouvir em meio ao caos.

Saí do círculo e fui buscar o meu barco, que se afastara. Puxei-o de volta para o caminho que levava à casa deles. A flauta estava envolta em toalhas e amarrada com o barbante do manuscrito de Helen. Tinha a espessura da coxa de um homem. Tirei-a dali, depois virei o barco. Sangue e água se derramaram na areia. Endireitei-o, e ao me erguer fiquei tonto e me sentei. Em toda parte ao meu redor as pessoas estavam entregues à tristeza, chorando, lamentando e cantando em grupos na areia, a pele das mulheres ainda reluzentes com o óleo da véspera.

Vários homens que não reconheci, homens mais velhos que já tinham coberto o corpo de lama fúnebre, aproximaram-se da canoa. Um examinou o motor sem tocá-lo, mantendo distância, no caso de ele rugir e acordar, mas os outros dois foram direto para a flauta e começaram a puxar o barbante. Fen gritou alguma coisa e veio correndo.

— Jesus, Bankson, não deixe que eles toquem nisso! — Ele estendeu a mão para o pacote alto, mas os dois homens puxaram. Fen se lançou sobre a flauta, agarrou-a com uma mão e empurrou os homens com a outra.

— Tenha cuidado, Fen. Tenha muito cuidado — eu disse em voz baixa.

O maior entre os homens começou a fazer perguntas, uma após a outra, em tom urgente mas preciso. Fen respondeu, solene. Em dado momento, ele desabou e parecia oferecer um longo pedido de desculpas. O homem grande não tinha paciência para aquilo. Ergueu a mão e apontou para a flauta. Fen lhe disse que não. Ele pediu outra vez, e Fen disse que não mais acentuadamente, o que pôs fim à conversa. Depois que eles se afastaram, Fen explicou:

— Eles querem enterrar a flauta com Xambun.

— Parece que é o mínimo que você poderia fazer por eles, dadas...

— Enfiá-la no chão para apodrecer? Depois de tudo o que passei?

— Agora não é o momento certo para aborrecê-los.

— Ah, agora não é o momento certo? — ele imitou com amargura. — Você é um especialista na minha tribo também?

210 *Lily King*

— Um homem foi assassinado, Fen.

— Só fique de fora, Bankson, está bem? Será que pode fazer isso pelo menos uma vez? — Ele ergueu a flauta e carregou-a desajeitadamente consigo.

Os três homens tinham ido até a praia, onde um grupo maior se reunia ao redor do tambor. Entretanto, os que antes tocavam pararam para ouvir o que os homens pintados de lama tinham a dizer.

Eu sabia o que estava acontecendo. Todos eles tinham entendido que aquilo não tinha sido uma caçada, mas um ataque em que Fen levara Xambun, e que agora Fen não estava disposto a partilhar o saque com o espírito de Xambun. Sem a flauta, Xambun ficaria inquieto, criaria problemas para todos eles. Tinham de pegá-la. Eu podia ver isso em seus olhos. Era talvez apenas o começo do que seria necessário para vingar a morte de Xambun. Abri caminho de volta para Nell. Seus olhos estavam fechados. Malun estava mais calma e deixava Nell acariciar suas costas.

— Precisamos ir. Precisamos sair daqui agora. — Pressionei meu rosto contra a têmpora de Nell, o cabelo dela contra os meus lábios. — Precisamos mesmo. Temos de ir.

Sem abrir os olhos, ela disse:

— Não podemos. Não agora. Não desse jeito.

— Escute. — Agarrei seus dois braços. — Precisamos pegar o meu barco e ir embora.

Ela se soltou de mim com um safanão.

— Eu não vou a lugar nenhum! Não vou deixá-la.

— Não é seguro, Nell. Ninguém está a salvo.

— Eu os conheço. Eles não vão nos machucar. Não são como os seus kiona.

— Eles querem a flauta.

— Podem ficar com ela.

— Fen jamais vai entregá-la a eles, Nell. Vai preferir morrer.

— Não podemos ir. Esta é a minha gente. — A voz dela falhou. Ela entendeu. Conhecia os deuses e as reparações dos tam. E a possessividade brutal de Fen.

Seu rosto pequeno estava manchado de sangue e areia, e sua expressão era como se nunca tivesse se ressentido mais de alguém do que de mim e do meu bom senso. Resistiu um pouco mais, então eu a guiei para fora dali e praia acima. As pessoas ainda chegavam à praia pela estrada. Vi Chanta, Kanup e o pequeno Luquo, que gritava pelo irmão. Mas ninguém nos deteve. Os homens junto aos tambores viram que nos afastávamos, mas não vieram atrás de nós.

Fen estava numa cadeira, a flauta inclinada ao seu lado. Nell foi direto para o quarto. Ele se levantou e a seguiu.

— Não entre aqui.

— Nell, há algo que eu preciso contar.

— Não.

— Conversei com Abapenamo. Eles me deram a flauta. Foi um presente. É minha por direito.

— Você acha que eu me importo com quem é o dono dela agora? Você fez um homem morrer por ela, Fen. Xambun está *morto*.

— Eu sei, Nellie. Eu sei. — Fen deslizou para o chão e passou os braços ao redor dos pés dela.

Uma aversão em estado bruto corria através de mim.

— Levante-se, Fen — eu disse através da rede. — Arrume as malas. Estamos indo embora.

Peguei a canoa e levei para uma pequena praia onde eles me encontraram. Colocamos nela as minhas malas, as suas mochilas e o pequeno baú. Eu tinha encontrado os óculos dela junto à minha esteira e lhe entreguei quando Fen não estava olhando. Ela os colocou no rosto sem agradecer e se virou para a outra praia, onde agora toda a aldeia se reunia.

— Não chame atenção para nada — eu disse em voz baixa. — É só entrar no barco.

Fen e sua flauta entraram.

— Está sem gasolina, você sabe — informou ele, como se fosse culpa minha. — Tive que remar a maior parte do caminho de volta.

Ótimo, pensei. Deu-me mais tempo com a sua esposa.

— Tenho outro galão aqui — eu disse. — Você o deixou para trás quando roubou meu barco.

Afixei a mangueira da gasolina no novo jarro e bombeei. O motor ligou na primeira tentativa. Algumas cabeças pequeninas se levantaram e se viraram. Só as crianças brincando na água ouviram o som do motor.

— *Baya ban!* — a pequena Amini gritou da parte rasa.

Nell se ergueu e gritou, com a voz falhando:

— *Baya ban!*

— *Baya ban!*

— *Baya ban!* — Nell gritava. Eu queria lhe dizer que parasse, mas os homens junto aos tambores do outro lado da praia pareciam não ouvi-la em meio ao tumulto. Nell berrou os nomes longos de cada criança que acenava para ela, completos, com o nome do clã e os nomes dos ancestrais maternos e paternos, até que suas palavras cederam e seu choro se tornou incoerente. As crianças entraram mais dentro d'água enquanto nos afastávamos e jogaram água loucamente no nosso barco, gritando coisas que eu não conseguia entender.

Vão. Vão para as suas lindas danças, as suas lindas cerimônias. E nós vamos enterrar nossos mortos.

O céu estava tão baixo, tão sombrio. Por um momento, perdi por completo minha orientação e não sabia com certeza para onde apontar o barco, como voltar para o rio. Então me lembrei do canal entre as colinas, acelerei, e o motor abafou todas as suas vozes. A canoa levantou, cambaleou, depois saiu deslizando rápida através do lago negro.

Fizemos sinal para um escaler assim que chegamos ao Sepik. Era um barco cheio de missionários de Glasgow que planejavam polvilhar a si mesmos e à sua fé em toda a região. Pude ver a sua confiança sincera vacilar assim que nos viram.

— Estiveram em alguma guerra, foi? — um deles conseguiu perguntar, mas se encolheu para longe de nós assim que subimos a bordo. Tampouco lhes demos muita oportunidade para conversar, embora um deles houvesse comprado minha canoa e o motor por muito mais do que valiam. Nell tentou me convencer a não vender, a ir diretamente de volta para os kiona. Mas eu estava determinado a ir com eles para Sydney, e precisava do dinheiro. Enquanto Fen falava com o motorista sobre como mandar buscar o resto de suas coisas, eu disse a Nell que iria com ela até Nova York se ela me permitisse. Nell fechou os olhos, e Fen voltou ao seu assento ao lado dela antes que houvesse uma resposta.

26

EM SYDNEY, HOSPEDAMO-NOS NO BLACK OPAL, na George Street. Nell insistiu em ter o seu próprio quarto. O funcionário anotou no seu registro Nell Stone, Andrew Bankson e Schuyler Fenwick, e me agradou ver seus nomes separados e ver Nell receber sua própria chave, 319, um andar acima dos quartos que foram dados a Fen e a mim.

Sem tomar banho, caminhamos para o Commonwealth Bank e depois para o escritório de reservas da White Star, onde Nell e Fen compraram duas passagens para Nova York. Eu tinha esperanças de que eles tivessem que aguardar semanas até encontrar lugar em algum navio, mas por causa da economia ruim, o homem no escritório disse, a maioria das embarcações estava meio vazia. O ss *Calgaric* zarparia em quatro dias. O dinheiro de papel que deslizou por cima do balcão parecia falso. Um ventilador elétrico girava um ar sem graça sobre nós, embora o dia estivesse frio e Nell usasse por cima da blusa um suéter que a fazia parecer uma estudante universitária. Tudo parecia errado: o ventilador, o chão duro, o cabelo penteado do homem e sua gravata-borboleta, o cheiro de couro curado e bala de hortelã. Eu queria uma passagem para aquele navio. Queria rasgar a dela e levá-la de volta comigo para junto dos kiona.

Incapazes de retornar para as paredes pesadas do Black Opal, incapazes de nos sentar num restaurante, caminhamos. Tentei me acostumar ao barulho, ao tráfego de pedestres e de carros, às centenas de rostos inchados e rosados latindo em inglês australiano, que tinha virado um som repugnante. Até mesmo os letreiros das lojas e outdoors me pareciam excessivos. Sua geladeira a gás, minha senhora, está aqui. As melhores coisas da vida vêm em papel-celofane. No entanto, eu não conseguia não lê-los.

Aquela sensação do que era familiar e ao mesmo tempo novo e chocante era algo que eu tinha saboreado quando voltei de minha primeira viagem de campo. Dessa vez, me sentia miserável. Nunca tinha visto tão claramente como ruas iguais àquelas tinham sido feitas para e por covardes amorais, homens que ganharam dinheiro com borracha, açúcar, cobre ou aço em lugares remotos e voltavam em seguida para lá, onde ninguém questionava suas práticas, o modo como tratavam os outros, sua ganância. Assim como eles, nenhum de nós três enfrentaria qualquer recriminação. Ninguém jamais ia nos perguntar, ali, como tínhamos provocado a morte de um homem.

Antes que Fen tivesse visto os números, eu escolhera o quarto 219, diretamente abaixo do de Nell. Na manhã seguinte, quando ouvi a porta abrir e se fechar, vesti-me depressa e fui para a sala do café da manhã. Não tinham começado a servir ainda, e o lugar estava vazio, exceto por Nell num canto segurando uma xícara de chá com as duas mãos, como se fosse uma cabaça de coco. Sentei-me diante dela. Nenhum de nós dois tinha dormido.

— A única coisa pior que estar fora daquele quarto é estar dentro daquele quarto — disse ela.

Eu queria dizer tanta coisa. Queria reconhecer com ela o que tinha acontecido, como tínhamos deixado acontecer, por que tínhamos deixado acontecer. Queria dizer a ela que Fen deixara claro para mim desde o início que era daquela flauta que ele estava atrás e eu não tinha feito nada para detê-lo, apenas aproveitado sua ausência. Mas eu queria dizer tudo aquilo deitado com ela de novo, segurando-a entre meus braços.

— Eu deveria ter ido atrás dele imediatamente, assim que vi o bilhete.

— Você não ia conseguir alcançá-lo. — Ela passou o dedo pela borda da xícara de chá. — E certamente não o teria convencido a agir de outra forma.

— Nell estava usando o suéter de novo. Não olhava para mim.

— Eu queria aquele tempo com você — eu disse. — Mais do que jamais quis qualquer coisa na vida. — Essas últimas palavras me surpreenderam. A verdade delas me fez tremer. Como ela não respondeu, continuei: — Não posso lamentar. Foi perfeito.

— Valeu a vida de um homem?

— O que valeu a vida de um homem? — quis saber Fen. Ele entrara por uma porta lateral atrás de mim.

— A sua flauta — respondeu Nell.

Ele franziu a testa, como se ela fosse uma criança atrevida, e pediu a um garçom que se aproximava para lhe trazer uma cadeira. Tinha tomado banho, feito a barba e cheirava a Ocidente.

Mais uma vez, caminhamos a esmo. Andamos pela Galeria de Arte de New South Wales. Vimos as aquarelas de Julian Ashton e uma nova exposição de pinturas aborígines em casca de árvore. Sentamos num café com mesas ao ar livre, como no desenho da *New Yorker*. Pedimos coisas que não víamos havia anos: vitela, *Welsh rarebit,*[2] espaguete. Mas nenhum de nós três conseguiu comer mais que algumas mordidas disso tudo.

No caminho de volta a Black Opal, vi que a coxeadura de Nell estava pior.

— Não é o meu tornozelo — explicou ela. — São estes sapatos. Fazia dois anos que eu não usava.

Quando passamos por uma farmácia, fiquei para trás e entrei. A moça do balcão parecia parte aborígene, o que era raro para um lojista em Sydney naquela época. Ela me passou a caixa sem falar nem uma única palavra.

— Acho que posso pagar pelos emplastros da minha mulher. — Fen me empurrou para o lado e entregou o dinheiro para a jovem.

No hotel, o recepcionista nos entregou um bilhete de Claire Iynes, uma antropóloga da Universidade de Sydney, convidando-nos para jantar.

— Como ela sabia que estávamos aqui? — perguntou Nell.

---

[2] Torrada coberta por um molho de queijo e manteiga servida como entrada quente. (N. R.)

— Liguei para ela ontem — disse Fen.

Ele queria contar a ela sobre a flauta.

— Jantar? Como vamos a um jantar, Fen?

— Há uma loja de roupas quase vizinha ao hotel, senhorita — informou o funcionário. — Salão de beleza do outro lado da rua. Vai ficar linda.

Um táxi nos levou até Double Bay, onde Claire e o marido viviam, logo acima de Redleaf Pool.

— Elegante — comentou Fen olhando pela janela para os casarões que davam para o lago. Ele colocou a cabeça para dentro. — Claire subiu na vida. O que o marido dela faz?

— Mineração, eu acho. Prata ou cobre — respondeu Nell, as primeiras frases que pronunciava desde a chegada do convite.

Fen sorriu para mim.

— Bankson não gosta quando os colonos falam sobre as origens do dinheiro.

Não foi um jantar para muita gente, nove convidados ao redor de uma pequena mesa no que parecia ser uma sala de estar. A ampla sala de jantar ficava do outro lado da casa e era grande demais, como fomos informados, para quatro casais e o penetra inglês. Ninguém sabia bem o que fazer com a minha presença. Eu não estava indo para casa; não tinha terminado o meu trabalho de campo. Não tínhamos pensado nisso. Isso destacava até mesmo para nós que eu os seguira até ali sem uma boa razão. Acho que estava o tempo todo esperando que Fen perguntasse: "Mas afinal *por que* você está aqui, Bankson? Por que não nos deixa em paz?". Porque a única razão, a razão que ele conhecia tão bem quanto eu, era que eu estava apaixonado por sua mulher. Fen poderia ter me confrontado a qualquer momento e poderia ter feito isso ali mesmo, com testemunhas, na casa dos Iynes, mas em vez disso declarou:

— Ele está doente. Convulsões. Achamos que devia consultar um médico.

Houve uma longa discussão sobre médicos em Sydney e qual seria o melhor para misteriosas doenças tropicais. Em algum ponto Fen redirecionou-os, falando da nossa "grande descoberta", como ele a chamava, a nossa Grade, e passamos a maior parte da noite mapeando os convidados e conhecidos em comum, dos quais havia muitos. Um homem com um grande bigode pesado conhecia Bett de um projeto em Rabaul; outro tinha estudado zoologia com meu pai em Cambridge. Claire parecia conhecer todo antropólogo que pudemos mencionar e nos atualizou das fofocas de três países diferentes.

Fen desabrochava com a nova companhia, contando todas as histórias dos mumbanyo com as quais já tinha me entretido. Observei-o rodopiar a taça de vinho, comer camarão com um garfo de ostra de prata esterlina, aceitar fogo de um isqueiro com monograma — esse homem que eu vira descer de uma canoa feita de casca de árvore, coberto do sangue de outro homem. Vi, então, que qualquer remorso que ele nos mostrara havia sido encenado. Ele estava exuberante, um homem prestes a tomar posse da melhor parte de sua vida. Ele se alimentava da desorientação que Nell e eu sentíamos.

Eu tinha sido colocado ao lado da sra. Isabel Swale. Seu marido, Arthur, já bêbado quando chegamos, havia se embriagado até alcançar um estupor afásico e acompanhava estupidamente a conversa, como um cão seguindo a bola durante um jogo de tênis. A sra. Swale me atormentava com perguntas sobre os kiona sem prestar atenção nas respostas, de modo que suas perguntas eram desarticuladas e não criavam nada parecido a uma conversa. Sua perna esquerda, nua através de uma fenda em seu vestido, chegava cada vez mais perto da minha, e na hora da sobremesa já estava colada em mim. Todos os seus gestos — a maneira como ela aproximava os lábios do meu ouvido, jogava a cabeça para trás numa risada súbita e inexplicável, analisava o preto sob minhas unhas — indicariam às outras pessoas na mesa que se tinha criado entre nós uma íntima e súbita conexão. Nell me lançou alguns olhares diretos e fulminantes, e eu descobri que estava satisfeito ao ver uma emoção por mim, fosse ela qual fosse, atravessar seu rosto. Na outra extremidade da mesa, Fen conversava baixinho com Claire Iynes.

Depois do jantar, o coronel Iynes convidou os homens a dar uma olhada na sua coleção de armas antigas, e Claire levou as mulheres através da casa para tomar digestivos no pátio de trás. Demorei-me atrás dos homens, ouvi Fen baixar a voz e dizer ao coronel que estava ele próprio de posse de um artefato raro, então dei meia-volta. Num corredor estreito antes da cozinha, peguei a mão de Nell e segurei-a ali.

— Você se sai muito bem na civilização, principalmente com as mulheres — disse ela. — Muito melhor do que dá a entender.

— Por favor, vamos levar as coisas a sério.

Seu rosto estava tão pálido e encovado como quando a conheci.

— Fique comigo — pedi. — Fique comigo, e voltamos para a aldeia dos kiona. Fique comigo e venha para a Inglaterra. Fique comigo, e vamos para qualquer lugar que você queira. Fiji — eu disse desesperadamente. — Bali.

— Não paro de pensar em como, assim que chegamos, achamos que Xambun era um deus, um espírito. Algum poderoso homem morto. E agora é isso que ele é. — Ela começou alguma outra coisa, mas sua voz embargada se interrompeu, e ela se inclinou em mim.

Eu a abracei enquanto ela chorava. Acariciava seus cabelos, soltos e levemente opacos.

— Fique aqui comigo. Ou deixe-me ir com você.

Ela me puxou para beijá-la. Quente. Salgada.

—Amo você — ela confessou, seus lábios ainda sobre os meus. Mas isso era um não.

Ela ficou em silêncio no caminho de volta para a cidade e foi direto para o seu quarto sem dizer uma única palavra para qualquer um de nós dois. Fen ergueu a garrafa de conhaque que o coronel lhe dera.

— Um rápido drinque? Ajuda a dormir.

Eu duvidava que ele tivesse problemas para dormir, mas segui-o até seu quarto. Eu não queria ir, mas havia uma parte de mim que achava que poderíamos resolver aquilo. Numa situação semelhante, um homem kiona ofereceria ao outro sujeito algumas lanças, um machado e um pouco de nozes-de-areca, e então a mulher seria sua.

O quarto de Fen era idêntico ao meu, mas na outra extremidade do corredor. As mesmas paredes verdes e a colcha branca de lá sobre a cama de solteiro. Ele serviu o conhaque em dois copos numa bandeja ao lado da cama e me entregou um deles.

Suas malas estavam abertas junto à janela, o conteúdo espalhado, mas a flauta não estava entre suas coisas. Não havia armários ou guarda-roupas, e ela não caberia na pequena cômoda ao lado da porta.

— Está debaixo da cama.

Ele colocou o copo de volta na bandeja e fez a flauta rolar um pouco para fora. Ela ainda estava envolta em toalhas e amarrada com barbante, mas de modo mais frouxo agora, como se ele tivesse se cansado de embrulhar e desembrulhar.

— É magnífica, Bankson. Melhor do que eu me lembrava. Glifos esculpidos em toda a superfície. — Ele se abaixou para desamarrar a corda.

— Não. Não. Eu não quero ver.

— Quer, sim.

Ele estava certo. Eu queria. Queria provar que ele era um mentiroso. Os mumbanyo, isolados e alienados, com um sistema logográfico de escrita? Não. Por mais que eu quisesse provar que ele estava errado, não lhe daria o prazer de ele me mostrar a flauta.

— Não quero, não, Fen.

— Como preferir. Então vai ter de esperar até que esteja atrás do vidro. Claire e o coronel acham que vou poder escolher entre alguns museus quando estiver pronto. — Ele se sentou na cama e apontou para uma cadeira preta junto à parede. — Sente-se.

A flauta embrulhada estava no chão entre nós. Bebi o meu conhaque depressa, em dois goles. Planejava me levantar e ir embora, mas Fen encheu meu copo de novo antes que eu me movesse.

— Eu não roubei a flauta — disse ele. — Ela me foi dada numa cerimônia duas noites antes de irmos embora. Eles me ensinaram a cuidar dela e alimentá-la, e foi quando estava colocando umas colheradas de peixe seco na sua boca que vi a escrita gravada na madeira. Abapenamo disse que somente os grandes homens podem aprender. Eu perguntei se eu era um grande homem, e ele disse que eu era. Então Kolekamban entrou com seus três irmãos. Ele disse que a flauta sempre tinha pertencido a seu clã, não ao de Abapenamo, e agarrou-a. Alguns dos homens de Abapenamo quiseram ir atrás dele, mas eu sabia que ia acabar mal. Então eu os detive. Conservei a paz. O filho de Abapenamo me disse aonde eles iam levá-la, e achei que poderia voltar. Sabia que não poderia deixar a região sem ela. Você não pode deixar para trás uma peça do quebra-cabeça humano. Mas queria recuperá-la em paz, sem que ninguém se machucasse.

Deixei o fracasso miserável desse plano pairar no quarto. Pensei em como inicialmente ele me pedira para ser seu parceiro nessa missão, me pedira para arriscar minha vida por seus delírios. Eu poderia ter sido o cadáver na canoa.

— Por que eles não atiraram em você, Fen?

— Eu disse a você. Usei o feitiço dobu.

— Fen.

Dava para ver que ele queria me convencer disso, mas também queria prender a minha atenção. Ele era como um menino que não gostaria de ser deixado sozinho no escuro.

—Acho que Xambun queria morrer — disse ele. —Acho que ele tentou morrer.

— O quê?

— Na primeira noite, nós dormimos algumas horas no meio do mato, nos arredores da aldeia. Acordei e o encontrei segurando o meu revólver.

—Apontando para alguma coisa?

— Não, apenas segurando-o em suas mãos. Não acho que ele quisesse me matar. Talvez estivesse tentando reunir coragem para atirar *em si mesmo*. Tirei o revólver dele, e ele não tentou pegá-lo de novo. Escolhemos o caminho que íamos tomar e esperamos até o pôr do sol. Ele era furtivo e silencioso, provavelmente um excelente caçador, mas depois que pegamos a flauta ele ficou descuidado, como se quisesse que alguém soubesse que estávamos ali. Estávamos longe da aldeia, mas alguns cães nos ouviram. Eu sabia que ainda podíamos chegar à canoa, e chegamos, mas ele não quis se deitar. Começou a gritar um monte de bobagens, e eu o teria empurrado para baixo, mas tive que ligar o motor e dirigir o barco para fora dali. Não entendo. Prometi a ele um quarto do dinheiro desta coisa.

Era difícil saber em quanto acreditar. Eu não tinha certeza se isso fazia diferença, de todo modo. Xambun estava morto. O ss *Calgaric* zarparia no dia seguinte, ao meio-dia. Comecei a me levantar da minha cadeira preta.

— Vi você na praia com ela — disse ele. — Eu sabia que ia acontecer. Não sou idiota. Você sabia que eu ia embora, e eu sabia que você não ia me impedir. Mas não pode ter Nell como já teve outras garotas. Ela diz que é do sul, mas ela não está na Grade. Ela é um tipo completamente diferente. Acredite em mim.

Ele voltou a encher o meu copo. Tínhamos bebido quase a garrafa toda.

— De que tipo ela é?

— Isso, eu nunca vou deixar você descobrir.

Dessa vez eu me levantei. Ele também.

— Eu tinha que pegar aquela flauta! — insistiu ele. — Você não entende? Tem que haver um equilíbrio. Um homem não pode ficar sem poder; não é assim que funciona. O que eu ia fazer, escrever livrinhos atrás dos dela como uma droga de um eco? Eu precisava de algo importante. E isto é importante. Livros sobre este objeto vão se escrever por conta própria.

— Em tinta vermelho-sangue, Fen.

No caminho de volta pelo corredor ficava a escada para o terceiro andar. Hesitei e depois continuei até o meu quarto. Abri a porta o mais silenciosamente que consegui, no caso de ela poder ouvir meus movimentos do mesmo modo como eu podia ouvir os seus. Não queria acordá-la e eu não queria que ela soubesse que eu tinha andado bebendo com Fen. Fiquei deitado na cama, vestido, fitando o teto branco de gesso decorado. Estava silencioso. Eu esperava que ela tivesse conseguido pegar no sono. Minha cama estava mais confortável do que nas noites anteriores, e apesar de minha cabeça girar um pouco, Fen estava certo: o conhaque ia me ajudar a dormir. Deixei-me levar pelo sono.

Acordei com o som de baques fortes. Aumentando de volume, depois mais ainda. Então a porta dela se abriu. Tudo o que eu podia ouvir eram passos e o zumbido baixo de vozes, primeiro na porta, em seguida ocupando todo o pequeno quarto. Conforme as vozes ficavam mais fortes, os pés se moviam mais rapidamente, para um lado e para o outro acima de mim. Algo bateu com força no chão. Meu corpo subiu a escada e em seguida bateu com força em sua porta antes que minha mente se desse conta.

— Seu namorado está aqui — ouvi Fen dizer.

— Deixem-me entrar!

Um homem do outro lado do corredor reclamou:

— Será que dá para calar a boca?

A porta se abriu. Nell estava de camisola, na ponta da cama.

— Você está machucada?

— Estou bem — respondeu ela. — Por favor, não vamos obrigá-los a nos mandar embora daqui.

— Nellie quer ir à polícia. Fazer eles me jogarem no calabouço. Talvez fazer de você o seu próximo criado. Mas pode esquecer isso. — Ele se inclinou para acender um cigarro. — Nativos matam nativos. Ninguém vai me colocar atrás das grades por isso. E a flauta não é exatamente o friso da porra do Parthenon, e ninguém se importou em averiguar como Elgin conseguiu aquilo, exceto alguns gregos sentimentais.

— Eu quero que o governador do posto saiba que pode haver problemas entre os mumbanyo e os tam, isso é tudo. — A voz dela estava fina, estranha para mim.

— Nell — eu disse.

Ela balançou a cabeça violentamente diante do meu tom.

— Por favor, vá para a cama, Bankson. Leve Fen e vá embora.

Sem resistir, Fen me seguiu para fora do quarto.

Quando chegamos ao segundo andar, perguntei:

— O que aconteceu lá em cima?

— Nada. Discussões matrimoniais.

Eu o agarrei e o empurrei contra a parede. Seu corpo estava completamente relaxado, como se isso fosse algo a que ele estava acostumado.

— Que barulho foi aquele que eu ouvi lá em cima? O que caiu no chão?

— A mochila dela. Estava na cama, e eu joguei no chão. Cristo! — Ele esperou que eu o soltasse e abriu sua porta.

Voltei para o meu quarto e fiquei por um longo tempo no centro dele, olhando para o teto, mas não ouvi mais nada o resto da noite.

Do lado de fora do meu quarto na manhã seguinte havia um saco da lavanderia do hotel, pela metade. Eu o levei para a minha cama e tirei os itens um por um: um par de sapatos de couro, um pente de tartaruga, uma pulseira de prata, seu vestido azul amassado. Na parte inferior, um bilhete para mim.

Você já fez tanto que tenho vergonha de pedir mais um favor. Poderia dar estas coisas para Teket quando voltar e pedir-lhe para levá-las ao lago Tam na sua próxima visita? A pulseira é para Bani, o pente para Wanji, o vestido para Sali e os sapatos para Malun. Peça-lhe para dizer a Malun que ela está no meu estômago, bem forte. A prima de Teket vai saber como dizê-lo. Por favor, deixe-me ir. Não diga mais nada, ou vai tornar tudo pior. Vou tentar consertar o que puder.

No cais, o navio era maior do que tudo. Eu ajudei com as malas, arranjei um carregador.

— Última oportunidade para amarrar os sapatos dela — disse Fen. Sua flauta estava num embrulho apertado, e ele a colocou delicadamente no chão para apertar minha mão.

Virei-me para ela. Seu rosto parecia pequeno, rígido e infeliz. Nós nos abraçamos. Eu a abracei com força e por muito tempo.

— Não quero deixá-la ir embora — sussurrei em seu ouvido.

Mas deixei. Eu a deixei ir embora. E eles entraram no navio.

27

VOLTEI PARA JUNTO DOS KIONA. Teket me puniu por meu longo desaparecimento não falando comigo nos primeiros dois dias. Algumas mulheres mais velhas reclamaram comigo em seu nome, mas ninguém mais parecia se importar, e as crianças retomaram o hábito de me seguir, implorando para experimentar a minha presa de porco e esperando que eu descartasse algo — uma lata vazia, uma fita velha da máquina de escrever, um tubo de pasta de dente quase vazio — para sua diversão. As chuvas finalmente tinham chegado e o rio estava alto, mas ainda não havia causado inundações. As mulheres saíam para suas hortas usando ponchos de folhas pontudas, e as crianças faziam o que pareciam ser cidades na lama.

Eles fizeram a Wai que tinham me prometido. Apesar de todas as minhas entrevistas, das minhas centenas de perguntas a centenas de kiona sobre essa cerimônia, eu tinha entendido tudo errado. Não compreendera sua complexidade. Parte obscena, parte histórica e parte trágica, a cerimônia suscitava uma gama maior de emoções do que eu tinha percebido da primeira vez. Houve uma reconstituição de suas origens de crocodilo e seu passado canibal. Antepassados foram trazidos de volta à vida por um tempo, quando suas máscaras mortuárias de barro foram usadas por seus descendentes. Mulheres usando pintura de guerra e cabaças de pênis perseguiam os homens que vestiam saias de folhas de cana até derrubá-los, depois roçavam suas nádegas nuas nas pernas dos homens — o maior insulto possível entre os kiona —, o que fazia o público chorar de tanto rir. Sentei-me com Teket e sua família e fiz tantas anotações sobre suas reações quanto da própria cerimônia. Naquela noite, fiquei acordado até tarde, apoiado no meu eucalipto e escrevendo para Nell uma carta de quinze páginas que ela só receberia no verão.

Dois dias depois, fui embora. Eu tinha acertado com Minton para que ele me buscasse, me levasse para o lago Tam e depois me deixasse em Angoram, de onde eu tomaria providências para voltar a Sydney. Teket concordou em vir comigo até o lago e ficar com sua prima, para uma visita.

Minton chegou cedo e de bom humor, até Teket subir no barco depois de termos colocado ali as minhas malas.

— Espere aí — disse ele. — Eles não viajam no meu barco.

Fiquei feliz por não ter lhe pagado ainda.

— Vou pegar Robby, então.

Robby era o piloto mais caro. Comecei a tirar os meus pertences da lancha.

— Ele não pode se sentar onde as senhoras se sentam.

— Ele vai se sentar onde diabos estiver com vontade.

O mais provável era que Teket tivesse entendido tudo da nossa conversa, mas não deixava transparecer. Nós nos sentamos onde as senhoras se sentavam, entre nós o saco de lavanderia do Black Opal cheio de presentes.

Tinha sido difícil contar a Teket o que acontecera. Ele conhecia Xambun de visitas a sua prima. Eu lhe dei as explicações de Fen para os motivos de Xambun ter sido atingido, e não ele. Teket disse que nunca tinha ouvido falar de alguém que tentou ser morto — eles não tinham uma palavra para o suicídio em kiona — e zombou da ideia de um homem branco pensar que poderia ser invisível. Se os mumbanyo tivessem atirado em Fen, Teket disse, toda a aldeia teria ido parar na cadeia. É claro que eles apontaram para Xambun.

Minton nunca tinha ido ao lago Tam. Nós o guiamos através dos canais. Eu tinha medo de que Minton se recusasse a passar com seu barco por eles,

228 *Lily King*

mas ele só dizia "Que maluquice da porra, meu amigo!", com um baita sorriso. Então estávamos no lago e seu barco nos levou depressa através da água escura, muito mais depressa do que a minha canoa jamais levaria, e eu não estava preparado para chegar tão rapidamente.

O lago estava alto, a praia era apenas uma faixa fina próxima das gramíneas. Os mosquitos eram muito piores agora. Nuvens deles nos atacaram no instante em que o barco desacelerou. Eu podia ver a ponta da casa deles. Parecia impossível que Nell não estivesse atrás da porta de pano azul e branco.

O ruído do barco tinha chamado a atenção. Ajudei Minton a amarrá-lo enquanto Teket era saudado calorosamente por sua prima e pela família. Ela não costumava ir à casa de Nell pela manhã, como os outros, e Nell me disse que era tímida, consciente de ser estrangeira, e evitava ser entrevistada. Notei uma fileira de homens mais velhos na estrada acima, olhando para nós. Não estavam armados com lanças ou arcos, um alívio. Teket também os viu. Trocamos olhares, então ele mandou sua prima ir chamar Malun e os outros.

Estava claro que eu não era bem-vindo na aldeia, e Teket esperou comigo na praia. Depois de um longo tempo, eles vieram. Caminhavam juntos, Malun no meio, o rosto duro e sombrio. Ela e Sali estavam cobertas com a lama do luto.

Agachamo-nos na areia enquanto eu distribuía os presentes de Nell. Bani colocou a pulseira de prata apertada em seu braço acima do cotovelo, e Wanji fugiu com o pente, gritando para seus amigos enquanto corria pelo caminho. Sali engasgou quando puxei o vestido para fora do saco, como se eu tirasse a própria Nell dali. Colocou-o na areia ao lado dela, mas pôs a mão por cima, como se o vestido pudesse ir embora. Ela e Malun tinham uma crosta cobrindo uma ferida no topo de um dos dedos, cortado na junta do meio para Xambun.

Entreguei a Malun o saco que continha os sapatos. Depois de um longo tempo ela inclinou a cabeça para ver, mas não os tirou dali. Seu olhar permaneceu duro. Fiquei feliz por Nell não estar ali para ver. Pedi à prima de Teket para lhes dizer que Nell estava muito triste, que queria fazer as pazes de qualquer jeito. Eu disse a Malun que ela estava no estômago de Nell-Nell, bem apertado. Ao ouvir isso, o rosto de Malun cedeu, porém ela ainda permanecia imóvel, sem enxugar as lágrimas que desenhavam linhas escuras no meio da lama seca.

Bani pediu para falar comigo em particular. Caminhamos alguns metros até a praia. Com o inglês que Nell havia lhe ensinado, ele disse:

— Fen é homem mau. — Então, para o caso de eu não ter entendido, disse a mesma coisa em pidgin, que eu não sabia que ele dominava: — *Em nogut man*.

Eu fiz que sim, mas ele não estava satisfeito, por isso voltou ao inglês.

— Ele quebrar ela.

Era verdade, então. Fiz a soma, tarde demais, de todas as coisas quebradas: seu tornozelo, seus óculos, sua máquina de escrever.

Quando fui embora, Malun estava de pé usando os sapatos marrons de Nell e Sali usava seu vestido como um lenço, e os homens ainda estavam de pé na ribanceira mais acima. Teket nos deu um empurrão. Demos nosso último adeus uns aos outros. Nenhum de nós sentiu como se fosse uma despedida real, e não foi. Eu voltaria para junto dos kiona muitas vezes.

Minton colocou o barco em marcha a ré, e nos viramos lentamente de costas para a praia. Eu contataria minha mãe e pediria mais dinheiro, decidi, e de Sydney iria diretamente para Nova York. Não esperaria. O barco ganhou velocidade e deslizou rápido pelos canais.

— Não é a tribo mais hospitaleira que existe, não é? — disse Minton. — Parecia que aqueles selvagens lá no alto da ribanceira acabariam com você se tivessem a metade de uma chance.

28

?/3 ESTÁ FEITO. Jaz no fundo do mar. Estou escondida aqui na biblioteca da terceira classe, por ora. Estranho como um navio nos uniu e agora é a nossa ruína. Que ele fique furioso. Que ele fique furioso pelos oceanos afora. Mas vai ficar furioso sozinho. Vou desembarcar amanhã em Aden. Vou voltar para Sydney. Ele é vinho e pão e está no fundo do meu estômago.

29

QUANDO CHEGUEI A SYDNEY, descobri que não haveria nenhum navio por uma quinzena, então fiquei por lá, impaciente, instalando uma espécie de escritório no Black Opal, mas sem conseguir trabalhar. Eu frequentava um pub chamado Cat and Fiddle cedo demais e com uma regularidade excessiva. Minha mãe mandou mais dinheiro, embora eu não tivesse lhe dito que só a veria nos dois dias em que o barco estivesse ancorado em Liverpool, e que eu estava indo para a América.

Um dia antes de zarpar, reuni coragem de voltar e ver as pinturas em casca de árvore na Art Gallery. Eu só queria andar por onde tínhamos andado, parar onde tínhamos parado. Ela estaria quase chegando ao continente a essa altura, calculei. No caminho, passei diante da loja onde tinha comprado os emplastros e do restaurante da *New Yorker*. Do outro lado do hall de entrada do museu, ouvi meu nome.

— Ora, ora, alguém tomou um banho!

Era a sra. Swale, minha parceira no jantar na casa dos Iynes. Ela pegou meu braço e não olhou mais para o grupo com que estava. Eu tinha consciência do cheiro dela, não o cheiro úmido de raiz das mulheres kiona ou de Nell pelo tempo em que estive com ela, mas um cheiro inorgânico destinado a cobrir tudo.

Subimos a escada para a exposição. Ela começou seu interrogatório: quanto tempo fazia que eu estava ali, quando eu ia embora, amanhã não, será que eu não podia mudar o meu bilhete? E então, pouco antes de entrarmos no salão, ela olhou para mim de modo muito grave, mais grave do que eu esperava que seu rosto tivesse condições de olhar.

— Lamentei tanto quando soube da esposa do seu amigo.

— O que quer dizer? — Meus lábios ficaram com a consistência da borracha no mesmo instante. Na verdade, todo o meu corpo parecia se afastar aos poucos de mim.

Ela cobriu a boca e balançou a cabeça com um suspiro, disse que sentia muito, tinha certeza de que eu sabia.

— Sabia o quê? — eu disse, a voz alta, no salão.

Hemorragia. Pouco antes de chegarem a Aden. A sra. Swale colocou a mão sobre a minha, e eu queria afastá-la com um safanão.

— Você sabia que ela estava grávida?

— Gêmeos — eu disse, antes de lhe virar as costas. — Ela achava que talvez fossem gêmeos.

Deixei o museu e fui diretamente ver Claire. Ela não estava, e esperei por várias horas em sua casa imensa, ouvindo relógios bater, cachorros latir e criados todos agitados por ali como se o mundo estivesse em chamas. Quando ela por fim chegou e viu o meu rosto, largou os pacotes e pediu uísque. Eu tinha uma tênue esperança de que Isabel Swale, com sua falta de perspicácia, tivesse entendido tudo errado, mas em poucos segundos Claire jogou um balde de água fria nas minhas esperanças.

— Eles não conseguiram parar o sangramento. — Ela fez uma pausa, adivinhando quanto mais eu poderia ouvir. Fitei-a nos olhos e respirei fundo. — A coisa mais medonha é que Fen insistiu que ela fosse lançada ao mar. Seus pais estão apopléticos. Acham que ele está escondendo alguma coisa. Eles abriram um processo contra ele e o capitão do navio. Tem sido um drama. — Ela parecia bastante entediada com a morte de Nell.

Claire me serviu outra bebida, e na leve brisa de seus movimentos senti novamente o cheiro fabricado dessas mulheres. Seu marido, ela me disse com bastante ênfase, estaria fora por vários dias.

Tudo o que eu queria era chamar um táxi e ser deixado no meu quarto. Porém não conseguia pedir isso e fiquei sentado em silêncio, desejando que o meu copo parasse de tremer enquanto o levava até a boca. Não conseguia puxar o ar para dentro dos pulmões. Pensei em Fen e Nell se conhecendo no navio: "Estou tendo dificuldade para respirar", ela dissera. E então desabei. Claire, que não era sulista, fez o melhor que pôde para me confortar com palavras sem sentido e desajeitados tapinhas no braço, mas assim que consegui ficar de pé ela me colocou num carro que me levou de volta à cidade.

30

No MEU NAVIO, O SS *Vedic*, eu andava pelo convés, ficava parado junto à amurada, não falava com ninguém, exceto com o mar. Houve momentos em que pensei tê-la visto lá fora, na água, sentada de pernas cruzadas, surpresa e sorrindo como se eu tivesse acabado de entrar na sala. Houve outros momentos em que a água ficava negra como o espaço, sinistra em sua enormidade. Ela estava lá fora. Eu não sabia onde. Fen a havia despejado no mar. Ela nem mesmo sabia nadar. Fatos em que eu ainda só acreditava pela metade. Debrucei-me sobre a amurada e gritei para o vazio. Não me importava quem iria ouvir. Esperava que John e Martin, cujas vozes sempre vinham a mim quando eu estava prestes a perder o controle, aparecessem, mas eles ficaram em silêncio, tristes demais por mim ou excessivamente chocados para fazer a sua troça habitual.

Atravessamos para o mar de Java. A lua estava cheia.

Uma vez, Nell tinha me dito, havia um homem mumbanyo que queria matar a lua. Ele descobrira que sua esposa sangrava a cada mês e acusara-a de ter outro marido. Ela riu e disse-lhe que todas as mulheres eram casadas com a lua. Eu vou matar essa lua, o homem prometeu e entrou em sua canoa, e depois de muitos dias chegou à árvore da qual a lua, atada ao ramo mais alto por uma corda de ráfia, saltara para o céu. Venha até aqui para que eu possa matá-la, o homem disse para a lua, por você ter roubado minha esposa. A lua riu. Toda mulher é minha esposa em primeiro lugar, explicou. Então, na verdade você roubou essa esposa de mim. Isso só deixou o homem mais irritado, e ele subiu na árvore até o galho mais alto e puxou a corda de ráfia. A corda não se movia, de forma que ele começou a subir até a lua. Logo seus braços ficaram pesados, e, embora ele tivesse subido e se afastado muito da árvore, ainda não estava próximo da lua. Solte, disse a lua. E o homem, que não tinha mais força alguma, soltou-se e caiu diretamente em sua canoa, remando para casa, para compartilhar sua esposa, como todos os homens faziam, com a lua.

Um inglês alto, taciturno e ligeiramente desequilibrado sempre captura a imaginação romântica de alguma garota, e houve uma de Shropshire que me perseguiu durante quase uma semana, mas acabou compreendendo que os meus silêncios melancólicos nunca se transformariam em confissões de amor e se entendeu com um soldado irlandês.

Meu navio parou em Colombo, Bombaim, Aden. Um dia após a partida de Suez, descobri as notas da nossa Grade enfiadas num canto de uma das malas. Não me lembrava de tê-las colocado ali. Na verdade, tinha certeza que não colocara. Alisei-as todas na mesa de nogueira no meu camarote. Era um trabalho resultante de um acesso de loucura, as páginas amarrotadas e oleosas cobertas com três tipos de rabiscos diferentes, mas eu ainda estava louco e comecei a trabalhar. Escrevi a monografia rapidamente, mais rapidamente do que jamais escrevera coisa alguma. Eles estavam lá comigo enquanto eu escrevia, ambos, aconselhando-me, interrogando-me, contradizendo-me, zombando de mim e, por fim, aprovando. Escrevi com maior convicção do que eu jamais tivera na vida sobre qualquer coisa. Eu queria fazer tudo bem-feito por ela, queria me agarrar àqueles momentos no lago Tam da forma como pudesse. Pensei que a escrita ia durar o resto da viagem, porém já tinha terminado ao chegar em Gênova e postei o texto dali. Nele, assinei os nossos três nomes.

A *Oceania* selecionou-o para sua próxima edição, e ele foi incluído em várias antologias publicadas no ano seguinte. A Grade tornou-se, por um tempo, tema essencial em salas de aula em diversos países. Em 1941, porém, soube que Eugen Fischer, em Berlim, incluíra sua tradução alemã nas listas de leitura que criou para o Terceiro Reich. Ele tinha adicionado uma coda, alegando que os alemães eram do norte, que o temperamento inflexível do norte era superior e que nossa Grade era mais uma prova da necessidade do programa de higiene racial nazista. O fato de a monografia estar na companhia das obras de Mendel e Darwin não me reconfortava. Se eu não soubesse dessa lista, talvez não tivesse ficado tão disposto a oferecer o meu conhecimento do Sepik para fins de guerra quando o Serviço Secreto entrou em contato comigo, talvez não tivesse ajudado a resgatar aqueles três espiões americanos em Kamindimimbut. E talvez aquela aldeia olimbi não tivesse sido dizimada. Não deram em nada, no fim, todas as minhas tentativas de reparação.

Depois de Gênova, paramos em Gibraltar e, por fim, Liverpool.

Estranho como se pode distinguir numa multidão, a uma distância de setenta metros e dois anos e meio, aquele único vulto familiar, vislumbrar os cabelos brancos, as mãos cobrindo a boca.

Todas aquelas cartas duras, diretas, as ameaças de me deserdar, os sermões sobre a necessidade da ciência dura, e minha mãe estava sem forças e soluçando em meus braços.

— Ela não achava que você fosse conseguir voltar — a amiga que a levara de carro até Liverpool explicou. — Tinha sonhos terríveis.

Eu não estava muito melhor do que um poste, abraçando a minha mãe naquele cais movimentado enquanto todos aqueles passageiros que eu não conhecia esbarravam em nós a caminho de outros braços. Durante quarenta e sete dias tudo o que eu havia feito era falar com o oceano, não dormia desde Sydney. Minha mãe se acalmou, disse-me que eu estava com uma aparência horrível e me levou para o automóvel de sua amiga, onde se sentou comigo no banco de trás e segurou a minha mão. Eu não escrevera a ela nem uma única palavra sobre o que tinha acontecido, mas ela parecia saber tudo. O cheiro de alcatrão e fuligem da Inglaterra estava de volta às minhas narinas, o frio úmido já se instalando em meus ossos. O ss *Vedic* estava iluminado agora, ao anoitecer. Na manhã seguinte começaria sua travessia através de outra faixa de vazio até Nova York sem a minha presença. Através do para-brisa, lancei um último olhar para o mar, que estava encrespado e bravio, um músculo espesso que segurava firme tudo o que engolia.

31

Só estive na América uma vez. Não é fácil evitar aquele lugar, mas durante anos consegui. Recusei convites, declinei postos como professor. Mas quando eles me mandaram a notícia da abertura do Salão dos Povos do Pacífico no Museu Americano de História Natural, na primavera de 1971, que trazia uma fotografia de uma casa cerimonial na frente e uma citação de meu mais recente livro sobre os kiona abaixo, senti-me na obrigação de fazer a viagem.

Pude fazer uma visita privada antes do evento. Observando a mim e às minhas reações enquanto caminhávamos pelo piso acarpetado estavam o diretor do museu, o presidente do conselho e vários patronos importantes. Havia marionetes balinesas, um pataka maori, armaduras moro. Havia um diorama de uma aldeia das Ilhas Salomão com um exemplar de *As crianças kirakira* numa prateleira atrás dele, supervisionando a cena como um deus.

— E aqui — disse o diretor, quando viramos uma quina — é a sua parte particular do mundo.

Isso me surpreendeu: um anexo inteiro, e dos grandes, dedicado às tribos do rio Sepik. Anos antes, eu doara ao museu minhas poucas posses de confecção kiona, jamais esperando voltar a vê-las, e agora ali estavam todas elas, presas, rotuladas e atrás de um vidro, como os besouros da tia Dottie: minhas xícaras de coco pintado, minha carta de navegação confeccionada com varetas e búzios, meu dinheiro de concha, as poucas estatuetas de barro que me foram dadas na minha partida. As páginas de uma edição de novembro de 1933 da *Oceania,* contendo a monografia sobre a Grade estava também atrás do vidro, despedaçada, como eu pedira. Ao lado, havia um cartaz observando a feliz casualidade de os três autores da monografia terem se conhecido em Angoram na noite de Natal de 1932, a apropriação indevida de nossa teoria pelos nazistas, minha recusa posterior a todos os pedidos de reimpressão e minhas súplicas de que fosse permanentemente removida de todos os currículos ao redor do globo. De acordo com a sinopse, esses esforços só tinham reforçado a sua popularidade. Ao lado do artigo despedaçado da *Oceania* estavam meus livros e o livro que o editor de Nell havia montado a partir de suas anotações na Nova Guiné e que fez ainda mais sucesso do que o primeiro. Outro cartaz fazia um relato da morte de Nell no mar, do desaparecimento de Fen, da minha longa carreira. Embora o museu não tivesse artefatos do Sepik recebidos diretamente de Nell ou Fen, um jovem antropólogo refizera recentemente seus passos e trouxera de volta uma série de itens dos anapa, dos mumbanyo e dos tam.

Fen realmente havia desaparecido. Ninguém que eu conheça tinha ouvido falar dele em todos aqueles anos. A única pessoa que alegou algo diferente foi Evans-Pritchard, que achava tê-lo avistado no rio Omo, na Etiópia, no final dos anos trinta, mas quando chamou o nome de Fen, o homem recuou e se afastou depressa.

As lágrimas não são infinitas, eu repetia para mim mesmo. Foi assim que fiz a longa caminhada por aquelas vitrines, passando por uma ampliação enorme da fotografia que Fen tinha tirado de Nell e de mim com minha mala, o cachimbo dele e o chapéu e as folhas de sagu nos nossos ombros. Eu seguia rapidamente. Era a única maneira de passar por tudo aquilo. Fiz uma pausa, no entanto, quando cheguei a uma máscara mortuária tam. A lama tinha sido passada na parte superior do osso para recriar o rosto, o cabelo tirado da cabeça de alguém vivo e colado no topo. A lama secara e ganhara um tom bege, e as listras brancas dos guerreiros estavam pintadas sob o nariz e em todo o rosto e ao redor dos lábios. No vão de cada olho havia um pequeno búzio oval, a parte inferior para cima, a fenda longa com suas bordas dentadas criando uma excelente representação de um olho fechado com cílios. Mais cinco búzios sobre toda a fronte, como uma coroa. Foi essa fileira de conchas que chamou minha atenção. Algo irregular. A do meio era maior; não era uma concha, na verdade, mas um botão, um botão de marfim perfeitamente redondo incorporado naquela testa de lama. Estendi a mão para tocá-lo. Minha mão bateu no vidro. Ele não quebrou, mas fez um grande estrondo, que foi seguido por um súbito silêncio.

— Está vendo alguém que conhece aí dentro? — um dos patronos perguntou, e os outros riram, nervosos.

Presos aos furos do botão estavam tufos de linha azul-clara. Forcei-me a passar ao próximo item. Era apenas um botão. Era só um pouco de linha. De um vestido azul amassado que uma vez eu tinha aberto.

Agradecimentos

Embora esta seja uma obra de ficção, foi inicialmente inspirada por um momento descrito na biografia *Margaret Mead: a life*, publicada por Jane Howard em 1984, e por minha subsequente leitura de tudo o que consegui encontrar sobre os antropólogos Margaret Mead, Reo Fortune e Gregory Bateson e seus poucos meses juntos no rio Sepik em 1933, no que era então conhecido como Território da Nova Guiné. Inspirei-me na vida e nas experiências dessas três pessoas, porém contei uma história diferente.

A maior parte das tribos e aldeias aqui é fictícia. Você não vai encontrar num mapa os tam ou os kiona, embora eu tenha usado detalhes de tribos reais que Mead, Fortune e Bateson estudavam na época: os tchambuli (agora conhecidos como chambri), os iatmul, os mundugumor e os arapesh. O livro que chamo de *Arco da cultura* é inspirado em *Padrões de cultura*, de Ruth Benedict.

Os seguintes livros me ajudaram imensamente em minha pesquisa: *Naven*, de Gregory Bateson; *With a daughter's eye: a memoir of Margaret Mead and Gregory Bateson*, de Mary Catherine Bateson; *Padrões de cultura*, de Ruth Benedict; *The last cannibals*, de Jens Bjerre; *Return to laughter*, de Elenore Smith Bowen; *One hundred years of anthropology*, editado por J. O. Brew; *The way of all flesh*, de Samuel Butler; *To cherish the world: selected letters of Margaret Mead*, editado por Margaret M. Caffrey e Patricia A. Francis; *Sepik river societies: a historical ethnography of the chambri and their neighbors*, de Deborah Gewertz; *Women in the field: anthropological experiences,* editado por Peggy Golde; *Margaret Mead: a life,* de Jane Howard; *Papua New Guinea phrasebook,* de John Hunter; *Kiki: ten thousand years in a lifetime; An autobiography from New Guinea,* de Albert Maori Kiki; *Margaret Mead and Ruth Benedict: the kinship of women,* de Hilary Lapsley; *Gregory Bateson: the legacy of a scientist,* de David Lipset; *Argonautas do Pacífico Ocidental,* de Bronislaw Malinowski; *Rain and other south sea stories,* de Somerset Maugham; *The mundugumor,* de Nancy McDowell; *Blackberry winter: my early years,* de Margaret Mead; *Coming of age in Samoa,* de Margaret Mead; *Cooperation and competition among primitive peoples,* editado por Margaret Mead; *Growing up in New Guinea,* de Margaret Mead; *Letters from the field, 1925-1975,* de Margaret Mead; *Sex and temperament: in three primitive societies,* de Margaret Mead; *Four corners: a journey into the heart of Papua New Guinea,* de Kira Salak; *Malinowski, Rivers, Benedict, and others: essays on culture and personality,* editado por George W. Stocking Jr.; *Observers observed: essays on ethnographic fieldwork,* editado por George W. Stocking Jr.; *Village medical manual: a layman's guide to health care in developing countries* — volume II: *diagnosis and treatment,* da dra. Mary Vanderkooi.

Agradeço às seguintes pessoas pela leitura cuidadosa e perspicaz das primeiras versões deste livro: Tyler Clements, Susan Conley, Sara Corbett, Caitlin Gutheil, Anja Hanson, Debra Spark, minha irmã Lisa, minha extraordinária agente Julie Barer, William Boggess, Gemma Purdy e minha adorada, brilhante e sábia editora Elisabeth Schmitz. Também sou grata a Morgan Entrekin, Deb Seager, Charles Woods, Katie Raissian, Amy Hundley, Judy Hottensen e todos da Grove Atlantic. O sagaz olhar antropológico de Liza Bakewell sobre uma versão posterior foi inestimável. Muito obrigada ao Inn by the Sea, onde terminei a edição final numa felicidade abaixo do preço de mercado. E também a Cornelia Walworth, que me levou à livraria naquele dia. Um muito obrigada especial e eterno ao meu marido, Tyler, e às nossas filhas, Calla e Eloise. Todo o meu amor a vocês.

Este livro, composto na fonte Fairfield,
foi impresso em papel Pólen Soft 70 g/m², na gráfica Cromosete.
São Paulo, janeiro de 2016.